ハリソン……………………CIA工作員
リー…………………………保安官
ブロー………………………┐
カーター・ルブランク……┘保安官助手
エマライン・ルブランク…カーターの母
ビッグ・ヒバート…………マフィア
リトル・ヒバート…………ビッグの息子
アーマド……………………武器商人

カーターの母親の名前を前作『どこまでも食いついて』では〝エメリーン〟と表記していましたが、本来の発音により近い〝エマライン〟に変更いたします。（編集部）

幸運には逆らうな

ジャナ・デリオン
島村浩子訳

創元推理文庫

SOLDIERS OF FORTUNE

by

Jana DeLeon

This book is published in Japan
by TOKYO SOGENSHA Co., Ltd.
Japanese translation published by arrangement with
Jana DeLeon c/o Nelson Literary Agency, LLC
through Tuttle-Mori Agency, Inc., Tokyo

幸運には逆らうな

第1章

　最高の天気に恵まれた木曜日の朝七時、わたしはメインストリートに人が溢れているのを見て、ぞっとした。七月四日の独立記念日は各地で盛大なお祭りが開かれる理由になるが、ルイジアナ州シンフルで直前に行われた町長選挙の無効申し立てがあった場合は、大混乱が引き起こされる理由となるようだ。叫ぶ人、かき氷《スノーコーン》の屋台、わめく子供、垂れさがるリボン飾りをよけて、わたしはフランシーンのカフェにたどり着いた。似たような光景を予想しつつ急いでなかに入ったが、嬉しいことに、早くに朝食を食べにくる常連客がいつもと変わらぬ様子で席に着いていた。

　わたしは笑顔になって、いつも使う隅のテーブルへと歩きながらアリーに手を振った。すぐにコーヒーを持って、彼女が近づいてきた。

「外の様子を見て、ここもてんやわんやの大騒ぎになってるかと思った」

「フランシーンもそう予想したの」とアリー。「だから値段を全部いつもの倍にして、コーヒーだけの注文はお断りって決めたのよ」

「そんなこと許されるの？」フランシーンの作戦には大賛成だが、そんなやり方をして暴動が起きないのが不思議だった。

「たいていの人はフランシーンを恐れてるから」アリーが答えた。「このカフェを閉められたら、シンフル住民の半分は二度とおいしい食事を楽しめなくなる。フランシーンはニューオーリンズのレストランからしょっちゅう誘われてるしね。焼き菓子店《ベーカリー》は彼女のバナナプディングのレシピを喉から手が出るほど欲しがってる」

「シーリアは彼女を恐れてないわよね」

アリーは眉をひそめた。「それは確かにそう。それに彼女が町長に当選したことを考えると、問題しか起きない気がする。票の数えなおしについて何かニュースは？」

「マリーがニューオーリンズの監査法人に依頼したらしい。でも、数日かかるみたい」

「数日あれば、シーリアおばさんは町全体を狂気の淵まで引っぱっていける」

「狂気の淵はすでに目の前まで来てるから、それってそこまで大きな変化でもないかも」

「言えてる。でも、シーリア印の狂気は……卑劣度が高めよ、きっと」

わたしはうなずいた。アリーのおばは超気分屋の人格難ありおばさんだ。ひとりで暮らしていて、誰にも好意を持たず、誰からも好意を持たれず、精神状態も何を支持するかもころころ変わる。ほんの数週間前、わたしは彼女の命を救い、向こうもわたしに感謝しているように見えた。ところが、ウィンナーとハウンド犬が絡んだある事件のあと、彼女は絶対にわたしを町から追いだしてやると心に決めた。きょう高齢者のためにブランケットを編んでいたとしても、あすガールスカウトの面々をデブでブスと呼ぶかもしれない。彼女が何に突き動かされているのか、解明するのをわたしはあきらめた。ガーティとアイダ・ベルが五十ウン年かかって突きとめられなかったなら、一カ月でわたしにできるわけがない。

「彼女が独立記念日の行事で忙しくて、すぐには嫌がらせに着手できないように祈りましょ」とは言ったものの、そんなことを期待しても無駄だとわかっていた。たぶんシーリアは不倶《ふぐ》戴天《たいてん》の敵に不快な思いをさせるため、徹夜で策略を練っていたにちがいない。困るのは、彼女が個人的な恨みを晴らすために、シンフルの町を破滅させるだろうという点だ。

　アリーがうなずいた。「いつもの？」

「ううん。けさは白身のオムレツだけにしとく。ファンネルケーキ（ファンネル（じょうご）で絞り出した生地を油で揚げたお菓子）の屋台を見かけたから。朝食のあと、甘いものが欲しくなるかもしれないでしょ」

「ファンネルケーキですって？」アリーがため息をついた。「それってフェアじゃない。あたしが焼いたお菓子にみんながどう反応するかってことだけでも心配なのに。ここでのシフトが終わったあと、あたしが相手にするのは、あなたみたいにもうおなかをふくらませた人たちってわけね」

　わたしはにやりと笑い、アリーは厨房へと戻っていった。シンフルに来てからというもの、太らないようにすることがわたしにとっては継続的課題となっている。もしガーティとアイダ・ベルと一緒に何度も分別のない行動に出ることがなかったら、体重の増加は二キロでは済まなかっただろう。ガーティからのデザートの差し入れ、フランシーンの店のおいしくて高カロリーな料理、現在同居中のアリーが毎日焼いてくれる新作のお菓子。運動不足の人なら糖尿病性昏睡に陥ってもおかしくない量の炭水化物と糖分を、わたしは摂取しているはずだ。

コーヒーをひと口飲み、大きな窓の外の騒ぎに目をやった。法執行機関の介入を要する問題が起きずに、きょうという日が終わることはないだろう。かなりの数のシンフル住民が浮かれているところへ、自家製の酒とＩＱに問題ありという要素が加わったら、惨事が起きるのは間違いなしだ。カーターがまだ仕事に復帰していないように祈る。ドクター・スチュワートからは、仕事に戻るのは一週間後にするよう言われた。それも、スキャンをしてみて脳の腫れがまったく残っていないことが条件だった。

カーターは医師の指示にいっさい耳を貸さなかった。ふつか前に病院を抜けだすと、武器密輸人と殺人犯を追ってまっすぐバイユー（アメリカ南部特有の濁った川）へ向かった。おかげでアイダ・ベルとガーティ、アルコール・タバコ・火器及び爆発物取締局《ATF》の捜査官ひとりの命が救われたからこそ、カーターの母は息子をどなりつけはしなかった。しかしドクター・スチュワートに電話をかけてカーターに携帯を渡し、医師からどなりつけさせることはやめなかった。

きのうカーターは医師の指示に真面目に従い、ほぼ一日わたしと一緒にハンモックで眠ったあと、アリーが作ってくれたおいしいディナーを食べ、そのあとは嘘ではなく早寝をすると約束した。体調が万全でないことを、本人は決して認めようとしなかったけれど、夕方には疲れてきているのが見てとれた。わたしは頭部を負傷したことがある。逃走する武器密輸人のボートに橋から飛びのろうとして、わずかに目測を誤ったせいだった。自分のアパートメントでおとなしく過ごさなければならなかった一週間は、わくわくする時間ではなかったが、シャワーを浴びただけで二十分は安静にしていないと回復できない場合、休むよう命じられても反論はむずかしかった。銃を携帯する仕事とあってはなおのこと。

　わたしは朝食をゆっくりと食べ、アリーがテーブルに来られたときはおしゃべりをし、きのうから読みはじめたサスペンス小説を二章読みすすんだ。それから支払いを済ませると、様子を見に外へと出た。

　メインストリートは混雑したままだったが、最低限の収拾はつきはじめていた。飾りリボンや風船は電柱に結びつけられ、道の両側に屋台が並び、住民たちがせっせと商品を並べている。通りの反対側、雑貨店の前の屋台にアイダ・ベルとガーティが見えた。道を渡ってみると、彼女たちは〈シ《S》ンフル・レ《L》ディース・ソ《S》サエティ〉の咳止めシロップを箱から出しているところだった。

「メインストリートで密造酒を売るつもり？」わたしは訊いた。

　シンフルでは酒類は違法とされている。つまり、バーは禁止、アルコールの販売も禁止。町の男たちは妻の怒りを買う危険を冒して〈スワンプ・バー〉へ行くか、自分で酒を製造する。女性たちのほうはもう少し骨の折れない選択肢、〈シンフル・レディース〉の咳止めシロップを購入することを選んだ。実際にシロップはひどい咳でもとめてくれるが、それはたいてい体内のバクテリアが恐れをなして逃げていくからだ。

「ウォルターは店で咳止めシロップを売ってるよ」とアイダ・ベル。「何が違うって言うんだい？」

「シーリアが町長になった」わたしは答えた。

ガーティが顔をしかめた。「思いださせないで。あたしはひと晩中、レディースのメンバー数人とろうそくをともしてシーリアの写真を焼いては祈ったり、やけ酒を飲んだりしてたんだから。人生最悪のふつか酔いなの」

「家を全焼させずに済んで運がよかったね」とアイダ・ベル。「あんたたちがアルコールを飲みながら火を使うなんてもってのほかだよ。ばちを当ててくださいって頼むようなもんだ」

「シーリアが町長になったのにメインストリートで密造酒を売るのも同じじゃない？」

アイダ・ベルがわたしをじろりとにらんだ。「同じじゃないよ。あたしはガーティのことが好きだから、炎に包まれて燃えあがるような目には遭ってほしくない。いっぽう、シーリアはと言えば……」

わたしはにやりと笑った。「シーリアをかんかんに怒らせることこそわたしの生きがいって気がしてきた。だから、わたしにも箱をちょうだい」

アイダ・ベルがこちらに木箱をひとつ滑らせたので、それをテーブルにのせ、商品を出しはじめた。「ちょっと、これ新製品じゃない」瓶を一本持ちあげると、ラベルには〝シンフル・レディース咳止め爆風シロップ〟とある。宣伝文句は〝ふつうの咳止めシロップがきかないときに〟。

「そいつはアルコール度数九十五度なんだ」アイダ・ベルが言った。

「うっそ。これって飲みもの？　それともペンキをはがすのに使うもの？」

「あたしは両方に使ったことがあるわ」ガーティが答えた。「それと、バーベキュー・グリルの錆を落とすのにも」

「コーヒーにひとたらしするのが一番だね」とアイダ・ベル。「特大のカップに入れたコーヒーだよ。一日中ちゃんと立って歩きたければ」

　そうでしょうとも。瓶をテーブルに置きながら、わたしはふつうのシロップだけにしておこうと心に決めた。自分の肝臓がかわいいから。木箱の中身をすべて出しおわり、次の箱をちょうだいと言おうとしたとき、背後が騒がしくなった。

　振り返ると、ちょうどリー保安官が小型のロバ《ブーロ》にのってメインストリートの真ん中に現れたところだった。きょうはいつものスラックスに保安官事務所のロゴ入りシャツを上までボタンを留めて着るのではなく、スパンコールびっしりのアンクル・サム・コスチュームで着飾っていた。シルクハットも忘れずに。まったく、冗談でしょ。強力なほうのシロップをあおったほうがいいかもしれない。

「あら、見て」ガーティが言った。「独立記念日の衣装を着たリー保安官の登場よ」

「保安官は独立記念日用に特別な衣装を持ってるの？」

「すべての祝日ごとに特別な衣装を持ってるわ」とガーティ。「メーデーのお祭り用衣装は

ない。

　保安官とブーロのまわりに住民たちが集まり、なかには保安官の前で子供にポーズを取らせる人までいた。「みんなに好評みたいね」ルイジアナ州シンフルでは何がウケるかわからない。

　アイダ・ベルがうなずいた。「賢明だね。メーデーは起源が豊作を願う儀式だから」

「どんなのか訊くのはやめておく」

見ものよ」


　アイダ・ベルがばからしいと言うように手を振った。「阿呆どもは大喜びさ。機会があれば〝うちの小さなトミーとメアリー〟の写真を撮って、それをインスタグラムに投稿するんだからね。あんなくだらないもん」

「インスタグラムのことなんて知ってるの？」わたしが知ったのは、一週間前アリーができたての試作品の写真を撮り、自分のアカウントから投稿しようとしたときだった。彼女はわたしもアカウントを作るべきだと言った。もうすぐ自分は自宅に戻るけれど、新作菓子をひとつとしてあなたに見逃してほしくないからと。わたしの太腿は新作菓子を見逃したほうがいいと確信していたが、味蕾《みらい》が太腿の意見を却下し、わたしはそれじゃそうしてと答えた。わたしがどうしても食べたいと思った新作は、必ずひとつ持ってきてくれることを条件に。アリーは『TroubleMagnet《トラブルマグネット》』というアカウントを作り、友達だかなんだかを数人登録してくれた。わたしはまだ一枚も写真を投稿していない。

　まあ、これを機会に始めてみようか。

携帯電話を引っぱりだすと、アンクル・サム・リー保安官をズームアップして写真を撮り、自分のアカウントから投稿した。これでよし――きょうの仕事は終了。あとは一日だらだら過ごしていいことにする。

携帯電話をポケットに戻し、振り向くやいなやブロー保安官助手にぶつかった。この若い保安官助手は人は悪くないのだが、経験不足だし、しょっちゅうびくついている。カーターが公式に傷病休暇中ということを考えると、おそらくいまはノイローゼの一歩手前だろう。リー保安官は――少なくともこの百年かそこらは――法執行能力のすばらしさで世間をあっと言わせたことがないし、カーターが勤務をはずれているいま、シンフルの取り締まりはブロー保安官助手の肩にかかっている。そんなことはスタートから無理に決まっていた。

「すみません、フォーチュン」ブロー保安官助手は言った。「彼女より先に、保安官と話をしないといけないんで」

「彼女って?」わたしは尋ねたが、ブロー保安官助手はすでに道路へと飛びだしていた。

わたしの質問の答えは、シーリア・アルセノーが道路に出て、リー保安官のほうへのし歩きだしたときにわかった。ブロー保安官助手が凍りつき、明らかにパニックを起こしている様子だったので、わたしは肘でガーティをつついた。「除細動器は近くにある?」

「どうして?」かがんでいた彼女は腰を伸ばしてメインストリートを見た。「あら。なんだかまずそうね」

「どういうことか見にいかないと」アイダ・ベルが言った。

わたしたちが足早に近づくと、ちょうどシーリアがブーロの前へ進みでて、リー保安官に一枚の紙を手渡したところだった。

「何ごとだ、女《ウーマン》」リー保安官は言った。「わたしが眼鏡なしには書類を読めないことを知っているだろう」

シーリアは背筋をぴんと伸ばしてにらんだ。「あたしを〝女〟呼ばわりしないで」

「どうして？　だってそうじゃないか。あんたを〝男〟と呼ぶのはばかげている。正しくないのは言うまでもなく」

シーリアは保安官から紙を奪った。「あたしが読んであげ……ええい、ばかばかしい」紙を突き返す。「そこにはね、心神喪失を理由にあなたを保安官から解任するって書いてあるのよ」

リー保安官の顔がアンクル・サムの衣装のストライプと同じくらい赤くなった。「なんとたわけたことを」

「あなたはブーロにまたがって、連邦政府捜査官の車の屋根に登ったでしょ。そのせいでさっき町に請求書が届いたの。あなたの心の健康を検査して問題なしと証明されるまで、シンフルの法執行からはずれてもらうわ」

「それで、誰が代わりに取り仕切ると言うんだ？」リー保安官が訪ねた。「カーターは傷病休暇中だし、ブロー保安官助手にはとうてい務まらんぞ」まだ凍りついたまま動けずにいるブロー保安官助手をちらっと見る。「悪く思うな」

シーリアは気取った顔でほほえんだ。「当面、あたしのいとこのネルソンが任務に当たるわ」

ガーティがはっと息を呑んでわたしの腕をつかんだ。ネルソンがどんな人物か知らないが、好きにはならなそうな予感がした。

リー保安官のあごがひくつきはじめ、シーリアが気取った笑顔のままでいればいるほど、ひくつきがひどくなっていった。そして、わたしがこれまで見たこともなかった速さで、保安官は拳銃を抜き、シーリアの額に狙いを定めた。

群衆の大半は一歩後ずさり、数人の女性が泣きだした。

「やめておけ、保安官」ある男性が言った。「そんなことをする価値、その女にはないぞ」

「どっちみち死なないわよ」ある女性が言った。「サタンは殺せないから」

わたしはアイダ・ベルに顔を寄せた。「何かしたほうがいい?」ささやき声で訊く。

アイダ・ベルは首を横に振った。「保安官がさっき自分で言っただろう。眼鏡をかけないとよく見えないって」

相手はシーリアで、わたしたちにとっては不倶戴天の敵だけれど、保安官が彼女を撃つのをただ突っ立って見ているわけにはいかない。問題は、わたしが保安官をタックルしたり、腕に何か投げつけたりすれば、思わず引き金を引かせてしまって、群衆の誰かが撃たれるかもしれないことだ。それはシーリアが撃たれるよりもまずい。少なくとも、シーリアの場合は自業自得だ。

「ずっと前からこうしてやりたいと思っていたのだ」リー保安官は引き金にかけた指に力を入れた。

わたしは飛びかかろうとしたが間に合わなかった。保安官は引き金を引いた。

大きなポンッという音がしたかと思うと、シーリアは後ろに集まっていた人々のなかへと倒れこみ、五人を道連れにしてひっくり返ったため、スカートが頭の上までまくれあがって、白い大きなおばあさんショーツが丸見えになった。

リー保安官がいかれたような声で笑いだしたので、急いで振り向くと、〝Bang〟と書かれた旗がおもちゃの拳銃からぶらさがっていた。シーリアは本当に撃たれたわけではないとわかり、群衆がおかしそうに笑いだした。放心状態から抜けだしたブロー保安官助手は、その場からすばやく逃げ去った。どうやら、彼はみんなが思っているよりも賢いようだ。

ガーティがやれやれと首を振った。「あのおばさん、とにかく丸見えが好きらしいわね。このあいだみたいなことを経験したら、スラックスをはきそうなもんだけど」

アイダ・ベルがすばやく携帯電話を取りだし、白い綿の下着がまぶしいシーリアの写真を撮った。シーリアの腰ぎんちゃく数人が駆け寄り、意識を取りもどしつつある新町長を立ちあがらせようとした。二、三秒後、わたしの携帯電話から通知音が聞こえたので見るとHotRodMama《ホットロッドママ》（ホットロッドは改造車の一種）の投稿を知らせるインスタグラムのプッシュ通知だった。

〝シンフルの新町長、公衆の面前でおケツをさらす〟

携帯画面に白い海が広がっていた。わたしは顔をしかめ、画面をオフにした。一度見ただけで勘弁してほしいと思うのに、いまやあの画像はインターネット上で不滅のものとなった。巨大なバッグをガサゴソしていたガーティが、ようやく携帯電話を引っぱりだし、同じ画像を見た。彼女は大笑いしたし、ほかにもくすくす笑っている人がいた。あたりを見まわすと、笑っている人はみな、携帯電話を手にしている。やれやれ。

「見て」ガーティが言った。「〈タイムズ＝ピカユーン〉（ニューオーリンズの日刊紙）が取りあげたわよ。わが町の新町長、初の公式報道写真ね」

わたしもにやつかずにいられなくなった。「やった!と思ってるでしょ」

「当然よ」とガーティ。

シーリアは仲間ふたりの腕をつかみ、ほとんどもたれかかるようにして立ちあがると、にんまりしているリー保安官をにらみつけた。「この落とし前はつけてもらうわよ」

保安官は返事をする代わりにブーロの向きを変え、シーリアの目の前にブーロのお尻を突きつけた。

「そこまでだ、リー」男性の声が背後から響いたので振り返ると、人混みをかき分けて、ひとりの男が歩いてきた。

「ああ、来てくれて助かったわ、ネルソン」シーリアがブーロのお尻から一歩さがりつつ言った。「あいつを逮捕してちょうだい」

つまり、この男が新保安官ということか。

五十代半ば。身長百八十センチ弱。体重百十キロ。十代のころからビール缶より重いものは持ったことなし。この男が脅かすのは食べ放題ビュッフェのみ。

「逮捕の理由は何？」ガーティが訊いた。

シーリアは指差した。「粗暴な動物をメインストリートのど真ん中に連れてきたことよ」

「ブーロは独立記念日の交通手段として、法律で許されてるわよ」とガーティ。「雄牛にのりかえないかぎり、一ミリも違反はしてないわ。町長なら、法律を勉強してほしいものだわねえ」

「雄牛？」わたしはアイダ・ベルを振り返った。

「雄牛はクリスマス・イブだけなんだよ」とアイダ・ベル。

「訊いたわたしがばかだった」

「彼は公序を乱したわ」シーリアが言った。

ガーティが鼻をフンと鳴らした。「それはあなたもでしょ。メインストリートであられもない格好になっていいって法律を通したなら、話は別だけど」

シーリアが眉間にしわを寄せた。十二歳ぐらいの少女が袖を引っぱって彼女に携帯電話を突きつけた。シーリアの顔が真っ赤になったかと思うと今度は紫色になったので、一瞬だが、わたしは彼女の顔が七色につぎつぎ変わるか、頭が爆発するのではと思った。ようやく彼女は「ここはまかせるわ、ネルソン」と唾を飛ばしつつ言うと、カトリック教会のほうへと歩き去った。

「人前でお尻を見せたときって、何回アベマリアを唱えればいいのかしらあ？」ガーティが後ろから大きな声で訊いた。

ネルソンがリー保安官に一歩近づいた。「そのいまいましいケモノから降りて、おれと一緒に来い」

リー保安官はネルソンの顔に向けてブーロをバックさせた。「あとひと言でもほざいたら、ブーロにすっきりしろと合図するぞ。こいつはこのごろ腹にガスがたまっているんでな」

ネルソンはぴょんと後ろに飛びのき、ブーロの尻を警戒するように見た。「この件はまだ終わりじゃないぞ、リー」

「おや、終わりだとも。始まる前から終わっていたさ」リー保安官が腹を軽く蹴ると、ブーロはまたバックし、ネルソンの足を蹄で踏みつけた。

ネルソンは痛みに大声をあげ、ブーロの尻をぐいっと押して、足の上からどかせようとした。ガスのたまったブーロ相手に賢明な行動とは言えなかった。尻に手が置かれたのは、腹にたまっているものをネルソンの靴の上に放出せよという合図と受けとられたからだ。すっきりしたブーロは飛びはねたくなったらしく、後ろ脚を蹴りあげ、〝放出したもの〟を大量にまき散らしながら、両方の蹄でネルソンの胸の真ん中をキックした。ネルソンは胸をつかんでコンクリートの上に倒れ、あえいだ。リー前保安官とブーロは後ろをちらりとも振り返らずにゆっくりと立ち去った。

「今度は除細動器が必要?」わたしは訊いた。

アイダ・ベルがネルソンに近づいてかがみこみ、首に指を当てた。「起きな、でっかい赤ちゃん。あんたの心臓は問題なく動いてるよ」彼女はこちらを振り返った。「ファンネルケーキにするかい？」

「待ってました」

みんなが〝保安官とブーロによる見世物〟に引き寄せられていたので、ファンネルケーキを売るトレイラーにはお客が並んでいなかった。わたしたちが近づいていくと、若い女性がにっこりほほえんだ。「アイダ・ベル、ガーティ……何年ぶりかしら」

三十歳前後。身長百六十三センチ。体重五十五キロ。にこにこしている以外はすぐわかる弱点なし。

「ケイラかい？」アイダ・ベルが言った。「あんたとは気づかないところだったよ」

ケイラの顔が赤くなった。「ちょっとやせたんです、高校時代と比べると」

「ちょっとどころじゃないでしょ」とガーティ。「若い人はみんな、あれこれ流行のダイエットをするのよね」

「あたしの場合は男子学生ウケがよくなるためのダイエット」ケイラが答えた。「ぽっちゃりしてるとモテないから、体重を落としてイメージチェンジをしたんです――髪型を変えて、歯の治療をして――そういうのご存じでしょ」

「あなたの歯、とってもきれいだわ」ガーティが言った。「ラミネートベニアをはりつけたの？」

「一部ラミネートベニア、一部かぶせもの《クラウン》です。請求書を受けとったときは、前からもっときちんと歯の手入れをしておけばよかったって後悔しました」

「あたしもそういう治療、受けようかと考えてるの」とガーティが言った。

アイダ・ベルがぐるりと目をまわした。「あんたは十年前から入れ歯だろう」

ケイラが声をあげて笑った。「とにかく、大幅なイメージチェンジにかなりの投資をしたんですよ」

「で、効果はあったのかい？」アイダ・ベルが尋ねた。

「魔法のような効果がありましたよ」後ろから男性の声が響いた。ふたりが振り向くと、声の主が横を通りすぎ、テーブルを飛びこえてブースのなかに入り、ケイラと並んだ。手を差しだす。「コルビーといいます。ケイラの夫です」

アイダ・ベルとガーティはそれぞれコルビーに自己紹介をしてから、わたしを指し示した。

「うっかり忘れてたけど、あたしたちの友達のフォーチュンよ。彼女の大おばさんがあたしたちの親友だったの。この夏、こっちで彼女の遺産の整理をしていて」

「まあ、大おばさんのこと、残念だったわね」とケイラ。

「ありがとう」とわたしは答えた。「ただ、長いこと会っていなかったので」

というか、一度も。

「独立記念日を祝うためだけに、故郷へ戻ってきたわけじゃないんでしょ」ガーティが尋ねた。

「まあ、記念日のためとも言えるんです」ケイラはトレイラーを指し示した。「これがあたしたちの商売なので。あちこちのイベント会場をまわって、ファンネルケーキとスノーコーンを売ってるんですよ」

「たいへんそうな仕事に聞こえるけど」毎週違う場所へ行っては、一日中たまたま出会った人たちの接客をするなんて、わたしだったら考えただけでぞっとする。

「たいへんよ」ケイラはうなずいた。「でも、楽しくもある。コルビーもあたしもそろって旅好きだし、商売もかなり順調なの。キャンピングカーでトレイラーを引っぱっていくから、いつも自宅にいるようなものだし。たいていイベントとイベントのあいだは何日かあいていて、交替で運転しながら、各地の景色を楽しんだり」

「商売と言えば」コルビーが言った。「車に予備の紙皿を忘れてきた。急いで持ってくる」

「了解」ケイラは彼に百万ドルの笑みを向けた。

「本当にチャーミングな男《ひと》ね」とガーティ。「あなた、高校時代は双子のひとりとつき合ってなかった?」

ケイラは天を仰いだ。「ダグですね。実は大学一年のときに彼と結婚したんです。続いたのは一カ月だけ。あの男、あたしの化学の実習仲間と寝てたんですよ」

ガーティがやれやれと首を横に振った。「今度はいいお相手を見つけたようね」

「最高の相手です」ケイラはうなずいた。

「お母さんはどうしてる?」アイダ・ベルが尋ねた。「しばらく会わないけど」

「元気にしています」とケイラ。「デンバーにいる自分の姉妹を訪ねることが多いんです。

涼しいほうが好きなんで。あたしはできるだけこっちへ寄るようにしてるんですけど、スケジュールがタイトなときはむずかしくて。なんて、あたしのおしゃべりはこの辺にしておきましょう。ご注文は？」

「ファンネルケーキを三つ」ガーティが言った。

コルビーが揚げ鍋から出したばかりのケーキにケイラが粉砂糖を振りかけ、わたしたち三人の前に置いた。「十五ドルになります」

「休みが取れるのも不思議じゃないね」アイダ・ベルがぶつぶつ言った。

「わたしが払うわ」ケイラに二十ドル札を渡してお釣りをもらい、わたしたちはデザートを手に〈シンフル・レディース〉のブースに向かって歩きだした。「ふたりとも一日中、店番をしないといけないの？」

「まさか」とガーティ。「あたしたちは設営するだけ。あとはほかのメンバーが引きついでくれるわ。交替スケジュールが組んであるの、それぞれお祭りを楽しむ時間がたっぷりあるように」

言われて見ると、〈シンフル・レディース〉のメンバーふたりがすでにブースに来て、品出しを終えようとしていた。近づいていくわたしたちに気がつき、ふたりは顔をあげた。

「シーリアが醜態を演じたって聞いたわ」ひとり目が言った。

「聞いただけじゃなく、画像も見たわよ」ふたり目が、まるで犬の糞を踏んだかのように顔をしかめた。

「おかしいったらなかったわ」とガーティ。「あのあと、ブーロがネルソンの靴の上に糞をして、あいつを蹴飛ばしたの」

メンバーふたりはくすくす笑ってから真面目な顔になった。「リー保安官が解任されたとも聞いたわ」ひとり目が言った。「ネルソンなんてサボテンの面倒も見られないのよ、この町を仕切るなんて無理よ」

「リー保安官に仕切れるかっていうと、それも無理なんだけどね」とアイダ・ベル。「ただ、リー保安官に投票しとけば、カーターがすべてを引き受けるってことが、みんなわかってた」

「カーターが保安官に立候補してくれればいいんだけど」ガーティが言った。

「カーターはリー保安官が引退するか死ぬかしないかぎり、立候補はしないと前から言ってる」とアイダ・ベル。

「いまだに生きてるところを見ると、あの人が死ぬってことはないんじゃないかしらね」わたしは言った。

アイダ・ベルがうなずいた。「考えなおすときかもしれないね。シーリアがリー保安官は心神喪失って主張を通したら、カーターは次の選挙に出馬せざるをえなくなるだろう。当面はネルソンに威張られるのが我慢ならないけど」

「誰かおれの話をしたかな?」後ろからカーターの声が聞こえた。

第2章

振り返ると、カーターがウィンクした。笑顔にならずにいられない。「きょうは具合がよさそう」

「ああ。たぶんきのうゆっくりしたせいじゃないかな」レディースの面々に小さく会釈してから、カーターは真顔になった。「リー保安官の話を聞いた」

「いまちょうどその話をしていたところ」わたしは言った。「あなたにどんな影響出そう？」

「まだ何も。だが、ネルソンとは犬猿の仲なんでね。シーリアが保安官について心神喪失の主張を通すのに成功したら、おれは別の仕事をさがすことになるかもしれないな」

「あの男に解雇されるなんて、本気で考えてるの？」わたしは訊いた。「少しでも現場を知ってるのはあなただけでしょ」

「あいつはすぐさまおれをクビにすると思う。しかし、その間《ま》を与えずに、こっちから辞めてやる。ネルソンみたいなげす野郎の下で、誰が働くもんか」

「ひと言説明を加えておくと」ガーティがわたしを見て言った。「ネルソンは人気者とは言えないの」

「どういう男なの？　いままで一度も名前を聞いたことがなかったけど」

「あの男の名前を口にするのは悪魔を呼びだすに等しい行為と信じてるから、あたしたち」とガーティ。

「どうやらボスのシーリアに呼びだされたみたいだし、これ以上悪くなりっこないはず」

「そうだね」とアイダ・ベルが言った。「ガーティが創世記までさかのぼる前に、あたしから要約版を話すとしよう。ネルソンは高校を卒業したあとニューオーリンズに出たんだ」

驚いた。要約版の始まりが高校卒業後？　これから三十年以上の物語が語られるわけだ。

「就職したのは自動車を修理する工場」アイダ・ベルは話を続けた。「二年ほどすると、知るべきことはすべて身につけたと考えて、シンフルに戻って自分で自動車修理工場を開くことにした」

「ウォルターの商売敵となるのが得策だなんて考えたの？」

ガーティが首を横に振った。「当時、ウォルターはまだ修理工場を開いてなかったのよ。雑貨店だけで」

「それどころか」アイダ・ベルが言った。「当時シンフルには自動車修理工場が一軒もなかったんだよ。だからみんな、近所で修理してくれるところができたって喜んだんだ」

「ネルソンをよく知らないみんなよ」とガーティ。

「そのとおり。それで」とアイダ・ベルが話を続けた。「時間はかからなかったよ、ネルソンは車のことなんててんでわかっちゃいないって、みんなが気づくまでにね。そりゃ、オイル交換やパンクしたタイヤの修理はできたさ。しかし、それ以上複雑なこととなると、からっきし駄目だったねえ」

「つまり、車を何台か台なしにして、お客を怒らせたわけ？」

「台なしも台なしだよ」アイダ・ベルが答えた。「一番ひどかったのはリー保安官のピックアップ・トラックだ。クラシックカーだったんだけどね」

ガーティがぐるりと目をまわした。「ものすごく古くて、要するにヘンリー・フォードから直接買ったってことよ」

アイダ・ベルがいい加減にしなという顔でガーティを見た。「とにかく、そのピックアップはリー保安官の自慢の種だったんだ。それをオイル交換のためにネルソンのところへ持っていったら、作業が終わったあと、保安官が運転して帰って車を私道へ入れたとき、アクセルが戻らなくなったんだ。車は居間を走り抜け、家の裏のバイユーに突っこんじまったんだよ。パスポートも道連れにしてね」

リー保安官が干し草を食べて走るもの以外にのっているところを想像するのはむずかしかったが、アイダ・ベルの描写力が助けになった。「で、保安官はネルソンの責任だって言ったの？」

「最初は言わなかったのよ」興にのってきたガーティが答えた。「でも、リー保安官の車が自宅を走り抜けたあと、ほかのお客たちが文句を言いだしたの、ネルソンに修理させたら車が壊れたってね。それまでは何も言わなかったんだけど」

「はーん」話の行きつく先が見えた気がした。

「リー保安官は、ネルソンが仕事を増やすために車に細工をしたと考えたんだ」アイダ・ベルが言った。「ただし、証明はできなかった。それでも、噂が立ったせいで、住民は町の外の修理工場を利用するようになって、ネルソンは店じまいするしかなくなった」

ガーティがフンと鼻を鳴らした。「店じまいなんかじゃないわよ。工場から持ちだせるものを全部持って夜逃げしたんだから。修理工場に出資した住民にはほんのわずかなお金も残さず、そのうえ家賃やら水道光熱費やらの支払いを全部押しつけたのよ」

「押しつけられたなかには、うちの祖母もいた」とカーター。

「あの男、犯罪者じゃないの！」わたしは頭に血がのぼってきた。「それなのにシーリアは、あいつが保安官候補としてベストだなんて言うわけ？」

「シーリアが欲しいのは自分の命令どおりに動く操り人形だからね、言うよ」アイダ・ベルが答えた。

「あきれた」わたしは怒りの口調で続けた。「彼女、ひとりでこの町を丸ごと崩壊させるにちがいないわ」

「あたしが前からそう言ってるでしょ」とガーティ。

「そうだね、あたしたちは必ず問題が起きると予見していた」アイダ・ベルが言った。「しかし、ネルソンが戻ってくるなんて展開は誰も予想しなかったはずだ。町から追放されたも同然になって、帰ってくるときはほんの数日だけになってたからね」

「傷病休暇中で運がよかったと言いたくなるな」とカーター。「ドクター・スチュワートから職務復帰の許可が出るころには、マリーが票の数えなおしを終えて、シーリアは退場してるかもしれない」

「そう祈りましょ」ガーティが言った。

祈るよりも強硬な手段を提案しようと考えていたとき、とてつもなく大きなドーンッという音が空にとどろいた。誰もが慌てて首をめぐらすと、ちょうど炎が高く立ちのぼり、黒い煙がたなびくのが見えた。

「いったい何ごと？」わたしは訊いた。「あのあたりって湿地のど真ん中よね」

アイダ・ベルとガーティが目を見交わした。

「何？」

「えっと、あのね」ガーティが口ごもった。「湿地ってときどきガスが――」

「ほら話はそこまで」カーターが言った。「おそらく製造所だろう」

「製造所？」

「密造酒の」とカーター。

「ああ！」〈シンフル・レディース〉の咳止めシロップが密造酒であることは誰でも知っているけれど、あれがどこで、いつ製造されているかについて、わたしは一度も尋ねたことがなかった。たぶんカーターもだろう。なぜなら、知ったら何かしら手をくださざるをえなくなるからだ。アイダ・ベルとガーティを見ると、アイダ・ベルがかろうじてわかる程度に首を横に振った。

つまり、彼女たちの製造所ではないわけだ。でも、誰かのであるのは間違いない。「よくあることなの？」密造酒の材料はきわめて引火性が高いはずだが、爆発事故が起きたという話は聞いたことがなかった。少なくとも酒が原因の爆発は。

「意外とね」ガーティが答えた。

「シンフルの町と住民をよく知ってる人間からすれば意外じゃないけどね」アイダ・ベルが指摘した。

煙の雲を見つめて眉をひそめているカーターを、わたしは見た。「こういうとき、あなたはどうするの？」

「何も」と彼は答えた。

「ほんとに？」

「ああ。休暇中だから。忘れたのか？」

「あ、そうだった。ラッキーだったわね」

「ブロー保安官助手にとってはアンラッキー」とガーティ。「独立記念日と選挙絡みのごたごたで、すでに心臓発作を起こしかけてたんだから。そこへけさ保安官とシーリアがひと悶着起こして、あの子、慌てて隠れちゃったでしょ。今度はもうほんとに限界かもしれないわ」

わたしが何か言うより先に、話題の人物がメインストリートの真ん中に飛びだしてきたかと思うと、必死の形相であたりを見まわした。わたしたちを見つけるやいなや駆けだし、カーターの正面で足を滑らせながらとまった。しゃべろうとして口を開いたが、出てきたのは息が詰まったような声だけだった。体を折り曲げてあえぐ。

いったいどうしたというのか。保安官事務所はすぐそこで、一、二キロ先にあるわけじゃない。でもブロー保安官助手はマラソンを走ってきたかのように見える。

ガーティが彼の背中をトントンと叩いた。「喘息のせいね？　こんなに気持ちが高ぶることが多くちゃ、発作が起きても当然よ。呼吸に意識を集中して」

ブロー保安官助手は体を起こすと、大きく息を吸っては吐くことを二、三度繰り返した。顔はビーツのように真っ赤だし、カーターが銃撃を受けたときのように心配そうな表情をしている。何か重大な問題が起きたにちがいない。酒造所が爆発したというだけじゃない。

「爆発」ブロー保安官助手がゼエゼエ言いながら話した。

「うん」とカーター。「おれたちも見た」

「スクーターから電話……ウォルターと現場近くで釣りをしていて、ウォルターに破片がぶつかったって。意識がないそうで。スクーターは大急ぎでこっちに戻ってきます。ヘリを呼びました」

わたしは一気に脈があがった。さっとアイダ・ベルを見ると、張りつめた表情になっている。ウォルターは町の雑貨店のオーナーでカーターのおじであり、長年アイダ・ベルに求婚しつづけていて、わたしの友人だ。「ぶつかったのは何？　出血してるの？」

「わからない」とブロー保安官助手。「スクーターは平静じゃなかった。何言ってるのかわからないときもあったし、ボートの操縦と話すのとを同時にやらせたくなくて……」

「当然ね」スクーターはウォルターの自動車修理工場で働く整備士だが、しらふでストレスが加わっていないときでも何が言いたいのかよくわからない。おそらくいまは支離滅裂と言っていいはずだ。

「それじゃ桟橋へ向かうのがベストだな」カーターが言った。

わたしたち五人は保安官事務所の裏の桟橋へ行き、そこで落ち着かない沈黙のなか待った。ガーティは円錐形の標識に腰かけ、心配そうにアイダ・ベルをちらちらと見た。アイダ・ベルはいつもの平然とした表情で不安を押し隠そうとしているが、ともするとその仮面が揺らいだ。

「先走って最悪の事態を考えるのはやめておこう」カーターが沈黙を破って言った。「スクーターは正確さやコミュニケーション能力の高さで知られているわけじゃない。ウォルターはきっと大丈夫だ」

わたしもうなずいた。「たぶんカーターの言うとおりよ」

アイダ・ベルが体をこわばらせたかと思うとバイユーの先を指差した。「もうすぐわかる」

見ると、一艘のバスボートが突進してくる。猛スピードを出しているせいで、すごく大きな波がつぎつぎ岸にぶつかっては砕けた。岸で釣りをしていた数人がびしょ濡れになって中指を突きたてたが、スクーターは〝すまない〟と手を振るお義理のしぐさすらしなかった。そろそろ速度を落としてくれるよう期待した。さもないと岸にのりあげてメインストリートまで突っ走っていってしまいそうだ。

逃げたほうがいいとみなに言おうとしたちょうどそのとき、スクーターがエンジンを切ったため船首が水面までさがり、ボートは桟橋までまっすぐ進んできた。ウォルターが救命具に頭をのせて、床に寝かされている。後退しつつある生え際の近くに大きな赤いこぶができているが、血は出ていなかったのでほっとした。

スクーターがカーターに舫《もや》い綱をほうったけれど、ボートがつながれるより先にアイダ・ベルが飛びのった。身をのりだし、ウォルターの名前を呼ぶ。まぶたがぴくぴく動いたかと思うと、ウォルターが体を動かそうとしてからうめき声を漏らし、頭を押さえた。

「動いちゃ駄目だよ」アイダ・ベルが言った。「救急隊員がこっちへ向かってる」

「何があった？」ウォルターは尋ねた。

「何かが爆発したんだ」カーターが答えた。「おそらく酒造所だろう。それで破片が飛んできたんだ」

ウォルターはまばたきして目をすがめ、こちらを見た。「スクーターと釣りをしていたんだ。いいカワマスが釣れて。覚えているのはそこまでだ」

ヘリコプターが近づいてくる音が聞こえ、わたしは空を見あげた。「迎えのヘリが来た」

「えっ？」ウォルターは首をめぐらし、ヘリコプターが桟橋近くに着陸するのを見た。「医者なんて要らん」

「いい年してばか言うんじゃないよ。頭を調べてもらう必要があるだろう」アイダ・ベルが言った。

「それはそうかもな」ウォルターが答えた。「生まれてからほぼずっと、威張り屋のあねごを追っかけてきたとあっちゃ」

救急隊員たちが担架を持ってやってきて、ボートにのりこんだ。アイダ・ベルは邪魔にならないよう、急いで桟橋に戻った。救急隊員はウォルターを横向きにして下にバックボード（体を固定できるタイプの担架）を滑らせると、もう一度仰向けにして寝かせ、桟橋へと運びあげた。数分後にはウォルターはヘリコプターにのせられ、かたわらに座ったアイダ・ベルと共に飛びたった。

「わたしたちも病院に行くから」ヘリが離陸するとき、わたしは叫んだ。

「あー、こんなこと頼みたくないんだが」カーターが決まり悪そうに言った。「運転してくれるか？　おれは医者からまだ許可が出てないし、ドクター・スチュワートに釘を刺されてるんだ。車のハンドルを握ってるところを見たら、再入院させるって」

「もちろん、いいわよ」わたしは答えた。

ガーティがぴんと背を伸ばした。「スクーターに訊いたほうがいいわよね、何がウォルターにぶつかったのか……どこかに裂傷ができてるといけないから」

カーターが思案顔になった。「裂傷は見えなかったが、確かに。小さな傷でも頭部から感染したらよくない」

桟橋に戻ると、スクーターが釣り道具をボートからおろしているところだった。近づくわたしたちに気づき、顔をあげた。見るからに心配そうな表情をしている。「ウォルターは大丈夫ですよね？」スクーターが訊いた。

「元気になると思うわ」ガーティが答えた。「何日か安静にすれば済むんじゃないかしら」

「そのとおりだといいんですけど。ひどく妙だったんです……出し抜けに爆発が起きて」

「あたしたち、知りたいことがあるのよ。あなた、何がウォルターに当たったか見た？　お医者さんが知りたがると思うんだけど」

スクーターがはっと目を見開いた。「しまった！　すっかり忘れてた。持ってきたのに。保安官事務所で調べたりするのに要るかもしれないから」

後ろを向いてクーラーボックスから何かを引っぱりだすと、桟橋にひょいと置いた。ガーティが悲鳴をあげ、飛びのいた拍子にバイユーのなかへと落ちた。ブロー保安官助手がすばやく振り向き、手を差しのべてガーティを桟橋へと引きあげる。

カーターとわたしはスクーターのおみやげをのぞきこみ、顔を見合わせた。

「ウォルターは、空飛ぶ脚にぶつかられて気を失ったの？」

カーターは驚きに目を見開いていた。「そのようだな」

「この町って異常なことしか起きないわけ？」

わたしの隣に立った瞬間、ブロー保安官助手の顔から血の気が引いた。「な、な、なんてこった」

カーターが手を伸ばしてちぎれた人間の脚をつかむと顔に近づけた。においを嗅いだとたん、彼の顔色が変わった。こちらへもにおいが漂ってきたので、わたしは鼻と口を覆った。

ブロー保安官助手が腕で鼻をふさぎ、何歩か後ずさりした。

「猫のおしっこが特別にくさくなったみたいなにおい」わたしは言った。

カーターはちぎれた脚を桟橋の上に戻し、顔を違うほうへ向けて息を吸いこんだ。「ああ。こいつはさらによくないニュースだ」

「どうして？」わたしは訊いた。

「猫のおしっこみたいなにおいがするものを知ってるか？」とカーター。

「オールド・ミス・ジョンソンの家ですかね」ブロー保安官助手が答えた。「ただし、あの人は猫を百匹ぐらい飼ってるし、両脚そろってる。さっきダウンタウンで見かけました」

桟橋に這いあがったままになっていたガーティが、わたしたちのほうに水を飛ばしながらよろよろと立ちあがった。「メタンフェタミン（覚醒剤の一種）の製造所」

ブロー保安官助手が首を絞められたような声をあげた。「まさか！」

カーターがガーティを見た。「どうしてそんなことを知ってるんです？」

「ウィキペディアよ」彼女は答えた。「インターネットには情報が溢れてるでしょ。すごいとしか言いようがないけど、多くの場合、ちょっと心がかき乱されるわね」

「そのとおり。インターネットには犯罪者を助ける情報が溢れている」カーターが同意した。「それにしても、どうしてメタンフェタミンの製造所のことなんて調べていたのかな。いや、いいです。知りたくない気がする」

わたしはちぎれた脚を見おろした。「メタンフェタミンの製造所？　シンフルに？」

ガーティがうなずいた。「ネルソンが保安官になったら、メインストリートで売られていても、犯人をつかまえられないでしょうね」そう言ってこちらを一瞥《いちべつ》したので、わたしは表情を変えないよう努力した。彼女の言わんとすることは間違いなく受けとった――カーターが任務からはずれているいま、シンフルの治安を守れる人物はひとりもいない。

ガーティに賛成したくはないけれど、わたしにとって非常に大切な人がひとり、すでに負傷している。もし空飛ぶちぎれた脚ではなく、金属製のものに直撃されていたら、ウォルターは死んでいたかもしれない。メタンフェタミンは油断のならない害悪であり、シンフルのように小さな町をほんの数カ月で破滅させられるのは言うまでもない。カーターが目をそらしたすきに、わたしはガーティに小さくうなずいてみせた。

湿地三人組《スワンプ・チーム・スリー》の出番だ。

緊急治療室の廊下に入るやいなや、文句を言うウォルターの声が聞こえてきた。

「声からすると大丈夫そうね」とガーティ。

わたしはうなずいた。聞こえてきたのは数日前のカーターにそっくりのしゃべり方だった。血がつながっているせいか、男であるせいか。病室に入ると、アイダ・ベルが隅に腰かけて首を横に振っていた。ドクター・スチュワートがウォルターのベッドのそばに立ち、いらついた顔をしている。こちらをちらっと見た医師は、ますます顔をしかめてカーターをじろりと見た。

カーターは両手をあげた。「運転はフォーチュンがしました。誓います」

「そうだろうとも。きわめて違法な速度でだな、これだけ早く着いたところを見ると。つまりきみは、きちんと服を着てベッドに寝ていたか、メインストリートをうろついていたわけだ、本来は安静にしていなきゃいけないときに」

「ダウンタウンまでは母が運転してくれたし、おれはじっと座ってました」

ドクター・スチュワートは片眉をあげた。「へえ？　そういう話で通すつもりか？　ともあれ、きみがここへ来たのは再入院のためじゃないんだろうな。そうするのも悪くないと思うが」

「医者ってのはまったく癪《しゃく》にさわる」ウォルターがぶつぶつ言った。「病院に閉じこめるから、人は具合が悪くなるんだ」

カーターがうなずいた。

「ウォルターは大丈夫なんですか？」ガーティが訊いた。

「元気になるでしょう」ドクター・スチュワートは答えた。「頭のこぶ以外、これといった損傷はないようです。頑固さはここへ到着する前に復活してましたしね。何がぶつかったのかはご存じですか？」

わたしがちらっと見ると、カーターが一瞬ためらってから答えた。「ええ、一緒に持ってきたほうがいいだろうと、スクーターが考えたもんで」

「本当に？」ドクター・スチュワートは少し驚いた顔になった。「スクーターにしてはずいぶんと気が利いたものだ」

「ええ、まあ、本件に関してはめずらしく冴えていてくれて、非常に助かりましたよ」

「ん？　何かおかしなことがあったのかな？」

カーターはうなずいた。「かなりおかしなことが。ウォルターにぶつかったのは、ちぎれた脚だったんです」

「なんだって？」ウォルターがベッドの上で背筋を伸ばした。「いますぐ退院させてくれ。家へ帰って、あすかあさってまでシャワーを浴びつづける必要がある」

ドクター・スチュワートが眉をひそめた。「酒の密造人の脚ということか」

「それが、爆発したのは酒の製造所じゃなさそうなんです」カーターは言った。「ちぎれた脚は猫の小便みたいなにおいがするんですよ」

ドクター・スチュワートが目をみはった。「メタンフェタミンの製造所ということか？」

「おれはそうじゃないかと。その脚を持ってきたんで、できれば検査を……」

「もちろん、いいとも。わたしの専門ではないが検査室の担当に話そう。向こうでなんとかできるはずだ」

カーターが気まずそうに小さく体を揺らした。「先生、この件は当面、ここだけの話にしておいてもらえるとありがたいんですが」

「シーリアとネルソンのことは聞いた」ドクター・スチュワートが言った。「ふつうなら、証拠の隠匿に加担したりはしないんだが、この件に関しては手を貸すほうが賢明そうだな。

それに、わたしは以前すばらしいキャデラックを所有していたんだが……」ため息をつく。

ネルソンと彼の自動車修理工場の威力、侮るなかれ。四十歳以上のシンフル住民でネルソンから害を被っていない人はいないのではないか。

「ありがとうございます」カーターが言った。

「礼なんて言わないでくれ」とドクター・スチュワート。「というか、何も言わないでくれ」

カーターはうなずいた。「脚はクーラーボックスに入れて、ドアを出たところに置いてあります」

「まかせなさい。何かわかったら、連絡する。しかし証拠品を引き渡す相手は、間違いなく調査をすると信頼できる人物にしてほしい。たとえ州警察を呼ぶことになろうともだ。さらに、そうした手配は全部、自宅のリクライニングチェアに座ってやること」

「了解です」カーターはそう言ってからため息をついた。

「さてと、ほかに気の滅入る用件がなければ」ドクター・スチュワートは言った。「わたしはその脚を持って、ウォルターの退院許可書にサインしにナースステーションへ行くとしよう」

ウォルターが「ヒャッホー」と言ったので、ドクター・スチュワートはやれやれと首を振った。

「いいですか」医師は先を続けた。「あなたは少なくとも四十八時間、安静が必要な状態なんですよ。何か変化があったらすぐ連絡してください。そうだ、二日間カーターと一緒にいるといいかもしれない。そうすれば、リクライニングチェアに座って、わたしと病院の悪口をふたりで言い合っていられる。わたしからエマラインに電話をかけさせないでください」

カーターとウォルターは緊張した顔で目を見交わし、わたしは噴きだしそうになるのをこらえた。カーターの母は美しくて頭がよく、やさしい人だ。でももっと重要なのは、家族内で決して無視できない存在だということ。ドクター・スチュワートはウォルターとカーターに指を突きつけてから、病室をあとにした。

「一本取られたわね」ガーティが声をあげて笑った。

ウォルターが脚をさっとベッドの横におろした。「むきだしのおれの尻を見たくなければ、とっとと外に出たほうがいいぞ」

カーターはわたしを轢きそうな勢いで病室から出ていき、わたしもすぐあとに続いた。ウォルターのことは好きだけれど、社会的に認められている範囲外の場所がむきだしになっているところは見たくない。

「それじゃ州警察に連絡するの？」廊下にみな集まったところで、わたしはカーターに訊いた。ブロー保安官助手には、当面、空飛ぶメタンフェタミン脚のことは他言しないようにと頼んである。従順な保安官助手は見るからにほっとした顔でカーターに同意した。

「しなきゃならないだろうな」と彼は言ったが、不快に感じているのは明らかだった。

アイダ・ベルが首を横に振った。「州警察じゃ、まったく埒が明かないよ。この手のことは、地元住民をよく知る人間じゃないと真相に迫れない」

「ウォルターにぶつかったのが空飛ぶ手だったらよかったんだけど」わたしは言った。「それなら、指紋がとれたことだけは確か」

カーターがわたしをまじまじと見た。「司書にしちゃ本当に変わった考え方をするよな。貸し出しカウンターに座っているあいだ、いったい何を読んでるんだ？」

しまった。「探偵小説が多いかも」

カーターはやれやれといった様子で首を振った。「それで説明がつく」今度はアイダ・ベルとガーティのほうを見た。「そちらの言い訳は？」

「あたしはテレビのせいね」とガーティ。

「あたしは穿鑿《せんさく》好きなだけだよ」アイダ・ベルが答えた。「それと、犯罪者と一緒に暮らすなんて嫌だからね。よくいる酒に酔って暴れるやつとか密漁者は別だよ。シンフルが湿地帯のメタンフェタミン製造中心地なんかになったらたまらないんだ」

カーターは目をすがめてわたしたち三人を見た。「三人とも、この件には首を突っこまないように。了解？　おれには逮捕する権限がないかもしれないが、もしあれこれ調べてるところを見つけたら、神に誓って、シーリアに連絡してネルソンに命じさせる。三人とも留置場にぶちこむようにって」

わたしはアイダ・ベルとガーティの顔をちらりと見た。わたしたちを危険から守るためなら、彼は間違いなくいまの脅しを実行に移すだろう。さらに間違いないのは、わたしたちをぶちこむチャンスに、シーリアが飛びつくことだ。

「本気だからな」カーターは言った。「ほんの数日前、三人とももう少しで撃たれるところだった。あのとき、もしおれが間に合わなければ……」

「ちょっと、わたしは入れないでよ。家で寝てたんだから。忘れたの？」

アイダ・ベルとガーティがむっとした顔でわたしをにらんだため、にやつかずにいるだけで精いっぱいだった。実際は、わたしもふたりと行動を共にし、事件のただなかにいたからだ。銃殺場面の直前まで。わたしは見つかる前にこっそり抜けだすことに成功し、カーターからきびしく問いつめられて気まずい思いをするのを避けられた。司書がなぜ武器商人を追いつめようとしたりしたのか？　なんとも皮肉な話としか言いようがない。何しろ、わたしが他人のふりをしてシンフルに身をひそめることになったのは、とある武器商人が原因なのだから。

「確かに」カーターが言った。「きみの主張はそうだが、おれは納得のいく返答を得られていない。シンフルに来て以来、ほかのふたりが首を突っこむと、きみはいつもその現場で行動を共にしていた。それが今回はどうしていなかったのか？」

「あたしたちが話さなかったからよ」ガーティが言った。

「どうして？」カーターが訊いた。

「フォーチュンはあなたとつき合いはじめたところだし、もしあなたを怒らせたら、彼女が幸運をつかむ可能性が低くなっちゃうと思ったから」とガーティ。「あたしの場合、幸運をつかんだことなんて記憶の彼方。この年になると、他人《ひと》の恋愛でわくわくするしかないのよ。

だから自分の利益を守ったわけ」

　噴きだすのをこらえるために、わたしは咳きこんだ。カーターの表情ときたら、傑作だった。賭けてもいいけれど、彼はこの手の質問を二度としないだろう。

「それはそうと」アイダ・ベルが言った。「幸運の話は置いといてさ、あたしたちは深刻な窮地に陥ってるよ。カーターは職務から外れてるし、ブロー保安官助手は人はいいけど、こんだけ大きな案件に対処するのは無理だ。州警察もたいして変わらない。手がかりが空飛ぶ脚だけじゃね」

「ある程度の捜査なら、おれができる」カーターが言った。

「リクライニングチェアに座って？」ガーティが訊いた。

「必要とあれば、そう」

　軽い口調だったが、何か考えているのは間違いなかった。彼には計画がある。でも、それをわたしたちに話すつもりはない。いまほど、ガーティがよく言う〝色仕掛け〟が使えればと思ったことはなかった。残念ながら、わたしがこれまでカーターの心をつかむためにやってきたことと言えば、逮捕する理由を与えないように努力するぐらいだった。たとえ色気の出し方を知っていたとしても、いま出したら、カーターはわたしが脳に損傷を負っていないかどうかドクター・スチュワートに調べさせるだろう。

「じゃ、それで決まりね」わたしは言った。

　色仕掛けはなしでも、スパイ活動はなしじゃない。後者に関して、わたしは達人だ。

第3章

ウォルターを彼の家まで送り届けてリクライニングチェアに落ち着かせると、わたしたちは独立記念日のお祭りへと戻った。ガーティとアイダ・ベルは〈シンフル・レディース〉のブースで商品が少なくなっていないか確かめる必要があったし、わたしは七月四日のシンフルの楽しみ方をカーターに教えてもらうと約束していた。

くつろいでいるふりをするには少し努力が要ったけれど、爆発事件のことばかり考えていると彼に感づかれるのはまずかった。ちょっとおもしろかったのは、わたしを案内しながら、カーターもまたシンフルにおける最近の犯罪傾向について考えているのが見てとれたことだ。タレントショーでかなり下手な歌を披露する出演者や最優秀賞に輝いたイモの甘露煮《キャンディード・ヤム》、そして美ブタコンテスト——これはブタが逃げだしたので、実際かなり楽しめたけれど——などを楽しんでいるふりをしながら、ふたりとも本当は上の空だった。わたしの演技が彼よりもましだったように祈るばかりだ。あるいは、向こうの気が散るあまり、こちらの演技のまずさに気がつかなかったことを。

夕方になると、カーターが疲れてきたのがわかったので、猫の餌やりのために家に帰らなければとわたしは言った。それにシャワーも浴びたい。なんと言っても七月のルイジアナだから。花火はうちの裏庭から見えるし、あなたは少し休んで、暗くなってからわたしの家へ来ればいい。カーターは少しばかりほっとした顔になった。一時間ほど前に現れたエマラインと一緒に帰っていく彼を、わたしはにやつきをこらえて見送った。男って。

「よかったわ、あなたがそろそろ帰るって言ってくれて」ガーティが言った。「カーターはずっとここにいたはずよ、心臓がとまるまで。疲れたって認めるくらいなら」

わたしはうなずいた。「そうよね。ただ、わたしのほうもまったくの嘘じゃなかったの。シャワーが浴びたくてたまらない」

ガーティが胸にはりついたトップスを引っぱった。「同感だわ」

「アリーのシフトは何時に終わるんだい?」アイダ・ベルが尋ねた。

「もう終わってる」わたしは答えた。「ただ八時までカフェのブースでパイを売る予定なの」

「よし」アイダ・ベルが言った。「全員さっぱりしに家に帰ろう。そのあとフォーチュンの家に、そうだね……いまから一時間後に集合としようか。それなら、カーターが来る前にあたしたちで話し合う時間がいくらかある」

「了解」そう言って、わたしは人混みのなかを歩きだした。さっきまでは、ふつうに見えるように意識を集中し、現在抱えている問題については考えないように努めていた。いったん任務遂行モードになると、仕事に関係ないことはすべてシャットアウトするのがわたしのやり方だ。しかしカーターから解放されて帰途についたいま、あらゆる事実をじっくり検討する機会ができた。

検討に時間はかからなかった。

わかっていることは付箋紙一枚にも満たない。何かが爆発した。メタンフェタミン製造所と思われる。シンフルで過去にメタンフェタミン絡みの問題は起きていない。まったくもう。半ブロックも歩かないうちに終わってしまった。この町に来てまだ日が浅いため、わたしから提案できることはたいしてない。つまり、アイダ・ベルとガーティに期待するしかなかった。さらに大事なのは、それが実行可能な案であること。

汗ばんだ体に冷たいシャワーをゆっくり浴びたおかげで、気分はよくなったが、頭にひらめきが走ることはなかった。そこで、次はアリーの焼いたチョコレートチップ・クッキーとビールにしようと考えた。キッチンテーブルにクッキーの皿を置くと、ノートパソコンの前に腰をおろした。モロー長官が当て逃げされたという知らせを最後に、ハリソンからはまだ連絡がない。彼のメールによれば、モローの命に別状はないが、事故は意図的だったらしい。アーマドの行方が一週間かそこら前からわからなくなっているため、ハリソンがモローの件を偶然とは考えないのも当然だろう。

ルイジアナにいることを突きとめられないようにログインをルート変更するプロセスが完了してから、DCを離れる前にハリソンが作ってくれた偽のメールアカウントを開いた。メッセージが届いているのを見て、脈拍があがった。

TO: farmgirl433@gmail.com

FROM: hotdudeinNE@gmail.com

心配してるだろうから、親父のその後を知らせる。医者によると、足は問題なく治るだろうから追加の手術は必要ないとのことだ。頭の腫れは引いてきてるし、頭痛が起きる回数も前ほどじゃない。どうやら、車が縁石をのりこえる直前に、親父は気がついて、轢かれないように飛びのいたらしい。それでダメージを受けたのが足と頭だけで済んだんだ。運がよかった。車は制限速度を大きく超えてたから。あいにく車は前日に盗まれたやつだったし、運転していたのが誰かはたぶんわからないだろう。犯罪者なのは明らかで、ことによると、なにかの犯罪現場から逃げるところだったのかもしれない。警察はそう考えているみたいだ。

ほかに知らせておくこととしては、こっちはまだ涼しくなりそうにないってことかな。天気予報じゃもうすぐ気温がさがるってしばらく前から言ってるが、いまのところはずれっぱなしだ。そっちの農場はどんな感じだ？

椅子の背に勢いよくもたれてフーッと息を吐いた。ほかの人が読んだら、なんの変哲もないメッセージだろうが、わたしにはハリソンが伝えようとしていることが正確にわかった。モロー襲撃は故意であり、命が助かったのは幸運だった。次は今回のような幸運には恵まれないかもしれない。さらに、盗難車とあっては、これ以上何もわからないだろう。つまり、モローとハリソンには頭の後ろにも目が必要ということだ。アーマド絡みのこの難局が解決するまで。

事態をいっそうむずかしくしているのは、いまだにアーマドの行方が杳《よう》として知れないこと。追跡を始めてから五年、ＣＩＡがあの男を見失ったのは長くて二、三日だった。地下に深く潜ったのか、あるいは組織内の何者かに殺《や》られたのか。しかし後者なら、新たに権力を握ったグループの動きをＣＩＡが感知するはずだ。わたしはかぶりを振った。アーマドはわざと姿をくらましたという可能性のほうがずっと高い。でも、なんのために？　わたしを殺すことがあの男にとって本当にそこまで重要だろうか？　それとも新たな商機を狙っているのか？

テーブルを指でいらいらと叩いていたとき、ある考えがひらめいて、わたしは背筋を伸ばした。あの男が地下に潜って整形手術を受けていたら？　コロンビアの麻薬密売人が手術を受けたことがあった。その密売人が数週間姿を消したあと、根城に新顔が現れ、将軍さながらに命令を下しはじめた。手術を行ったのが何者か知らないが、外見がすっかり変わっていたため、こちらは誰も似ているとは思わなかった。粘土で人の頭部の彫刻を作るのが趣味という工作員が、骨格について指摘するまで。顔認証ソフトウェアを使った結果、彼女の観察が正しいことが証明され、結局われわれは標的をつかまえることができたのだが。

アーマドが同じことをしたとすれば、まったく別人のような外見でどこにいてもおかしくない。新しい顔にカラーコンタクトをして髪を脱色すれば、誰も気がつかない。あいつが近くに来たら、わたしは総毛立つと思うが、人混みに紛れるのは簡単だろうし、気づかれることもない。わたしは身をのりだし、ノートパソコンを引き寄せると返信を打ちはじめた。

TO: hotdudeinNE@gmail.com
FROM: farmgirl433@gmail.com

お父さんのこと、心配してたの。知らせてくれてありがとう。具合がよさそうでよかったけど、警察が犯人をつかまえられそうにないなんて悔しい。あなたのお父さん、飛びのくのが精いっぱいで、何も見ていなかったのよね。しばらくは徒歩じゃなく、バスを利用するほうがいいかもしれない。このごろみんな、車に不注意すぎる。たぶんわたしたちみんな、歩道を歩かないようにしたほうが安全なのよ。

農場のほうは順調。簡単なことはひとつもないけど、すべて最後には自然と解決する。そっちがまだ涼しくならないのは残念ね。二〇〇九年に旅行に出かけて、もっと涼しいと思っていたらぜんぜんだったことがあったじゃない？　みんな、地球温暖化のせいだって言うけど、これまでもつねに何かしら変わってきたのよね。近いうちにいろいろ好転するよう期待してる。

メッセージを読み返し、ハリソンにちゃんと伝わるはずであることを確認する。最初の段落はふたりとも警戒を怠らないようにとの警告。必要ないとは思うけれど、暗殺者に関しては特に強調しておくに越したことはない。わたしたちは自分を無敵と考えがちだから。二番目の段落は過去の標的が整形手術を受けていたことを思いださせるため。思いあたれば、ハリソンはアーマドの動きを異なる方向から追跡する方法を考えはじめるだろう。さらに、新顔が現れたら警戒するよう、みなに指示するはず。

可能なかぎり直接的でありながら曖昧であると満足して、わたしは送信ボタンを押し、ビールに手を伸ばした。クッキーをお代わりして食べていたとき、アイダ・ベルとガーティが到着した。ふたりは甘いアイスティー《スウィートティー》がいいと言ったので、それと一緒にクッキーをお皿に盛って出した。彼女たちが思いつきをぺらぺらしゃべりだすのを待つ。しかし、ふたりともただ黙々とクッキーを食べつづけた。

「嘘でしょ？」とうとうわたしが沈滞した空気を破ることにした。「あなたたちが何も思いつけないなら、誰に思いつけるって言うの」

アイダ・ベルが食べかけのクッキーをおろし、ため息をついた。「一日ずっと考えてたし、ここへ来る途中、ガーティとも話したんだけど、要はね、この町で覚醒剤絡みの問題は聞いたことがないんだよ」

「カーターもそう言ってた」とわたし。

「そう」ガーティが言った。「ただしね、カーターは住民がどんな秘密を抱えているかに通じていない。いっぽう、穿鑿《せんさく》好きのおばあちゃんには、法執行機関が耳にしないことを聞きつける方法がいくつもあるのよ」

「なるほど」わたしは考えをめぐらし、眉をひそめた。ガーティの言うとおりだ。保安官事務所がよほど不注意でないかぎり、住民の危険な、もしくは違法な習慣に気づかないことはなさそうだが、アイダ・ベルとガーティのような人たちにも、心当たりの人物がひとりもいないとなると、話は大きく違ってくる。

「ひょっとすると、こっちの勘が鈍ってきてるのかもしれないね」アイダ・ベルが言った。

「ここ一カ月に起きたことを見てごらんよ。全部、前からあたしたちの鼻先で起きてたんだよ」

「あたしたちの勘のせいじゃないわ」とガーティ。「犯罪者がいままでよりもずる賢く、悪質になってきてるだけよ」

「ずる賢さはたいしたことないけどね」アイダ・ベルが言った。「結局は全員、あたしたちがつかまえた」

「そうね。でもシンフル住民の平均よりは頭がいいわ」とガーティ。「そうじゃなけりゃ、もっと早くばれてたはずだもの。問題は、あたしたちが知る機会がなかったってことのほうだと思うの」

「ガーティの言うことには一理ある」わたしは言った。「だって、わたしは新参者だけど、あなたたちの話じゃ、これまでこの町で大きな事件が起きたことは一度もなかったわけでしょ。ふたりの知るかぎりでは。密漁や窃盗、酔っ払いがばかなことをするのが続いても、あなたたちのお手のものだったはず。そういうことの手がかりをつかむのは慣れてるから。でも、今回みたいなことは……」

アイダ・ベルがうなずいた。「たぶんあんたの言うとおりだ。銃の密輸、殺人、それに今度は覚醒剤と来た。葉っぱを吸うやつはいっぱい知ってるけど、ニューオーリンズへ出てもっと強いのに手を出しちまったってのがたまにいるだけで、シンフルの人間でヤクの問題を抱えてるってのはひとりも知らない。いまこの町に住んでる場合は絶対に」

「葉っぱを吸ってるのは誰?」ガーティが尋ねた。

「教えないよ」とアイダ・ベル。「あんたは試してみようって思うぐらいおばかだからね」

ガーティは肩をすくめた。「目にいいって聞いたんだもの」

「緑内障の場合だよ(現時点で有効性・安全性は証明されていない)」アイダ・ベルが言った。「近眼には効かない」

ガーティが腕を組んだ。「何度言ったらわかるのかしら。あたしは近眼じゃありません。読書用眼鏡が必要なだけ」

アイダ・ベルが目玉をぐるりとまわした。この議論は墓場に行くまで続けられることになるのだろう。ガーティには正当な言い分なんてないけれど。

「推測なんだけど」わたしは言った。「麻薬の問題は若い世代が起点になりそう——おそらく高校生。ふたりとも、シンフルの若者に詳しいとは言えないわよね」

「それは確かにそうね」とガーティ。「教職を退いてから、残りの人生は子供と縁のないものにしようって決めたから」

「アリーに訊くといいかも」わたしは言った。「彼女なら若いし、カフェで何か小耳に挟んでる可能性がある」

「確かに」アイダ・ベルが言った。「しかしそうなると、カーターが何を疑ってるかをアリーにも話さなきゃならない。つまり、彼女も巻きこんじまう。おそらくめでたい結末にはならないことにね」

ためいき息。「それがあったか。あからさまに尋ねるんじゃなく、さりげなく話題を持ちだすって方法もあるかも」

ガーティが笑った。「日常会話のなかでアリーから情報を引きだすってこと？　こちらの思惑に気づかれずに？　あなたはいろんなスキルを持ってるけど、フォーチュン、さりげなさはそのひとつじゃないわね」

「わたしは曖昧かつ遠まわしな訊き方だってできる。ある程度は。ひょっとしたら。わかった、やめておく」

「それが一番だね」アイダ・ベルが言った。「けど、若い世代に注目するっていう案はいいと思うよ。ただし、どうしたらいいかがわからない」

「ダンスパーティがあるじゃないの」とガーティが言った。

わたしは眉をひそめた。ダンスパーティというだけで充分おぞましい。それがおおぜいのティーンエイジャーと踊るとなれば、ウィキペディアに新規ページが作成される類の大惨事になりかねない。「ダンスパーティって？」

「独立記念日のダンスパーティだよ」とアイダ・ベルが説明を加えた。「いつも五日に開催されるんだ。四日の夜は花火があがるからね。ティーンエイジャーが五日の夜に集まるようになったのは、五十年ぐらい前からだ。伝統としてすたれずに残ってる」

「で、みんな踊るの？」

「そうねえ」とガーティ。「例のトゥワーキングなんかをする子も一部いるだろうけれど、踊るのが目的で行く子は少ないんじゃないかしら」

アイダ・ベルをちらりと見ると、こちらに小さく首を振った。〝トゥワーキング〟が何かは彼女も知らないようだが、その言葉を発したのがガーティであることを考えると説明は求めずにおくのがよい気がした（トゥワーキングはおもに女性が低い姿勢で腰を振る挑発的なダンス）。

「たいていは」ガーティが言葉を継いだ。「父親のビールをこっそり持ってきて、キャンプファイヤーを囲むってとこね」

「で、それがわたしたちにとってどう役に立つわけ？」

「三人以上のティーンエイジャーが公共の場で集うのは違法なんだよ。大人が一緒か、後援者のいるイベントでないかぎり」アイダ・ベルが答えた。

「釣りや狩りをする場合は別よ」ガーティがつけ足した。「ティーンエイジャーがたむろしているだけだと災難の元になるっていう考えだから」

「でも、ティーンエイジャーが魚おろし用ナイフや銃を持ってるのは問題ないわけなのね」

「もちろんよ」ガーティが当惑した顔になった。

「大事なのはね」アイダ・ベルが言った。「イベントには大人の監督役《シャペロン》が必要だと町が定めてることなんだ。だから、あたしたちがうさんくさく思われずにティーンエイジャーと交わりたければ、ダンスパーティは絶好の機会ってわけ」

「シャペロンはもう決まってるんじゃないの？」わたしは尋ねた。

「たぶん決まってない」アイダ・ベルが答えた。「七月の夜にキャンプファイヤーのそばで汗だくになりたい人間なんていないからね。蚊も多いし。人間を持ちあげて連れ去れそうな大軍だよ」

ガーティがうなずいた。「一九八四年にルーシーの身に起きたのがそれって言われてるわね」

アイダ・ベルがため息をついた。「十六歳だったルーシー・フランクスは四十歳の学校用務員と駆け落ちしたんだよ、父親の釣り仲間とね。父親は教会の助祭だから、蚊に連れ去られたって話にのっかるほうを選んだのさ」

妥当な選択。「それじゃ、その苦行に立候補したとして、どうするわけ？　わたしは大人とのコミュニケーションも得意じゃない。ティーンエイジャーからどうやって情報を得ればいいの？」

「情報が得られるかどうかはわからない」アイダ・ベルが答えた。「しかし、試してみる価値はある」

わたしはフーッと息を吐いた。「これまでの捜査と比べても一番見込み薄な感じね。製造所の爆発現場についてはどう？　何か手がかりが見つかるはずでしょ」

「見つかるかもしれない」とアイダ・ベル。「だが、そこまで行く手段が必要だ。現在、あたしたちには使えるボートがない。唯一簡単に盗めるやつは、沈めちまった」

「ウォルターのボートは？」

「ウォルターはボートのキーを金庫にしまっちゃったのよ。あたしたちが最後に拝借したあとで」ガーティが答えた。

「錠を開ける組み合わせ数字、知らないの？」わたしはアイダ・ベルに訊いた。「もうあなたの奥の手に加わってそうだけど」

ガーティが声をあげて笑った。「小学生のころから恋してるとは言っても、ウォルターはアイダ・ベルを際限なしに信用したりしないわ」

それはウォルターが賢いからだと思ったけれど、口には出さずにおいた。「アリーのボートは小さいし、スピードがあんまり出ない。貸してくれるのは確かだけど、名案とは思えない。だって、現場でもし何か起きたら……」

「あたしたちは格好の標的になるわね」とガーティ。「スピードは出ないし、あんな浅いボートじゃ、隠れる場所がないし」

「何か手はあるはず」わたしはいらだちを覚えながら言った。

「考えさせとくれ。何か思いつけるかもしれない」アイダ・ベルが言った。

玄関をノックする音が聞こえたので、三人とも座ったまま背筋がぴんと伸びた。腕時計を見ると、まだ午後七時だ――アリーが帰ってくるには早すぎるし、彼女なら鍵を持っている。カーターは暗くなってから来る予定だ。

玄関へ行き、ドアを開けたわたしは、カーターがワインを持ち、笑顔で立っているのを見て驚いた。

「あと一分でも監視つきで安静にさせられてたら、おれはおふくろを撃ってたはずだ」にやりとせずにいられなかった。エマラインは数日前に息子を失いかけたばかりだから、そばを離れようとしなくても当然だろう。でもカーターにとっては、ゆっくりと息の根をとめられていくように感じたにちがいない。わたしもきっと同じように感じる。「入って。アリーのすごくおいしいチョコレートチップ・クッキーをアイダ・ベルとガーティと一緒に食べてたところなの」

カーターが眉を寄せながらなかに入った。「またよからぬことをたくらんでるんじゃないだろうな」

「まさか」キッチンへと向かいながら、そう答えた。答えたときの顔を見られずに済んでよかった。わたしは嘘の達人だが、最近はカーターに対する気持ちのせいで、真実ではないことを言うときに表情を変えずにいるのがむずかしくなってきている。

カーターはキッチンに入ると、アイダ・ベルとガーティにさっと目を走らせた。「ご婦人方。フォーチュンによれば、よからぬことなどたくらんでいないそうですが。ふたりとも眠ってるわけじゃないんで、おれは信じてませんよ」

「何言ってるんだか」わたしは言った。「座ってクッキーを食べて。きっと気分がよくなるから。いちおう言っておくと、ふたりが〝たくらんでる〟のは、あすの夜若い子たちのダンスパーティでわたしにもシャペロンをさせようってことだけよ」

カーターが眉を片方つりあげた。「ふたりがダンスパーティのシャペロン?」

「住民としての義務だからね」アイダ・ベルが答えた。「誰もが遅かれ早かれ順番で引き受けなけりゃならない」

「何よ」ガーティが訊いた。「あたしたちじゃ若い子たちに言うことを聞かせられないと思うの?」

カーターはかぶりを振った。「どっちかっていうと大丈夫か心配なのは若いやつらのほうです」

「いい勘してるじゃない」ガーティはそう言って立ちあがった。「あたしたちは失礼しましょ。お邪魔虫みたいだから」

アイダ・ベルがすばやく立ちあがり、わたしにうなずいてみせてから玄関へと向かった。

「送ってくれなくて大丈夫よ」ガーティが声を張りあげて言った。「でも、あした朝食を一緒に食べましょうね。ほら、他人《ひと》の恋愛でわくわくさせてもらわなきゃ……」

ガーティの後ろ姿をまじまじと見つめていると、カーターがわたしの驚きぶりを見て笑った。

「ビデオでも見せれば満足するかな」

「ガーティに悪知恵つけないで」背の高い大きなグラスでワインを飲めば、気持ちも落ち着くだろうと考えてボトルを受けとろうとした。ところがカーターはワインボトルを遠ざけ、もういっぽうの腕をわたしのウェストにまわした。ワインはカウンターに置き、わたしを引き寄せて顔を近づける。

「一日中、こうしたくてたまらなかった」わたしの唇に唇を重ねる。

あらゆる常識と訓練に反して、わたしは拒もうとすらしなかった。カーターとのキスは任務に劣らずわくわくさせられるのと同時に、同じくらいの危険をはらんでいる。関係を深めるとまずい理由に何度思いをめぐらせても、気がつけばまた引き寄せられている。理性が心と体に抑えこまれてしまったかのように。

彼の体に腕をまわし、自分の体を強く押しつけると、筋肉質の背中と肩に手を這わせた。カーターがキスを深めたので、膝から力が抜けそうになる。あと少しこのままでいたら、彼のシャツをはぎとらずにいられなくなるだろう。キッチンの真ん中で。

とそのとき、わたしの携帯電話からSMSの着信音が聞こえた。

ふつうなら、気づかなかったふりをして先を続けたはずだ。でも、わたしのシンフル滞在にふつうなところなどひとつもない。だからほうっておくのは不安だった。キッチンでカーターの服を脱がせても楽しめないのは言うまでもなく。どういうメッセージだろうと気になって仕方ないに決まっている。

「メッセージを見ないと」わたしはそう言ってカーターから離れ、携帯電話を手に取った。メッセージはアリーからで、どうと言うこともない内容だったので、もう少しで安堵のため息をつきそうになった。

ダウンタウンで花火を見てから帰る。

「何かあったのか?」カーターが訊いた。

「ううん、アリーからだった。ダウンタウンで花火を見てから帰るって」

「おれたちにはシャペロン不在ってことか。たいへんだ。近所の目がある外に出たほうがいいぞ。おれが医者からとめられてる行為に及ぼうとする前に」

わたしは声をあげて笑い、プラスチック製のワイングラスを棚から出した。「クッキーも?」

「もちろん」カーターはキッチンテーブルにのっていた皿を取り、ワインも持って勝手口へと向かった。わたしは抽斗からコルク抜きを出して彼を追いながら、いくつもの奇妙な感情が駆けめぐるのを感じた。

アリーからメッセージが来たおかげで、キッチンでのひとときが中断されたことにほっとしている自分がいる。そのいっぽう、邪魔が入ったことにがっかりしている自分もいる。カーターとわたしとの関係は、最初からずっとそんなだった気がする——一歩前進すると、ジョギングで十秒分後退。それは全部わたしのせいだ。カーターのほうは一日目からはっきり意思表示をしていた。冗談交じりに口説いていただけのときも、わたしに興味を持っているのは伝わってきた。社交能力に欠けるとはいえ、わたしだって女性的な部分はちゃんと機能しているし、セクシーな男性が信号を送ってきたらふつうに反応する。

問題は嘘。とんでもなく、とてつもなく、果てしなく大きな嘘がふたりのあいだに深い溝を作っている。わたしにだけ見えている溝。真実を話さずに彼との関係を深めるのはフェアじゃない。それはわかっているものの、せめてアーマドの問題が片づくまでは知らせずにいたほうが、カーターの身が安全だ。そもそも関係を深めること自体、彼を危険にさらしてしまうのではと不安になるときもある。もしアーマドの手下がわたしの居場所を突きとめたら、カーターは脅威と見なされるだろう。アイダ・ベルとガーティについては年齢と、従軍していたときの真相をシンフルでは誰にも知られていないことを考えれば安全なはずだ。

現在わたしと一緒に暮らしているから、アリーについても心配だけれど、建築業者は彼女の家の修理を三週間で終えると約束したそうだ。予定どおりに終われば、アリーは遠からず自宅に戻り、わたしは単独の標的となる。まあ、マーリンもいるけれど、あの子は〝九生あり〟と言われる猫のなかでも特にしぶとそうだから、何があってもきっと大丈夫だろう。

外に出ると、カーターがローンチェアを二脚、川岸まで引っぱっていくところだった。続いてハンモックのそばからクーラーボックスを持ってきて、テーブル代わりに椅子の前に置く。ちょうど日が落ちはじめ、水面にオレンジと黄色の美しいさざ波が立っていた。わたしがローンチェアに腰をおろすと、カーターがコルクをポンッと抜いてワインを注いだ。

彼はグラスをあげた。「たった一日で終わったけど、平穏だったきのうに乾杯」

わたしは彼とグラスを合わせた。「こんなに早く事態が悪化するなら、もっと遅くまで起きていて楽しんでおくんだった」

「はん！　きみが来る前、おれはしょっちゅう退屈していたと言ったら信じるか？」

「相関関係と因果関係は異なるのよ」

カーターがにやりと笑った。「犯罪者が自分を弁護するためによく使う台詞だな。だが、違うんだ。いろいろと事件が起きるようになったのはきみのせいだと言いたいんじゃない。あるわけないだろう？　冗談じゃない。事件のなかには何年も前から、もしくは何年も前に起きていたことがあった。きみには才能がいくつもあるようだが、タイムトラベルはそのうちのひとつじゃないはずだ」

「もしタイムトラベルができたら、いまごろ宝くじを当ててるわ――それも二回」わたしはバイユーを見渡し、眉をひそめた。とても平和に見えるけれど、経験からわたしは知っている。水面下には人の命を奪いかねない危険なものがひそんでいる。その点で、この町はまわりを囲むバイユーによく似ているように思える。表面上はすべて世はこともなしと見えるけれど、実際は問題が溢れかえっている。

「さっきガーティとアイダ・ベルと話してたのはそのことなの」

「タイムトラベル？」

「ううん。このあたりが前はどんなに平穏だったか。アイダ・ベルは自分の鼻先でいかに多くの悪事が行われていたかに動揺してるみたいだった」

カーターはうなずいた。「法執行機関で働くおれとしては、おばあちゃんたちが犯罪を取り締まろうとするのはよくないと言いたい。しかし小さな町育ちの実際的なおれは、おばあちゃんたちなら住民のやばい内緒事をたいていはつかんでることを知っている。ヴェトナムから戻ってきて以来、アイダ・ベルは長年この町の実状を知りつくし、取り仕切ってきたも同然だ。住民たちが本当のことを認めるならな。問題がいくつも潜行していたと不意にわかったら、心が乱されるのも理解できる。おれは間違いなく落ち着かない気分だ」

「わたしにも何かできることがあればいいんだけど」

さえぎられないように手をあげた。

「犯罪に関してじゃなくて。アイダ・ベルとガーティが心を痛めてることに関してよ。ふたりの責任じゃないのに、彼女たちは責任があると感じているみたいだから」

「ふたりともこの土地を愛しているからな。おれには理解できる」カーターは座ったまま体の向きを少し変えて、わたしと向き合った。「この町を出たとき、おれは期待に胸をふくらませてたし、戻ってきたいと思うなんて、絶対にないと確信していた。ところが、イラクへ派遣されると、故郷へ帰りたいってことしか考えられなくなった」

「戦地で戦っていたんだもの、カーター。バケーションやなんかとは違う。故郷へ帰りたいと思うのは少しも変じゃない」

「アメリカ本土へ戻ると、おれもそう自分に言い聞かせた。だから、まずは故郷にいるおふくろを訪ねてから、ふたたび出発した。三カ月間、各地を旅してまわったんだ。友達を訪ねたこともあったし、ただ行ってみたいから行ったって場所もあった。一度なんか、地図をダーツの的にして、最初の三本が刺さった場所に行ったこともあった」

わたしはしばらく彼の顔を見つめて、いまの話を咀嚼《そしやく》した。わたしが知らなかったカーターの一面だし、彼のしたことは興味深い。「ここに匹敵する場所はなかった?」

「なかった。本当に驚くほどすばらしい場所も訪れたんだ――美しい海岸、壮大な山々。そびえ立つ巨木のあいだを車で走り抜けたこともあった――でも、どんなにすばらしくても、故郷《ホーム》じゃない。だから、ここへ戻ってきた。リー保安官がおれを助手として雇ってくれて、あとは心底退屈な日々の連続となったわけだけど」

「一カ月前までは」

カーターはうなずいた。

「訊くけど、あなたにとってシンフルのよさは変わらない?」

彼は額にしわを寄せた。「ホームであることに変わりはない。それは何があっても変わらないんじゃないかな。ただし、前と同じ目では見られなくなった。もう不可能だ」

「そうよね」カーターの言いたいことはよくわかる。ミッションに出るたび、わたしはそれが終わるときのこと、帰国し、静かで安全な自宅に戻って緊張を解けるときのことを考える。くつろぎ、ハリソンとビールを飲みながら、銃器談義にふけるときのこと。時間がたつのが遅すぎて後退している気分になる場合もあるし、たいていは退屈のあまりモローからの現場へ戻れという電話をいまかいまかと待つことになる。それでも、何があろうと、帰ることが楽しみであるのは変わらなかった。

でも、いまは違う。比較の基準が別にできたから。シンフルでの暮らしが、コミュニティの一員になるとはどういうことか、わたしの目を開かせた。ここで初めて、わたしは真の友人関係と、真の友人のために人々が払おうとする犠牲の大きさを知った。要するに——ワシントンDCでの自分の生活がいかにからっぽだったか、思い知らされた。このあとすべてに決着がついて元の生活に戻っても、前と同じように感じられることはないだろう。

絶対にありえない。

「ドクター・スチュワートから何か聞いた？」話題を変える必要を感じて、わたしは尋ねた。いまの話を続けていたら、深刻になりすぎて気持ちがどんどん落ちこんでしまう。

「きみが訊いてるのは、おれがドクター・スチュワートに電話したかどうかか？　おれが口外してはいけないあること、きみがあれこれ質問してはいけないあることを確かめに？」

「そう、その件」

カーターはやれやれと首を振った。「あきらめるってことがないんだな、きみは」

「言わせてもらうと、質問しちゃいけないなんて一度も言われてない。捜査に首を突っこむなと釘は刺されたけど。こうしてあなたとワインを飲みながら、空に爆発物があがるのを待っているいま、その指示は間違いなく守ってるわよね」

カーターが眉を片方つりあげた。

「いい加減にして」わたしは文句を言った。「どのみちわかることなんだから。アイダ・ベルとガーティには貸しのある看護師か病院ボランティアか用務員の知り合いがいるだろうし、あるいは自宅のコンピュータからどうにかして病院の保護されたネットワークにつなぐとか、スタッフの扮装をして病院に入りこんで、コーヒーを飲みながらファイルを読むとかするわよ。要するに、わかるのは時間の問題ってこと」

カーターはため息をついた。「ついこのあいだガーティが病院スタッフになりすましたことを考えると、きみが列挙したことはこっちが嫌になるくらいありうるな。ああ、ドクター・スチュワートから電話があった。ちょうどおれが家を出ようとしていたときに」

「で？」

「脚はメタンフェタミン陽性だった。皮膚と血中の両方から反応が出た」

「最悪。あなたが正しいのはわかってた。保安官助手として優秀なあなたが間違うわけはないから。それでも少し期待はしてた……」

「ああ。おれもだ」

「脚が誰のものか、決め手は見つかってないのよね？」

「残念ながら。タトゥーも、製品番号入りインプラントも、変わった傷痕すらない」

「つまり、手がかりなしってわけ」

「白人男性、三十代から四十代、身長は百七十八センチから百八十八センチくらい、かなりやせ型」

「それじゃたいして絞りこめない」

「ああ、駄目だな。それに絞りこむってのは、シンフル住民だったとしてだ。そこは確信が持てない。油井《ゆせい》の仕事やハリケーン後の建設現場がいくつもあるから、このあたりは人の出入りが多い。そのうちのひとりがメタンフェタミンの製造に適した場所を見つけて、時間がたってから戻ってきて仕事を始めたって可能性もある」

「流れ者だといいわね。あるいはそれに近い人物。言いたいこと、わかるでしょ」

「うん。まあ、期待はできる」

声の調子から、彼がそうは思っていないことが伝わってきた。カーターを優秀な保安官助手たらしめているのが本能か直感か、あるいは何か超自然的な力か知らないけれど、彼はこれが地元に根ざした問題だとすでに確信している。つまり、わたしはティーンエイジャーたちと一緒に過ごし、ボートを盗む必要があるということだ。とはいえ、そんなのはわたしがシンプルに来てからやったことのなかで最悪の部類には入らない。

大きなヒューーッという音に思考をさえぎられて見あげると、最初の花火がはじけて空に広がったところだった。カーターがわたしの手を握り、ほほえんだ。わたしはワインをひと口飲んで体から力を抜いた。今夜はとにかく、打ちあげられる花火のすばらしさを楽しもう。

不穏なほうの爆発案件については、あすになってから集中する。

第4章

わたしがパジャマ用Tシャツとショートパンツに着がえおえたとき、玄関ドアの開く音が聞こえた。夜食をつまみに階下《した》へおりると、アリーがキッチンにいて、テーブルにバッグを置いたところだった。

「遅かったわね」わたしは言った。花火の打ちあげは一時間ほど前に終わっていた。ちょうどそのころそよ風がやんで、襲ってくる蚊が増えた。わたしはなかへ入ろうと誘ったのだが、カーターはやめておくと言った。あすはエマラインからウォルターのつき添いを命じられているので休む必要があるとのことだった。エマラインとしては、ふたりをひとところにまとめておけば、どちらにも無理をさせずにおくのが簡単だと考えたのだろう。彼女の目論見どおりになりますように。

カーターが疲れているのはわかったけれど、車で送っていき、自宅前でおろしたときの名残惜しそうな表情を見て、帰ると言った本当の理由は、もうすぐアリーが帰ってくるのにいちゃつきはじめてはまずいと思ったからではないかと感じた。まあ、こちらとしても助かった。自分がカーターを求めているのは自覚している。でも、行動に移しても大丈夫かどうか、まだ心が決まっていない。それに、いくらドギマギすることの少ないわたしでも、カーターと寝室にいるときに廊下を挟んで向かいの部屋、壁を二枚隔てただけの場所にアリーが寝ていたらいささか落ち着かない。カーターの家は、ドクター・スチュワートから問題なしの診断が出るまで客用寝室にエマラインが泊まることになっているので、選択肢としてさらにかんばしくない。〝絶対になし〟のレベルだ。

「花火が終わったあと、ほかの屋台の人たちとしゃべってたの」アリーが答えた。「昔の同級生もいたし、ほかの町から来た人がお祭りについてとか、たいていはフランシーンのパイについて感想を述べにきたりして。そうしたら蚊が多くなってきたから、みんな退散したわけ」彼女はあくびをしながら手で口を覆った。「やだ、さっきまでエネルギーいっぱいだったのに、なんだかここで立ったまま寝ちゃいそう」

わたしは彼女をよく見た。まぶたが閉じかかり、立ったままかすかに揺れている。「一日働きどおしだったものね。あしたは仕事あり？」

「ううん。フランシーンがシフトを変えて、休みにしてくれたの。きょうは午前中カフェで働いて、そのあとお祭りの屋台でパイを売ったから」

「それならよかった。寝坊するといいかも」

アリーがほほえんだ。「してみようとするんだけどね、できたためしがなくて。最近ようやく受けいれたところ、自分は極度の朝型人間なんだって。でも、今晩はもう二階へあがる。体が埃っぽくなってるから、シャワーを浴びるまで起きてられるといいんだけど。またあしたね」

「おやすみ」アリーが足を引きずるようにしてキッチンを出て、廊下を歩いていくのを見送った。冷蔵庫を開けたとき、居間からガチャンという音が聞こえたので、慌てて走っていくと、アリーが装飾の凝らされたテーブルと衝突事故を起こしたようだった。一番の被害者はランプだ。アリーは立ちあがろうともがいていたので、彼女がカーテンをつかむより先にわたしが手をつかんだ。引っぱって立ちあがらせると、アリーの膝から力が抜けそうになった。

「酔ってる？」彼女が倒れた論理的な理由をさがして、わたしは訊いた。深刻な理由でなければいいのだが。

「お祭りにこっそりシャンパンを持ってきてた人がいたの。でもあたしがもらったのは一杯だけ」ろれつが怪しい。

「特大のグラスだったのね、きっと。さあ、ベッドに行きましょ」

彼女を引きずるようにして階段をあがり、ベッドに寝かせた。脚をマットレスの上にあげ、テニスシューズを脱がせる。体にブランケットをかけてあげたときには、寝息をたてはじめていた。わたしはやれやれと首を振り、部屋から出た。お酒に関して、アリーはもともと軽量級だが、一杯飲んだだけにしては極端な反応だ。

最近アリーは長時間働いていたし、自宅の工事について気を揉んでいた。真夜中に寝室で動きまわっている音が聞こえてくることもあり、あまりいい睡眠は取れていなかったはずだ。それを言うなら、わたしもだが。彼女が動きまわると必ずわたしもベッドから跳ね起き、急いで拳銃をつかむ。このごろは夜中に拳銃をつかんでも、何も誤射していない自分を密かに誇りに思っていた。シンフルに来た当初は、そこまで幸運ではなかった。

もう一度キッチンへおり、いつもの夜食のクッキーとチョコレートミルクを持って二階の寝室に戻った。もうベッドに入るつもりで。いま読んでいるサスペンス小説は、半分ほど読みすすんだところだが抜群におもしろい。うまくすると、まぶたがくっつきそうになる前にもう二章くらい読めるかもしれない。

本が置いてあるナイトテーブルにチョコレートミルクとクッキーを置き、ランプをつけ、寝室の明かりを消した。ショートパンツを脱いで枕をふくらませ、ベッドに入る。マーリンがすぐ横にぴょんとのってきて、丸くなると喉を鳴らしはじめた。わたしは枕に軽くもたれて、ひんやりしたシーツの気持ちよさにため息を漏らした。ベッドに入って初めて、自分がどんなに疲れているか気がついた。

二章だけ。

目を開け、本とクッキーに手を伸ばす。私立探偵のヒロインは殺人犯を暗い路地に追いこんだところで、大型ごみ容器《ダンプスター》と木箱のあいだを忍び足で進み、必要なら発砲する構えだ。建物のてっぺんから差す黄色い電球のほの明かりがまざまざと目に浮かび、小雨交じりの寒さがひしひしと伝わってくる。路地の一番奥にあるダンプスターにヒロインがじりじりと近づいていくと、ページをつかむ手に力が入った。あと二、三歩で彼女はダンプスターの後ろをのぞきこむ。

派手な対決場面を期待してページをめくると……一階から物音が聞こえた。

わたしは動きをとめた。マーリンが勢いよく頭をもたげ、耳を伏せた。癪《しゃく》にさわる。わたしの空耳ではなかったということだ。本を置き、静かにベッドから出ると、ナイトテーブルから拳銃を取った。忍び足で寝室から出て、廊下を渡る。アリーはわたしが寝かせたときと同じ体勢でいて、軽いいびきが聞こえてきた。彼女の部屋のドアを閉めようとして躊躇した。このドアはときどき軋る。このままにしておいたほうがいい。

階段の手すり越しに居間をのぞく。キッチンへと通じる廊下からわずかに光が差している。わたしは眉をひそめた。二階へあがる前にキッチンの照明はすべて消した。間違いない。数秒間、同じ姿勢のまま、何か動く気配はないかと耳をそばだてた。さっきの音は何かが冷蔵庫のなかで倒れたか、食品庫のなかで落ちたかしたのだと考えようとしたそのとき、キッチンの床に椅子がこすれる音がした。二秒後、何者かが冷蔵庫を開ける音。

いったいどういうこと？　食料をあさるために他人の家に侵入するなんて、どんな人間？

選択肢を検討する。常識に従うなら、保安官事務所に通報すべきだろう。もしカーターが万全の状態だったら、わたしだってそうすることを考えたかもしれない。しかし、対応するのがブロー保安官助手か、もっと悪くするとネルソンになる可能性がある場合、通報するのはさして効果的とは思えなかった。ベッドに逃げこみ、この家の財産を全部、侵入者に食いつぶされるのと比べても。

とはいえ。法執行機関の能力が現在いかに低下していようと、わたしはレーダーに引っかからないように全力で努力する必要がある。シーリアが主導権を握っているあいだは特に。通報するために寝室へ引き返したが、ナイトテーブルの上に携帯電話がなかった。そこで思いだしたのが、チョコレートミルクを注いでいるときにキッチンカウンターにのっている携帯電話を見たことだ……その隣にはアリーのバッグもあったし、彼女の携帯電話はあのなかに入っている。すばらしい。わたしが初めてふつうの人がするべきことをしようと思ったとき、携帯電話は悪人のそばにあるなんて。

チョコレートチップ・クッキーの残りと一緒に。

わたしは決意もかたく、拳銃を握りしめた。クッキーの残りを食べられてなるものか。しかし、階段を使ったら、侵入者をつかまえられない。音が聞こえてしまう。考えなおすよりも先にわたしは窓際へ行き、窓を開けた。するりとポーチの屋根におり、急いで端まで行くとジャンプし、着地と同時に前転した。前庭の生け垣から落ちた枯れ葉や小枝が裸足に食いこんだが、そんなことは一秒たりとも気にせず、家の横をまわって裏へと向かう。窓からキッチンがのぞけるはずだ。侵入者に気づかれることなく階段をのぼれたら、勝手口からなかへ飛びこみ、相手の不意を突く計画だった。

家の角まで来たところで、裏庭に何か動くものはないかとのぞきこんだ。家からバイユーまで、月明かりが充分に照らしてくれていたが、裏庭も川岸も変わったところはなかった。侵入者が何者にしろ、ここへ来るのにボートは使わなかったか、家の裏にはとめなかったかだ。わたしは角を曲がると、茂みに隠れてキッチンの窓まで進んだ。端からのぞきこんだ瞬間、悪態をつきそうになった。ブラインドがおろされている。

わたしはおろさなかった。

ふたたび体を低くし、選択肢を検討する。隣家のドアをノックし、電話を使わせてくれと頼むという手もあるが、その場合は説明が必要になる。侵入者に物音を聞かれずにどうやって外へ出たのか、そしてなぜTシャツに下着という格好で9ミリ口径片手に庭を飛びまわっているのか。Tシャツはお尻が隠れるだけの長さがあるものの、かろうじてだ。木曜の夜にボトムスをはかずに外へ出るのは十中八九違法のはず。ショートパンツをもう一度はいてから家を出なかった自分が信じられなかった。最近家庭的な生活を送っているせいで、すっかり鈍ってしまっている。

拳銃を指でトントンと叩きながら限られたほかの選択肢について考えた。ガーティの家まで走っていくこともできるが、9ミリ口径片手にTシャツと下着姿で走っているところを目撃されるリスクがあるし、当然、侵入者はわたしがガーティの家にたどり着き、法執行機関をわが家へ来させるより先にいなくなってしまうかもしれない。その場合でも、わたしは法執行機関とそのほかわたしの半ストリーキングを見かけた人々に半裸と拳銃携帯の理由を説明しなければならなくなる。さらに、アリーを無防備な状態でなかに残していくわけにはいかない。

むかつく。

唯一使える選択肢は、ドアの向こうで何が待っているか、まったくわからないままキッチンに突入することだ。経験がないわけではないし、過去の相手は冷蔵庫あさりよりもずっと危険なやつだった。とはいえ、頭のいかれた人間は予測不能であり、何か食べるために他人の家へ押し入るなんて、間違いなくいかれている。決意が固まったわたしは、茂みのあいだから忍びでて階段をのぼった。勝手口はこじ開けられたものと予想していたが、錠もドアも傷ひとつないようだ。

いったい犯人はどうやってなかへ入ったのか？

肩をドアに当ててから一歩後ろにさがり、わたしは思いきりドアに体当たりした。と言えなくもなかった。

少なくとも体当たりになるはずだったのだ。わたしが突進した瞬間、何者かがドアを開けたりしなければ。

わたしは宙を飛んでキッチンに突入し、タイルの床に着地もできず、ばったりと倒れる格好になった。拳銃を落とさぬよう両手でしっかり握り、前転してすばやく立ちあがると発砲できるように構えた。わたしの真正面にはビッグとリトル・ヒバートがいた。戸口を一瞥《いちべつ》して見えたのは、まだノブを握ったままのマニー。

椅子をふたつ使って腰かけているビッグが、チョコレートチップ・クッキーを持ちあげ、ひと口かじった。「ゲストを歓迎するには変わったやり方だな」

わたしは銃をおろし、まじまじと見た。「気でも違ったの？　そっちはわたしの家に侵入したのよ。はっきりさせておくと、これがわたしの侵入者対処法」

ビッグがリトルを見ると、息子はにやりと笑った。「おもしろい」ビッグが言った。「司書にしちゃ、やることが変わってるな、ミズ・モロー。興味をそそられる」

リトルがうなずいた。「筋肉もかなりついてるしな。本をあっちこっち動かすのは体を鍛えるのにいいらしい」

もうっ。

洗濯室へ走っていくとき、後ろからマニーがクックックッと笑う声が聞こえてきた。ショートパンツを急いではくと、キッチンへ大股で戻り、三人をにらみつけた。「どうやってここへ入ったの？」

マニーが楽しそうな顔になった。「からかってんのか？　あんな錠、おれは三歳のときでも開けられたぜ。デッドボルトをつけたほうがいいな」

「リストの一番上にする」わたしは言った。「あなたたち、この家で何してるの？　わたしに撃たれなくてラッキーだったわよ」

「そのようだな」とビッグ。「ルームメイトを排除すれば、あんたと話をつけやすくなるんじゃないかと思ったんだが、ここまで活力があって、こそこそ動きまわるのが得意とは思わなかった。前にお手並みは拝見していたが」

「どういうこと？　アリーに何をしたの？　嘘。救急車を呼ばないと！」

「あんたの友達は大丈夫だ」とビッグ。「あの娘さんは長い一日の終わりに、うまいシャンパンを飲んだだけだ、睡眠薬がちょびっと入ったやつをな。朝になれば、ひさしぶりにぐっすり眠れたと感じながら目を覚ます」

わたしは目をつぶり、両手で頭をつかんだ。これは夢だ。なぜなら、一ミリも筋が通らないからだ。しかし、手をおろし、目を開けても、彼らはまだそこにいた。「アリーに薬を盛ったの？　いったいなんのために？」

「あんたと内々に話をする必要があってな」ビッグが答えた。

「電話じゃ駄目だったの？　あるいは、もっとまともな時間に呼び鈴を鳴らすとか？」

ビッグは首をかしげた。「あんたの番号がわからなくてな、電話は選択肢からはずれた。昼日中おれたちが玄関に現れるってのは本当にましな手だったか？　ひょっとすると、あんたがつき合ってる保安官助手がここにいたかもしれない時間に？」

そんなことは考えただけでぞっとする。言い訳のしようがなくなってしまう。「なるほど、言いたいことはわかった。それでも、メモか何かを送ってきて、どこかで会う段取りをしてもよかったはずでしょ」

「待てない用件なんでな。こういう場合は例外なしに急ぐ必要がある。ほんの一日でもうまくいくいかないの違いが出る」

「なんの話？　とっとと話しなさいよ」

リトルの顔からほほえみが消え、ビッグが真顔になった。「われわれには病院に〝友人〟がいるんだが、興味深い身体部分が検査のために持ちこまれたと聞いた」

冗談じゃない！　メタンフェタミン製造所はビッグとリトル・ヒバートのもので、このふたりはこのキッチンでわたしを殺すつもりというわけか。アリーに盛ったのがなんであれ、彼女のことも殺すつもりだろう。

考えていることがそのまま顔に出たにちがいない。ビッグが片手をあげた。「ミズ・モロー、われわれはあんたに危害を加えにきたわけじゃない。さらに、シャブの製造なんて下劣な商売にゃ絶対に手を染めたりしない」マニーに向かって手を振る。「話が終わるまで外に出てな。おまえは人をぴりぴりさせる」

マニーはにやりと笑って外へ出たが、ビッグからほんのわずかでも合図があれば、銃をぶっぱなしながら戻ってくるはずだ。ビッグとリトルも必要とあればマニーに劣らず物騒な相手となりうるのは言うまでもない。しかし、わたしは人の心の読み方も心得ているし、ビッグの態度と姿勢のすべてから彼が脅威ではないことが伝わってきた。フーッと息を吐くと、首から背中にかけての緊張が抜けていった。「それなら、何が目的なの？」

「本題に入る前に」リトルが言った。「座ってくれないか？　あんたを見あげてると首が痛くてよ」

残っていた椅子を引きだし、彼らの向かいに腰をおろす。

「シャブは汚ねえ商売だ」ビッグが言った。「人を殺し、町を破滅させる」

わたしは目をみはった。本気？

「あんたの考えてることはわかる」とビッグ。「おれたちの投機的なビジネスは、国税庁《IRS》に届けでる類のもんじゃないからな。だが、賭屋をしたり、顧客のためにときたまちょいと変わったものを調達したりしたところで、中毒性の強い《ハードドラッグ》麻薬が引き起こすような問題とは無縁だ。おれたちはシンフルに愛着を持ってるし、ああいうもんがこの町で取引されるのは見たくない」

わたしはうなずいた。彼らの〝ビジネス〟は賭屋と〝変わったものの調達〟よりももう少し幅広いのではと思ったが、それは口に出さずにおいた。

「言っとくが」リトルが言った。「密造酒の取引にゃ、なんの文句もないぜ。へっ、こっちもかかわってるし、葉っぱだってかまわないって考えだ」

　ビッグがうなずいた。「しかしシャブはたちが悪い。暗い路地や密室でこっそり取引されて、シンフルみたいな町を静かに灰にしちまう。おれたちは見たことがあるんでな」

「わかったわ。あなたたちがこんな芝居がかったことするなんて、ちょっと意外だけど、いまの話にはまったく同意見よ。でも、それがいったいなんでわたしに関係あるわけ？　わたしがかかわってるなんて思ってないわよね」

「もちろんないとも」ビッグが答えた。「そんなことを考えていたら、ここへは来ない。だが、あんたは間違いなく穿鑿《せんさく》好きだ。あのばあさんたちと一緒に喜んで法執行機関の仕事に首を突っこんでいくし、そのためには法律に違反することも恐れない。最も重要なのは、あんたの腕がいいってことだ。最近の事件の解決率は、ニューオーリンズ市警を上まわってる」

「えっと、ありがとう。かしらね」たったいまわたしは穿鑿好きと呼ばれたわけだが、おおむね褒め言葉のようだったので、喜んで受けいれることにした。

　リトルが首をかしげた。「好奇心から訊くんだが、保安官助手のボーイフレンドはあんたがちょいちょいやってる活動について、どう思ってるんだい？」

〝ボーイフレンド〟という呼び方に、わたしはちょっと顔をしかめた。ひどく子供っぽく響いたからだ。永続的な感じがするのは言うまでもなく。「わたしの課外活動について知ったら、彼は怒るでしょうね。でも、わたしがそういう特別な関心を持ってるってことは、こちらから話すつもりはないわ」

リトルが声をあげて笑った。「だろうな」

「とにかく」とビッグ。「リトルとおれはシンフルでシャブを製造してるのが誰か知りたいんだ。しかし、こいつはおれたち自身が出張っていける類のことじゃない。目立たずにいたいもんでな」

リトルがうなずいた。「だから、あんたたちがあちこちつついてまわることに興味がありゃ、こっちは匿名で手伝うぜって話だ」

いますぐ断固〝ノー〟と言って、この会話を終わらせるべきなのはわかっている。しかし、あまりに意外で魅力的な申し出だったため、訊かずにいられなかった。「匿名で手伝うって、たとえば？」

「素性を確認したい相手がいたら、おれたちにまかせろ」とビッグ。「武器や夜の遠出で使う道具、偽の身分証、見せ金……情報を手に入れるのに必要なもんはなんでもござれだ」

偽の身分証？　それはなかなかよさそう。あらためて検討するため、頭の隅にファイルしておくことにする。「ボートはどう？」

「ボートがないのか？」ビッグが訊いた。

「わたしが大おばの遺産を整理するため、夏のあいだだけここへ来ているってことはもう調べてあるわよね。そのおばはボートを所有してなかった。ガーティとアイダ・ベルはふたりとも持ってたけど、どっちもトラブルに遭遇して、いわば使えない状態」

ビッグは声をあげて笑った。「詳しく尋ねようとは思わんな。そっちの質問に答えるなら、イエスだ。喜んでボートを提供しよう。理由はわかりきってるだろうが、おれ個人の持ち船からじゃない。しかし、あすの朝にはこの家の裏に一艘とまってるように手はずを整えようじゃないか」

ここは丁重に断るところ。

言うべきは〝ありがたいけど、結構よ〟だとわかっていた。法執行機関の仕事に首を突っこむだけでもまずいのに、それが地元犯罪組織から支援を受けてとなれば段違いの愚行になる。「たとえば、わたしたちが偶然、関係者を突きとめられたとするでしょ。そうしたら、あなたたちは彼らをどうするつもり?」

ビッグが眉を片方つりあげた。「本当に知りたいか?」

わたしはかぶりを振った。答えのわかりきった愚問だった。それに、ビッグが計画していることを倫理的に批判できる立場にわたしはない。公共の安全に対する脅威を排除することが、これまでずっとわたしが仕事としてしてきたことだ。市民の圧倒的多数が、存在すら知らない脅威を。

「取引成立。わたしたちの関与は誰にも知られることがないという条件で」

「はん」ビッグが言った。「ボスの耳に入ることをおれが望むと思うか?　一家のビジネスのために保安官助手のガールフレンドと手を結んだなんてよ」

「たぶんないわね」

ビッグがテーブルの向かいから手を差しだした。「それじゃ、取引成立だ」

まずいと知りつつ、わたしは手を伸ばして彼と握手を交わした。たったいま自分は悪魔と取引したのだとひしひし感じながら。

リトルが上着のポケットに手を入れ、名刺を一枚取りだした。手渡されたので見ると、電話番号がひとつ書いてあるだけだった。

「秘密のホットラインと思ってくれ」とリトル。「何か必要なもんがあったら、その番号に電話をくんな。通話をたどっても、相手がビッグとおれだとわかるこたねえ。何もかも終わったら、その番号は使えなくなる」

ビッグがテーブルに両手をつき、急に立ちあがろうとした。わたしは身をのりだしてこちら側に全体重をかけ、テーブルがひっくり返らないようにした。彼が立ちあがると、わたしも立ちあがり、リトルがドアを開けた。外に立っていたマニーは、こんなことは毎晩ごくふつうにやってるぜと言うように口笛を吹いていた――ひょっとすると実際にそうなのかもしれない。

ビッグが階段をおりるあいだ、わたしは息を詰めて見守った。彼の体重に階段が持ちこたえられるかどうか、もし彼が落ちたら芝生に穴が開くのではと心配だった。マニーとリトルに支えられて、ビッグは無事におりきった。うちから遠ざかっていく途中でマニーが振り返った。「錠を取りかえとけよ」

「そうしたら、次は呼び鈴を鳴らさなきゃならなくなるわよ」

マニーはにやりと笑った。「そいつはどうかな」

わたしは両手を突きあげてからなかに戻り、ドアを閉めて錠をかけた——たいして役に立たないけれど。わたしが絶対この家に入れたくない人間たちは、錠なんてものともしない。テーブルから銃を取ると二階へあがり、まっすぐアリーの部屋に入った。顔を近づけて呼吸を確認したが、問題ないようだったのでほっとため息をついた。廊下の反対側にある自分の部屋をちらりと見たものの、アリーがなんともないと確信できるまで、まともな眠りは訪れないとわかっていた。部屋の隅へ移動し、張りぐるみの椅子にどさりと腰をおろす。

本当に長い一日がさらに長くなりつつあった。

第5章

「フォーチュン」

遠くから声が聞こえたので、誰の声か突きとめようと必死になった。

「フォーチュン」

体を揺すられて、わたしははっと背筋を伸ばして銃を構え、戦闘態勢をとった。

アリーが目を丸くした。「あたしよ。そんなとこであなたが寝てるなんてびっくりした」

拳銃をおろすと、わたしは首をまわして凝りをほぐそうとした。「いつ眠ったのかも覚えてない」

「きのうはたいへんな一日だったものね。あたしは二階にあがってきたのも覚えてない」彼女は拳銃を握ったままのわたしの手を見おろした。「武器を持って、あたしの部屋で寝てたのは何か理由があったの？」

しまった。もっともらしい話を作る必要があるけれど、睡眠不足とカフェイン完璧ゼロ状態でそれをやらなければならないとは。「二階にあがってきたのを覚えてないのは、わたしが抱きかかえるようにして運んできたからよ。あなたが居間のテーブルに激突して、ランプを壊したあとで。シャンパンと多大なストレス、それと睡眠不足が重なったせいだと思う」

アリーが目をみはった。「ほんとに？　やだ、信じられない。ごめんなさい。弁償する」

わたしはかまわないと手を振った。「ランプならいいの。どのみち趣味悪かったし。ただ、あなたの意識の失い方がすごかったから心配で、だからしばらく様子を見ていたの。そのあと自分のベッドに入ると、外から物音が聞こえてきたもんで拳銃を持って調べにいったのよ」

「フォーチュン！　そういうときは保安官事務所に電話でしょ。あなたが自分で調べはじめると、絶対にいいことないってわかってるはずなのに」

「今回は何も撃たなかった」それはキッチン突入の際に倒れたからだ。さもなければ、冷蔵庫があの世行きになっていただろう。「とにかく、二階に戻ってきたときはぴりぴりしてたから、しばらくこの椅子に座ることにしたんだけど、どうやら眠りこんじゃったようね」

アリーがあきれた様子で首を振った。「きょうはずっと首が痛むわよ、きっと。それはそうと、あなたを起こしたのはね、あたしはこれから建築業者に会いに出かけるって言っておこうと思ったからなの」

「すてき。近いうちに、わたしも作業の進み具合を見に寄らなくちゃ」

アリーの目が輝いた。「すっごくいいのよ。あたしの理想のキッチン。建築業者と会ったあと、ニューオーリンズの内装業者とスツールやコーニスに使う布を選ぶの。一緒に来る?」

表情からわたしがぞっとしているのが伝わったにちがいない。アリーは声をあげて笑った。

「いまの顔、見せてあげたかった。ほんとに家庭的なところのないタイプなのね」

「あるとしたら、まだ発見してないってことね。どのみちきょうは〈シンフル・レディース〉の仕事を手伝うってアイダ・ベルとガーティに約束してあるの」

「それじゃ、楽しんできて。トラブルを起こさないようにね——可能ならだけど」アリーはドアに向かったが、廊下に出たところで振り返った。「そうだ、裏のバイユーに誰かがエアボートをとめてるわよ。それじゃあね!」

アリーの姿が見えなくなるまで待ってから、窓へと走り、外をのぞいた。ぴかぴかの新しいエアボートが家の裏にとまっているのを見て、脈があがった。バスボートでも充分間に合ったはずだが、あれはめちゃくちゃいかしてる。ビッグとリトルは本気だ。一階へ駆けおりると、わたしは裏庭に出た。早く試乗したくてたまらない。エアボートにのるのは初めてだけど、テレビで見たことはあるし、あれはスリル満点に見える。ふつうの船ほど上下に跳ねないはず。そのうえスピードが出る!

飛びのると、なかほどにあるベンチと後方のふたりがけ操舵席をうっとりと眺めた。何もかもが真新しく、アルミニウム製の船体は新しい硬貨みたいに輝いている。船尾の巨大プロペラさえ美しい。イグニションキーをさがしたが、差してなかった。眉をひそめて家をちらりと見る。キッチンのテーブルの上に置いてあるとか？　マニーならもう一度実力を誇示するためにやりかねないが。

ボートをさっと見渡したところ、ベンチの下に収納スペースがあるはずだと気がついた。シートを持ちあげると、ライフジャケット数着の上にわたしの名前が書かれた封筒がのっていた。封筒から出てきたのはキーと折りたたまれた紙二枚。一枚目の紙は、手書きの短い手紙だった。

ミズ・モロー
先週、カフェでお話しできたのは幸いでした。ご相談のエアボートを夏のあいだリースする契約書を同封します。快適、安全なご利用を！
ボブ・ヒバート

ヒバート？　きっと親類にちがいない。にやつかずにいられなかった。ビッグとリトルはブツを届けるだけでなく、入手の経緯を簡単に説明できるようにしてくれた。カフェにはさまざまなセールスマンがよく立ち寄る。そのうちのひとりがわたしに声をかけたとしても、こじつけには聞こえない。実際、わたしはさまざまな取引を持ちかけられたし、持ちかけてきたなかにはセールスマンもいた。それにルイジアナでヒバートはよく聞く名前だ。ボブが犯罪王でないかぎり、彼とわたしの関係をビッグとリトルに結びつける人はいないだろう。

ボートから飛びおりると、家へと向かった。どんな足を手に入れたか、ガーティとアイダ・ベルに見せたくてうずうずする。運がよければ、ふたりのうちどちらかがあれの操縦方法を知っているはず。運がとてもよければ、アイダ・ベルのほうが。

携帯電話にSMS着信の表示が出ていたので確認したところ、メッセージはカーターからだった。きょう一緒に過ごそうという誘いではないよう祈りながら、メッセージを読む。彼がドクター・スチュワートの指示に従い、体を休めるつもりらしいのは嬉しい。けれど、その休息時間の多くをわたしと過ごしたいと言われたら、こちらの捜査活動が大幅に制限されてしまう。フルタイムの恋人関係となると、わたしが落ち着かないのは言うまでもなく。いや、どんな恋人関係でも落ち着かないのだが、パートタイムならなんとかできないこともない。とにかく、起きている時間ずっと監視の目にさらされるのがまだ駄目なのだ。

ウォルターの家で映画を観ることになった。午後に電話する。

笑顔。よかった。ふたりがそろってリクライニングチェアに座っていてくれれば文句なしだ。彼らは体が休まり、エマラインはふたりの監視をひと休みでき、アイダ・ベルとガーティとわたしは注意を惹くことなくバイユーへ出かけられる。アリーもニューオーリンズへ出かけて不在となれば、わたしたちが法律を完全無視しても、それを目撃する人はゼロ。ガーティとアイダ・ベルにメッセージを送った。

速攻でうちへ来て。ボート問題が解決した。

携帯電話をキッチンカウンターに置き、ミルクをグラスに注いだ。ふたりが来るまでに残りのクッキーを食べおえる時間があるはずだ。テーブルに向かって腰をおろし、ノートパソコンを開く。最初にしたのは契約書に書いてあったボート販売店をググること。現れたバナーにはバスボートと、ビッグとリトルを混ぜ合わせたような顔の写真が載っていた。やれやれ、遺伝の強い家系だ。女性の場合は異なることを祈る。こういう顔は男性の場合も最高とは言えないけれど、女性となると生涯独身の決定宣告となりそうだ。

商品一覧をクリックし、わたしにリースされたボートに似ているものをさがす。驚いた！　六万ドルもする。かなりいい車より高い。ビッグとリトルのハードドラッグ嫌いは誇張ではなかったようだ。ふたりは大金を稼いでいるだろうが、わたしの実績からすると——それについてもふたりはよく心得ているはずだ——ボートが貸したときと同じ状態で戻されるとはあまり期待できない。それどころか、わたしたちがこれまでにのったボートがどうなったかを考えれば、用がなくなるころにあれがまだ浮いていたら万々歳だ。

販売店のウェブサイトを閉じ、ハリソンから返信が来ているかどうか見るためにメールソフトをクリックする。モローが襲撃されたことはかなり気がかりだ。犯人の狙いはいまだにはっきりとはわからない。わたしをさがしている相手なら、モローを殺したところで答えは手に入らない。とはいえ、襲撃を指示したのがＣＩＡに入りこんだモグラなら、モローを殺すことでわたしを潜伏先から引きずりだせると考えたのかもしれない。

寒気を覚えた。自分が一緒に仕事をしてきた人間——同じ組織から給料をもらい、わたしと同じく国への奉仕を誓った人間——が、世界屈指の極悪人に忠誠を尽くせるとは。金と権力が大きな魅力となりうることは知っているが、自分の仲間だけでなく、次世代の安全まで売り渡そうとは、理解を超えた卑劣なやつだ。

ログインすると、ハリソンからメールが届いていた。クッキーを一枚つかみ、メールをクリックする。

TO: farmgirl433@gmail.com
FROM: hotdudeinNE@gmail.com

農場のほうが順調と聞いて嬉しいよ。いつ状況が変わるかはわからないけど、幸運が続くといいよな。そういえば、予報によると今週は少し涼しくなるそうだ。信じるのは実際なってからだが、また期待が持てるようになったのはいいことだ。あの旅行はよく覚えてる。おもしろいところなんて絶対に見つからないと思っていたら、意外な場所がよかったんだよな。ふつうの観光コースばっかり行ってたら駄目だった。近いうちにクールダウンしなかったら、バケーションの計画を立てはじめようかと思ってる。リサーチして、どこがよさそうか考えないと。

あと知らせておくこととしては、いま監査が入っていて、てんやわんやの忙しさだってこと。あいつら、ファイルから一枚だけ行方不明になってる領収書を出せって言う天才でさ。これまでのところ、こっちはすべてにおいて向こうを納得させてるけどな。来週末までには終わる予定だ。

さて、急いで仕事に戻ったほうがよさそうだ。親父は日に日によくなってる。文句を──大きな声で──言いはじめていて、だから元気になるのは間違いない。今度電話する！


わたしはクッキーをひと口かじり、メールをもう一度読んだ。ハリソンは、アーマドが外見を変えている可能性についてのこちらからのほのめかしに気づき、その方向で捜査を進めると言っているようだ。よかった。メールの最初の部分が、アーマドの居場所に関して手がかりがつかめたと読めることも。うまくいけば、わたしが背後を警戒するのは十秒ごとではなく、一分ごとで済むようになるだろう。

監査の部分はちょっと戸惑ったものの、すぐにぴんと来た──ほかの工作員の財務記録を洗っているのだ。それはわたしをさがしだす見返りに多額の賄賂を受けとっている人間がいるという、わたしが先ほど考えた線とも合致する。メールによればいまのところ収穫はないようだが、意外ではない。大金をアメリカの口座にまとめて入れるような間抜けな工作員はいない。しかし、全員を調べれば、何か奇妙な点が見つかって、もう少し捜査範囲を広げるきっかけになるかもしれない。国際銀行の口座は非公開だと誰もが信じているけれど、テクノロジーと金を持った人間が動けば、この世に非公開のものなどなくなるのが現実だ。

わたしは食べかけのクッキーを口に押しこみ、ミルクを半分ほどごくごくと飲んでから返信を打った。

TO: hotdudeinNE@gmail.com
FROM: farmgirl433@gmail.com

バケーションなんてすてきじゃない。おもしろそうな計画が立ったら教えて。こっちが落ち着きそうな場合は一緒に行きたいかも。監査はむかつくわね。楽しいことがひとつもなさそう。早く終わって、もっとやりがいのあるおもしろい仕事に取りかかれるよう祈ってる。

お父さんがよくなってきていると聞いて嬉しいわ。文句を言うのって、たいてい快方に向かってる証拠だものね。さて、家畜に餌をやる時間だわ。バケーション先、いいところが見つかりますように。

〝送信〟を押し、二枚目のクッキーに手を伸ばした。アーマドとモグラを見つけるために、ハリソンが全力を尽くしているのはわかっているけれど、自分も向こうで協力できればと願わずにいられない。ふたりで力を合わせれば、もっと結果が出せるはずだ。そのいっぽうで動く標的は助けよりも邪魔になる。しかしもどかしかった。危険にさらされているのは、わたしの命とキャリアなのだ。

もうひと口クッキーをかじり、考えごとを続けながら眉をひそめた。かつてのわたしなら、自分のキャリアが危険にさらされる可能性があれば、不安と絶望で動揺しまくっていただろう。わたしイコール仕事だった。フォーチュン・レディングという人間は、仕事上の役割を果たすためだけに存在した。ところがシンフルに来てからというもの、自分は人生を楽しむ機会をどれだけ失ってきたのだろうと考えるようになった。この町では最近、急に犯罪が多発するようになっているため、正確な意味での休みが続いているわけではない。でも緊急の捜査と捜査のあいだにはゆっくりできる時間があって、それがわたしは好きだ。カフェで朝食を食べ、フランシーンや常連客とおしゃべりするのはとても楽しい。ガーティとアイダ・ベルと一緒にテレビを観るのも楽しい。ガーティに薦められたもののなかには、目を漂白しなければ忘れられないようなものもあったけれど。裏庭のハンモックで寝ながらおもしろい本を読むのも大好きだ。それでも、こんなふうに感じるようになると、二カ月前に誰かに予言されていたら、わたしはばからしいと言って、その人物を撃ち殺していただろう。

アーマド絡みの問題には片がついてほしい。何よりもそう願っている。モグラが特定され、反逆罪で裁判にかけられることも望んでいる。しかし、ワシントンＤＣの静かで整然としたアパートメントに帰ることを考えると、予想していたようなわくわく感は湧いてこなかった。正直に認めるなら、ちょっと寂しく感じた。

ため息をついて二枚目のクッキーを食べおえた。腹立たしいのは、シンフルに来たおかげですべてが変わってしまったという現実だ。これまでの人生で積みあげてきたものすべてを捨て去るなんて、まだ考えることもできないいっぽうで、元の生活を早く再開したいとも思わない。

玄関のベルが鳴ったので、ノートパソコンをバタンと閉じ、考えごとを中断させられたことを嬉しく感じながら立ちあがった。アーマドが脅威ではなくなったとき、自分がどうするかは真剣に時間をかけて考えなければならないことだが、それはいまでなくてもいい。きょうはもっと大切な仕事がある。玄関へ急いで行き、ドアを開けてアイダ・ベルとガーティをなかに入れた。

「コーヒーが入ってるといいんだけど」とガーティ。「寝坊しちゃって、なんだか頭が働かないの」

「残念ながら」キッチンへと歩きだしながら、わたしは言った。「まだ淹《い》れてないの。でもこれから見せるものを見たら、一気に血のめぐりがよくなるかも」

勝手口の前で立ちどまり、ふたりを振り返った。「サプライズへの準備はいい？」

「もういい加減にしな」とアイダ・ベル。「こっちは朝食も食べてないんだよ」

「ジャジャーン！」わたしはそう言って、バイユーのほうに手を振った。

「なんてこったい！」アイダ・ベルが胸を押さえたので、一瞬心臓発作を起こしたのかと不安になった。彼女はわたしを押しのけて裏庭に飛びだした。わたしはガーティににんまりと笑いかけてから、彼女と一緒にアイダ・ベルのあとを追った。

ボートの前で立ちどまると、アイダ・ベルは端から端までとっくりと時間をかけて眺めてから、舷側をそっと撫でた。わたしはにやりとした。「そのボートに祈りを捧げる？　それともデートを申しこむ？」

「両方かね」アイダ・ベルが答えた。

ガーティがうなずく。「コーヒーなんてどうでもよくなったわ。なんてすばらしいの」

「すばらしいどころじゃない」とアイダ・ベル。「華麗だよ」

「入手方法なんて、あたしはどうでもいいんだけど」とガーティ。「でも訊かないといけない気がするの。あなた、いったいどうやってこれを手に入れたの？」

アイダ・ベルが勢いよく振り返り、わたしを見つめた。「盗んだんじゃないだろうね」

「ええっ？　まさか。そんなことしたら、かえってまずいことになるでしょ。合法的にリースしてもらったの」

アイダ・ベルが片眉をつりあげた。「きのうの夜からけさまでのあいだにボートを借りただって？　そんなこと、あんたにはどこから手をつけたらいいかもわからないだろうに」

リースに関する書類を渡すと、アイダ・ベルはそれに目を通し、手紙のほうを見たところで目を丸くした。「ボブ・ヒバート？　つまり――」

わたしはうなずいた。「きのうの夜、彼らが訪ねてきたの。うちに侵入して、勝手にわたしのチョコレートチップ・クッキーを食べて、もう少しで椅子を壊すところだった。でもって、メタンフェタミンがどれほど嫌いか語っていった」

「でも、爆発したのがメタンフェタミンの製造所だってことは、ほんのひと握りの人しか知らないのよ」とガーティ。「どうやって突きとめたのかしら？」

「病院の検査室に友達がいるか……もっとありうるのは、彼らに借金している人間がいるってケースね。なんにしろ、わたしは尋ねなかったしそれは重要じゃない。誰かがビッグとリトルに例の脚の話をし、彼らはシンフルでメタンフェタミンが製造されていると知って頭にきた。この町には健全でいてほしいのよ。あるいは比較的健全で」

「あるいは自分たちが望む程度の腐り方にしておきたいかだね」アイダ・ベルが言った。「それなら、確かに、たいした問題は起きない。ビッグとリトルがサービスを提供する相手は、あの親子がかかわらなくても問題を抱えてただろうし、なかにはふたりから金を借りて返済することで、実際に窮地から抜けだせたって人間もいる」

ガーティがうなずいた。「ジョージア・フォンテーヌはね、テレビ通販にお金を注ぎこんじゃって、クレジットカードの請求書を夫のウィルフレッドに見られたら、離婚されるってわかっていたの。彼女はヒバート親子からお金を借りて、クレジットカード分の支払いを済ませたのよ、夫に見られないうちに」

「その人、ヒバート親子にどうやって返済したの？」

「そうね、まず買ったものを売ったわ。でもそれじゃ借金を返せる額にはならなかった。中古品の価格って高くないでしょ。それにジョージアはとにかく趣味が悪くて。だから高く売れたものなんてひとつもなかったの。そこで、婚約指輪をニューオーリンズへ持っていって、そっくりの模造品を作ると本物は質に入れたの」

わたしはあきれて首を振った。「すべてはテレビにノーって言えなかったから？」

「まあねえ、ジョージアはノーって言えたためしがないから。そうじゃなかったら、どうしてウィルフレッドと結婚すると思う？　あの男はビッグフット（大きな足跡を残し、全身が毛に覆われているとされる未確認の生物）よりも毛深いのよ」

アイダ・ベルがため息をついた。「毛深い男好きっていうジョージアの趣味の悪さは置いといて、そもそもなんでボートがリースされることになったんだい？」

ビッグとリトルとの会話の要約版から、けさアリーにボートがとまっていると聞かされたところまでをふたりに話した。「そこで外を見たら、このすてきなボートがとまってたってわけ、ベンチ下の収納スペースにリース契約書入りで。おまけにその手紙までついていて、だから合法みたいよ」

アイダ・ベルがうなずいた。「お見事と言わざるをえないね。ビッグとリトルが賭屋と高利貸しのエキスパートだってことは知ってたけど、ものごとを大局的に考えられる人間とは思わなかった。つまり、あの親子とかかわり合いになるのは、思ってたよりさらにリスクが高いってわけだ。前はあの男たちのことをここまで頭がいいとは考えてなかったからね」

「わかってる」わたしは言った。「でもこれまでのところ、彼らは率直に思える。それが決して変わらないとは言わない。わたしたちの利用価値がなくなれば――麻薬密売人をやっつけるためにしろ、気晴らし的な意味にしろ――あのふたりはあっさり態度を豹変させるかもしれない」

「でも、一か八かやってみる?」ガーティが訊いた。

「わたしはそれでいいと思う。人を見る目にはかなり自信があるけど、彼らが下心を持ってるとは思わない」

アイダ・ベルがうなずいた。「あんたがいいと思うなら、あたしも賛成だよ。それに正直なとこ、贈りものにケチをつけるなんて、間抜けのやることだ」まるでボートがふっと消えてしまうのを恐れるかのように静かに手を置いた。

「こういうボートの操縦方法、どっちかが知っていたりする?」

ガーティが口を開きかけたが、アイダ・ベルが慌ててそれをふさいだ。「駄目駄目! このイカした子はあたしのもんだ」

「アリーはきょう建築業者と会ってからニューオーリンズへ行く予定。カーターはウォルターのところでテレビのマラソン視聴をするみたい。こちらは計画を立てて必要なものをそろえたら、行動開始といきましょ」

わたしたちはくるっと向きなおり、家へと歩きだした。

「計画に朝食は含まれる?」ガーティが訊いた。「あたし、おなかが空いて死にそうなんだけど」

「あなたが作ってくれるなら」わたしは答えた。「そうじゃないと、わたしが出せるのはシリアルとポップタルト（薄いタルト生地にフィリングが挟まったケロッグ社の菓子）だけよ」

「ベーコンとチーズはある？」

「あると思う。買いものはアリーがしてくれてるから」

ガーティがうなずいた。「それじゃ、オムレツにしましょ」

アイダ・ベルのほうを見ると、まるで宝くじが当たったような顔をしている。それを見て、突如よみがえってきた記憶があった——コルベット、オートバイ——アイダ・ベルとスピードという組み合わせは危険だ。

「朝食の前にお祈りできる？」家のなかへ入りながら、わたしは尋ねた。

ガーティが困惑した表情になった。「もちろんよ。でもあなた、これまでお祈りしたいなんて言ったことなかったじゃない」

わたしは肩をすくめた。「頼めるかぎりの助けがあったほうがいいって気がしたみたい」

ガーティは冷蔵庫を開けて使う材料を取りだした。わたしは二階へあがり、ジーンズとテニスシューズをはいた。ゴム長靴は洗濯室にある。家を出るときにあれを持っていこう。この辺の島では何を踏んづけるかわかったものじゃない。ただの泥でさえうんちみたいなにおいがしたり、糊みたいにくっついてはがれなくなる。ゴム以外のものについたら落とすのはほとんど無理。ゴム長靴でも、アイス・スクレーパーが必要になる。

わたしが一階におりたとき、ガーティはすでにオムレツをテーブルに出そうとしているところだった。いつもの席に座ると、彼女がわたしの前に皿を置いた。

「お祈りの準備はできた?」

「ええ。でも、ガーティが言ってくれる? わたしの専門じゃないから」

「いいわよ。それじゃ、頭を垂れて」

わたしは頭を垂れ、ガーティが祈りはじめるのを待った。

「神さま、きょうという日を迎えられましたこと、よき食事、よき友に恵まれ、そしてアイダ・ベルとわたくしが何人もの嫌いな人々より長生きできましたことを感謝します。もう少し長生きさせていただけると嬉しいです。どうか、わたしたちが麻薬の密売人を見つけだし、追いだせますよう、お力をお貸しください。ビッグとリトル・ヒバートがこの町でOK牧場の決闘を繰り広げる前に。そして、以上のことをすべてやっていただいてもまだお時間がありましたら、アイダ・ベルがボートで人に怪我をさせることなく――死ぬほど怖がらせることもなく――済みますよう、そしてわたしたちが今度の問題を解決するまで、ボートが沈むことのないようにお取りはからいいただけないでしょうか。アーメン」

顔をあげると、アイダ・ベルがしかめ面をしていた。わたしはにやつきそうになるのをこらえた。ガーティはぼんやりして見えるときもあるが、わたしが祈ってほしかったことはしっかり押さえていた。

「食べましょ」そう言って、わたしは塩入れをつかんだ。「マートルから何か情報は?」マートルは〈シンフル・レディース・ソサエティ〉の正会員であり、保安官事務所で事務処理を仕切っていて、通信係も務める。カーターはわたしたちが余計な穿鑿《せんさく》をしたがっている情報にマートルがアクセスできないよう気をつけているが、ほかの人間は彼ほど注意深くない。ネルソンについて聞いたところからすると、彼には注意深さは微塵もなさそうだ。つまり、マートルは貴重な情報源となりうる。ネルソンがわずかでも情報を集められたらだけど。

「ああ」アイダ・ベルが答えた。「ネルソンが威張るんで、頭にきてるってよ。ばかたれネルソンは早くも新しいオフィス家具を注文したそうだ、五千ドルもするアリゲーター革の椅子つきでね。納税者が心臓発作を起こすよ」

「ネルソンは爆発事件の捜査について何か言ってたって?」

アイダ・ベルが鼻を鳴らした。「言うわけないだろ。マートルはあの男に保安官事務所のボートを燃料満タンにしておこうかって訊いたんだ、現場を見にいけるようにね。そうしたらあいつ、密造酒のことで住民を煩わす気はないってさ」

「でも、見にいかなきゃ、密造酒かどうか断定できないじゃない」わたしは反論した。

「あんたとあたしはそれを知ってる」とアイダ・ベル。「しかしネルソンは〝超〟のつく怠け者でね。マートルによるときのうは一日中、ファンネルケーキを食べてるか、留置場の寝台で寝てるかだったたってさ」

「誰かがドアに鍵をかけて閉じこめてやればよかったのに」ガーティが言った。

「まあ、一日中寝通してくれれば、こっちの邪魔にはならない」わたしは言った。「マリーが依頼した監査が早く終わるかもしれないし、そうすればネルソンはシーリア共々退場になる」

ガーティが指を重ねて幸運を祈った。

「ところで、これからどうするか計画は思いついた？」わたしは尋ねた。

「ああ」とアイダ・ベル。「爆発が起きた場所までボートで行って、何か手がかりを見つけられるかどうかやってみる」

自分が何を期待していたのかわからない。現実的には、さぐりまわるしか方法はないし、だからこそボートが必要だった。とはいえ、ふたりならもう少し違ったことを思いついてくれるかと考えていた。「それだけ？」

ガーティは自分の皿をテーブルに置き、腰をおろした。「行き合った漁師と話して――最近、そのあたりで誰を見かけたか尋ねてみることもできるわ」

「それって怪しまれない？　わたしたちがあれこれ訊いてたってことがカーターの耳に入ったらどうする？」

「爆発については尋ねないよ」とアイダ・ベル。「ばかじゃないからね。〈シンフル・レディース・ソサエティ〉の咳止めシロップ製造所でちょっとした問題があったから、何か関係ありそうなことを見なかったかって訊くのさ」

「そのとおり」ガーティが言った。「それなら密造酒絡みだから、シンフルでは沈黙の掟が守られる」

「それって、シンフルだけの奇妙な法律のひとつ?」

「いいえ」とガーティ。「南部の決まりよ。他人の酒の密造については決して密告するな。そいつの女房と寝るほうがましってね」

アイダ・ベルが急に食べるのをやめたので、フォークがオムレツをぶらさげたまま途中でとまった。「そういえば、リー保安官の酒造所は爆発があったのと同じあたりだね」

「だったら何かプラスになることとってある?」アイダ・ベルが何を考えているかがいまいちわからず、わたしは尋ねた。

「あのあたりで誰を見かけたか、訊けるってぐらいだけどね」とアイダ・ベル。

「保安官に尋ねるのが名案だなんて本気で考えてる?」

「彼はもう保安官じゃないわ」ガーティが言った。「それに、あたしたちと話したことを覚えてなきゃ、トラブルも起こせないわよ」

ふむ。確かにガーティの言うとおりだ。リー保安官の記憶は兄と比べれば長持ちする。兄のほうはほんの二、三日前にたっぷり二十分間、わたしをボートにのせておきながら、その記憶を失ったままだ。その兄よりましとはいえ、リー保安官も知的鋭敏さの全盛期は数光年前に過ぎている。

「誰を見かけたかも覚えてなきゃ、役に立たないでしょ」わたしはふたりの主張の欠点を指摘した。

ガーティがため息をついた。「確かにね」

「それじゃ、計画は決まり。ふたりとも、家へ帰ってゴム長靴か何か取ってくる必要ある？」

ふたりはこちらをまじまじと見た。

「ゴム長靴なら、ガーティの車のトランクに積んである」アイダ・ベルが言った。「まともな南部人はゴム長を携帯しないで不意を突かれたりしないよ」

「銃もね」とガーティ。「それに、あなたのメッセージにボート問題が解決したって書いてあったから、船にのれる服で来たし、あたしは緊急乗船用バックパックも引っつかんできたわ」

「緊急乗船用バックパックって、具体的に何が入ってるの？」

「ミネラルウォーター、信号弾、狩猟用ナイフ、工具一式、小型の手斧、プロテインバー、釣り糸、ロープ、プラスチックのコップ、それにシャンパン」

「シャンパンってよくわからないんだけど」それに〝小型の手斧〟がいささか気がかりである。

「ボートが故障した場合のため」ガーティが答えた。「救助を待つあいだ、水を飲むのとシャンパンを飲むのとどっちがいい？」

それはそうだ。「うちに全粒粉クラッカーがひと箱あるんだけど。未開封のが」

「あら、シャンパンとよく合うわ。それも入れていきましょ」

「持ってく食料品の相談が済んだなら」アイダ・ベルが言った。「早く出発しようよ」

こんな朝早くにしては、彼女は元気が溢れすぎに見えた。朝食が軽めでよかった。エアボートにのっているあいだは、キャデラックでの快適ドライブではなくジェットコースター体験に近くなりそうな予感がした。

「出発する前最後のトイレ休憩」そう言うと、ガーティは一階のトイレへと向かい、わたしは食洗機に食器を入れた。五分後、わたしたち三人はボートへと向かった。

第６章

「助手席はあたしよ」ガーティが言った。

「絶対に駄目」わたしは釘を刺した。「アイダ・ベルには目のいいナビゲーターが要る。あなたは眼鏡を新調する必要ないなんて嘘、もう聞きたくないし。それに、これはわたしのボートだから」

「どっちもフォーチュンの言うとおりだよ」とアイダ・ベル。「加えて、あたしたちが一番避けなきゃいけないのは、あんたが助手席から落ちて、腰骨を折るか何かすることだ」

「腰骨を折るのは老人よ」ガーティが言った。「あたし、自分はまだ中年だって決めたの」

「はん！　なんの中年だい？　カメのかね？　歩く速さからすると、そうだろうね」

「わからないわよ」とわたし。「リー保安官とお兄さんはたぶんモーゼと一緒に出エジプトを経験してるから、それを考えると人間の中年ってこともまったくありえないわけじゃない」

「あるいは、あのふたりはゾンビか」ガーティが言った。「きわめて洗練されたタイプのね。〈ウォーキング・デッド〉に出てくるような間抜けなのじゃなく」

「たとえガーティの頭が中年だとしても」とアイダ・ベルが言った。「腰はひどく年とってるし、その腰をよく打つよね。だから、あたしの主張が正しいのは変わりない」

「でも――」ガーティが反論しかけた。

わたしは手をあげて彼女を黙らせた。「いいからボートにのって。あなたが二十歳だとしても、リース契約書に載っているのはあなたの名前じゃない。これはわたしのボート。助手席はわたし」

「わかったわよ」ガーティはそう言ってボートにのりこみ、なかほどのベンチにドスンと腰をおろした。「でも、せめて帰りはあたしにも試させてよね」

アイダ・ベルがぐるりと目玉をまわしてからボートにのりこんだ。

「こうしましょ」わたしはボートの舫《もや》いを解きながら言った。「捜査のあいだいい子にしてたら、帰りは大人《ビッグガール》用の座席に座らせてあげる」

ガーティがわたしをにらみつけた。

「あら、若者扱いされたがったのはそっちでしょ」と指摘した。「わたしはさらに何歳か引いただけよ」

船をぐいっと押すと、勢いをつけてジャンプし、舳先《へさき》近くに膝を曲げて完璧な着地を決めた。

「あんたの腰じゃ、いまみたいなことはできないだろ」とアイダ・ベル。

ガーティが悔しさと賞賛の入り交じったため息をついた。「確かにね」

わたしはアイダ・ベルの隣の高い座席に座り、サングラスの位置を調整した。「行きましょ」

アイダ・ベルがエンジンをスタートさせると、巨大なプロペラが勢いよく回転しはじめた。

「しっかりつかまってな」そう言って、彼女はアクセルを踏みこんだ。

その瞬間、わたしは座席の両側にある手すりがなんのためにあるのかを思い知った。ボートは文字どおり水面から飛びあがり、わたしは座席に釘づけにされた。何もつかんでいなかったガーティは後ろに飛ばされ、床にころげ落ちた。さっきアイダ・ベルが心配だと言った、まさにその腰から。アイダ・ベルを見ると、やれやれと首を振ったが、スピードは落とさなかった。ガーティはベンチに座りなおそうとしたものの、あまりのスピードに戻ろうとしても戻れない。とうとうあきらめた彼女は、アイダ・ベルに中指を立ててみせてから、床に腰を落ち着けた。

わたしは手すりを、命がかかっているみたいに握っていたが、実際かかっていると確信していた。ボートがあまりの高速でバイユーを進んでいくため、頬がぱたぱたはためいている。口を閉じて力を入れているのにだ。サングラスが鼻柱に食いこんで痛かったけれど、かけてきたことを神に感謝した。かけてこなかったら、おそらく目玉が耳から流れでていたと思う。岸の家々や木々がぼやけて見えはじめ、目の端に涙がにじんだ。

湖に入ると、アイダ・ベルはミレニアム・ファルコン号のワープスピード並みに加速した。誓ってもいい。わたしは自分が若返り、ひょっとしたらやせて、背も伸びたように感じた。周辺視野でボートが飛び去っていくのが見えたけれど、細かな部分はとらえられない。これから聞きこみをするつもりなら、せめて音速までスピードを落とさないと。

「右に急カーブ!」アイダ・ベルがそう叫んで操縦桿をぐっと前に押しだした。方向転換があまりにすばやかったので、ボートは水に浮いているというより、宙を飛んでいるようだった。まったく減速せずに九十度の方向転換をやり遂げたことを賞賛しようとしたけれど、恐怖のあまりふさわしい褒め言葉が出てこない。視界が少しはっきりしてきたとき、前方に見えたのは陸地だけだった。

「うわ!」とわたしは叫び、床に座ったガーティは悲鳴をあげた。

アイダ・ベルがアクセルから足をあげると、ボートが水面に接し、速度が三分の二ほど落ちた。体が急に前へ押しだされたわたしは、手すりを握りしめるあまり、指の関節が痛くなった。ガーティは前へ倒れてベンチにぶつかった。わたしは肩と腕がこわばり、そのあとボートが岸へと滑るように近づいて停止すると、緩むのを感じた。

ガーティは少しころげまわったあとでやっとまっすぐに立てた。わたしをにらみつける。

「これでも彼女に操縦させてよかったと思う?」

アイダ・ベルがばからしいと言うように手を振った。「なんで文句が出るのかねえ? あたしたちはここまで無傷で、バスボートの四分の一の時間しか使わずに来られたんだよ」操舵席からおりる。「誰かに見られる前に手がかりをさがそう」

わたしは座席から飛びおり、何度かまばたきをして目に潤いを取りもどしてからガーティに続いて岸にあがった。「どっちへ行く?」

アイダ・ベルは右を指した。「こっちに踏み分け道がある」ボートの床に手を伸ばすと、ショットガンを持った。「言うまでもないけど、警戒が必要だ。麻薬の製造所がなくなって生き残った作業員はすでに逃げたとしても、このあたりには酒造所があるかもしれない。酒造所の場所については、誰だってひどく秘密主義だからね」

わたしは拳銃を取りだし、アイダ・ベルについて踏み分け道に入った。「前からこの島に酒造所を持ってる人が爆発を仕組んだってことはありうる? ほら、自分の縄張りを侵害されたと考えたら?」

「なんだってありうるよ」とアイダ・ベル。「ただ、メタンフェタミンの製造ってのは爆発の危険性が高い作業って気がするね、あたしは」

「確かに」わたしは木の枝を脇に押しのけた。「考えをそのまま声に出してるだけなんだけど、わたしたちが抱えてるのは麻薬製造の問題だけか、麻薬製造と殺人事件なのか」

「前者だと期待しよう。シンフルにまた殺人犯なんてごめんだよ。自分を吹き飛ばしちまったばかな麻薬製造人ひとりなら、あたしたちでなんとかできる」

「ただし、そのばかには仲間がいる。製造人が卸しを兼ねることはないし、卸しが売人を兼ねることもない」

アイダ・ベルはため息をついた。「それなら、製造所は運転を始めたばかりで、残りのメンツはシンフルの人間じゃないよう祈るとしよう」

彼女が悪人はよそ者であってほしいと願う気持ちはよくわかる。けれど、何者かが製造所の場所を選んだわけで、その何者かはシンフル周辺のバイユーや水路をよく知っている人間だ。いかれた町《クレイジータウン》に常時いる正規の住人とは限らないけれど、おそらく住んでいたことはあるだろう。

アイダ・ベルが急に立ちどまったので、わたしは泥の道で少し足を滑らせた。彼女の肩に触れると、アイダ・ベルは左のほうを指差した。黒焦げになった材木が、密生した葉の上に突きだしている。わたしはガーティを振り返り、材木を指し示した。彼女はうなずき、拳銃を両手で持って構えた。一瞬、〈ロー＆オーダー〉の観すぎかと思ったが、彼女の銃をよく見たわたしは心臓発作を起こしかけた。デザートイーグル。一発で山に穴を開けられるだけでなく、重さが二キロぐらいある代物だ。構えるのに両手が必要なのも当然だった。

「お願いだから、弾は込めてないと言って」わたしはささやいた。

「込めてなかったら、なんの役に立つって言うの？」とガーティ。

どうやらお祈りに含めるべきことに漏れがあったようだ。「わたしを撃ち殺したら、この世に戻ってきてあなたが死ぬまでつきまとってやる」

ガーティは片手を拳銃から離してわたしにうるさいと手を振ったが、拳銃を握ったままの手はだらりと横に垂れた。わたしは手を伸ばしてデザートイーグルをつかんだ。「これはわたしにちょうだい。あなたはわたしのを使って」彼女の手に9ミリ口径を押しこむ。「ここでこんなのを発砲したら、町全体が吸いこまれるような大穴が開くかもしれない」

アイダ・ベルがわたしの横からのぞきこみ、デザートイーグルに目を留めた。「あんた、正気かい？　やれやれ、あと十歩も歩いたら、手から湿地に突っこんでただろうね。そいつはあんたの体重の半分くらいあるよ」

「あたしは問題なかったわ、威張り屋さんがしゃしゃり出てくるまではね」

「あしたになったら、手が痛いって叫んでたでしょうね」わたしは言った。

「あるいは、自分は間抜けゆえに無罪だって叫ぶ羽目にね」とアイダ・ベル。

「はいはい、おっしゃりたいことはわかりました」ガーティが9ミリ口径を焦げた材木のほうに振ったので、アイダ・ベルとわたしはそろって頭を低くした。「前へ進めるかしら？」

わたしたちは前を向き、ふたたび踏み分け道を歩きだした。焼け焦げた材木の正面まで来ると、アイダ・ベルが立ちどまり、同様に焦げている草木をショットガンでかき分けた。茂みの向こうをのぞいてから、こちらを振り返る。「動くものはない」

わたしはうなずき、先頭に立った。アイダ・ベルは湿地での追跡のエキスパートだが、潜在的敵対環境には、わたしが一番に入っていきたい。茂みのあいだをゆっくり進み、踏み分け道から三メートルほど離れた開豁地《かいかつち》へと近づく。茂みの端まで来たところで、デザートイーグルを肩の高さまであげ、さっと横へ動かしながら麻薬製造所の跡と向き合う。

「誰もいない」そう言うと、わたしは建物の残骸へ向かって歩きだした。

焦げた十×十センチの角材が二本クロスした形で、側面が焼け焦げたイトスギの巨木二本のあいだに引っかかっている。二平方メートルほどの範囲にベニヤ板やアルミの破片が散らばり、木洩れ日がガラスの破片を輝かせていた。開豁地を囲む木々のてっぺんと内側の枝は完全になくなっており、以前は建物の上へと大枝が伸びていたはずの場所から木片がぶらさがっている。上を見ると、丸い穴のなかから空を見あげているように感じた。

「ワオ」ガーティが言った。「ずいぶん大きな爆発だったのね。あたしたちの酒造所で事件が起きたときよりずっとひどいわ」

「酒造所で事件が起きたことがあったの？」

「ガーティに言わせるとね」アイダ・ベルが答えた。

「何度言ったらわかるの？　あの瓶には水が入ってると思ったのよ、あたし」とガーティが言い返した。

アイダ・ベルは眉を片方つりあげた。「ラベルに書いてあったとおりの九十五度のアルコールじゃなくかい？　ガーティはね、発電機が発火したとき、その瓶の中身で消火しようとしたんだよ」

あき……れた。

「この残骸のなかから何か見つかるか、さがしてみましょ」わたしは言った。

割れたガラス、焼けた木材、溶けたプラスチック、それに裂けたアルミなどをひっくり返してよく調べたが、ここを使っていたのが誰か、手がかりになるようなものは何も見つからなかった。煤と灰のなかを三十分ほど捜索してから、わたしは立ちあがり、くっついた黒い汚れを払おうとして両手を叩いた。

「考え方が間違ってたかもしれない」

「どういうことだい？」アイダ・ベルが訊いた。

「わたしたちが捜索しているのはまさに爆発が起きた場所——爆心地《グラウンド・ゼロ》よね。ここにあったものはすべて粉々になって吹き飛ばされ、またここへ落ちてきたものもあれば、よそへ飛ばされたものもある」

アイダ・ベルがうなずいた。「でもって、ここへ落ちてきたものは燃えつづけたいっぽうで、開豁地の外へ吹き飛ばされたものは元の状態を維持している可能性がある」

「そのとおり。わたしたちが歩いてきた側は草木が密生していたから、おそらく外へ飛びだしたものが少なかったはず。でも、反対側は木と背の低い茂みがあるだけ。開豁地の端から三メートルぐらい先まで、手分けしてさがしてみましょ」

三人そろって湿地の奥へと歩いていった。わたしは麻薬製造所を建てたのが誰か、手がかりになりそうなものをさがして草木の葉や地面に目を走らせた。「上のほうも見逃さないで。木に引っかかってる可能性もある」

三十分間、自分の担当箇所を隈なくさがし、もう望みはないとあきらめようとしたそのとき、雑草の下から何かがのぞいているのに気がついた。周囲とはそぐわない色をしていたので、しゃがんでよく見てみたわたしはにやりとした。

指だ！

「見つけた！」ガーティが叫んだ。

「こっちも！」わたしはそう言って開豁地へと戻った。

ガーティが手を差しだしたので、アイダ・ベルとわたしが見おろすと、彼女が持っていたのは黒いブックマッチだった。

「雨風に当たった感じがないわ」とガーティ。「だから、ここに長く落ちていたとは思えないわね」

「つまり、喫煙者の可能性ありってわけだ」アイダ・ベルが言った。「それでも、シンフルの男の大半は容疑者候補からはずれない。マッチはメタンフェタミンの製造に使ってた可能性もある。どっちにしろ、これがどんな役に立つかね」

ガーティはにんまりしてブックマッチをひっくり返すと、真っ黄色の字で書かれた〈スワンプ・バー〉のロゴを見せた。「〈スワンプ・バー〉に出入りする人間だってこともわかったわよ。それなら、もう少し幅が狭まるでしょ」

アイダ・ベルの額にしわが寄った。「このマッチからはっきりした指紋がとれるかね？」

「その必要はなし」わたしは見つけた指を持ちあげた。「指紋についてはこれで解決」

ふたりとも嫌なにおいを嗅いだときのように顔をしかめてから、ぱっと明るい表情になった。

「すごいもんを見つけたじゃないか！」とアイダ・ベル。

「それ、麻薬製造人のだと思う?」ガーティが訊いた。

アイダ・ベルがまじまじと彼女を見た。「いいや。きっとたまたま湿地で指を吹き飛ばされた、ほかの男のだろうね」

ガーティは両手を腰に置いた。「シンフルには指をなくした人が何人もいるけど、誰も麻薬の製造所なんて営んでなかったでしょ」

「そうだね。しかし、そういう人間の指はバイユーの底に沈んでるか、アリゲーターの腹のなかだよ」とアイダ・ベル。

「この場所で指をなくした人間はひとりだけと考えるのが妥当なんじゃないかしら」わたしは言った。

「きっとあなたの言うとおりね」とガーティ。「それに、その指がしばらく前からここにあったなら、動物がとっくに食べていただろうし」

「タバスコをちょっとかけたら、そんなにまずくないかもしれない」わたしは言った。「って、あなたたちなら言うでしょ?」

アイダ・ベルが声をあげて笑った。

ガーティは顔をしかめた。「やめて。あたしが見つけたのはブックマッチでよかったわ。それを持ち帰らなくてすむもの。あなた、なくさずに持ち帰るにはどうするつもり?」

わたしは指をジーンズのポケットに入れた。「これでなくす心配はなし」

ガーティが顔をしかめた。

「何？　いま以上のダメージが加わる可能性はないわよ」

「もうさがすものがなけりゃ」アイダ・ベルが言った。「そろそろ引きあげたほうがいいよ、誰かに見られるといけないから」

「ほかに見つかるものはもうないと思う」わたしは言った。

ガーティもうなずき、三人で踏み分け道を戻りはじめた。道の端まで来ると、わたしは立ちどまり、バイユーを見渡した。「危険なし」

エアボートまで急いで歩き、飛びのった。後部へ向かおうとしたわたしの腕を、ガーティがつかんだ。「帰りはあたしを助手席に座らせてくれるって言ったわよね」

自分の言ったことは忘れていないし、約束を取り消したりもしない。ただしアイダ・ベルのスピード狂ぶりを考えると、ガーティはあの座席に座るよりも雄牛にのるほうが長く持ちこたえられるだろう。「いいわ。でも、わたしのやり方に従ってもらう」

ガーティが疑うように目を細くした。「あなたのやり方って？」

「そのシャツをこっちにちょうだい」わたしは彼女が着ているピンクのチェック柄の長袖シャツを指した。

「シャツを脱ぐ気はないわよ」とガーティ。

「下にタンクトップを着てるでしょ。シンフルまで裸で帰れって言ってるわけじゃないんだから」

「裸は勘弁しとくれ」アイダ・ベルがつぶやいた。

ガーティはボタンをはずしてシャツを脱いだが、まだ納得のいっていない顔だった。「なんの役に立つのかわからないんだけど。着たままだと風をはらんで、パラシュートみたいに浮きあがっちゃうってわけでもあるまいし」

「その腰まわりからすると、ないだろうねえ」アイダ・ベルが言った。

「一・五キロやせたのよ、あたし」とガーティ。

「嘘をつくんじゃないよ」アイダ・ベルが言った。「目がますます悪くなって、表示が見えないだけだろう」

わたしは助手席を指差した。「さっさとそこにのぼって。シンフル住民がここをぞろぞろ通ってわたしたちを見かける前に」

ガーティは助手席までのぼり、腰をおろすと得意げににんまりした。「すばらしいわ！」「と思うでしょ」わたしは座席横のスペースにあがった。「目玉が裏返しになるから、待ってなさい」

彼女の体の前にシャツをかけ、袖を座席の後ろへ引っぱってかたく結ぶ。

ガーティは自分を拘束する布地から逃れようともがいた。「いったい何するのよ」

「あなたがバイユーに投げこまれないようにしたの。帰りついたら、きっとわたしに感謝するから」

「賭ける？」ガーティが訊いた。

アイダ・ベルがにやつく。「お嬢さんを固定できたなら、とっとと引きあげよう」

わたしは助手席横から飛びおり、ベンチにさっと目を走らせた。ロールケージ（車が横転したときに備え、車内の安全性をあげるためのかご状のフレーム。レース車などに組みこむ）なしにあそこに座るのは論外だ。ベンチ下の収納スペースからライフジャケットを二着引っぱりだし、一着を床に置き、一着をベンチの側面に立てかけてクッション代わりにする。それから腰をおろしてアイダ・ベルに親指を立ててみせた。

「やわ《パンジー》だねえ」アイダ・ベルはそう言ってからエンジンをかけた。

ばかにされてむっとしたけれど、水切り器に入れられた野菜みたいに翻弄されるよりはましだ。経験から学んだことがあるとすれば、わたしは次に備えて絶好調でいる必要がある。このふたりと一緒に私立探偵の領域に足を踏み入れると、一件落着までには必ず肉体を酷使することになる。

　アイダ・ベルがアクセルを踏みこむやいなや、ボートが水面から飛びあがり、わたしは頭がのけぞった。首の後ろをつかんで頭を元の位置に引き戻したところでボートが時速三百キロ超の安定航行に入った。家に帰ったら、よくレーシングドライバーが首につけているやつを速攻で注文しなければ。

　ガーティの悲鳴が聞こえたので振り返った。しわ取り施術を五百回受け、一回も成功しなかったような顔になっている。肌が強く後ろに、口が横一直線に引っぱられ、目は本当はフクロウ並みに丸く見開かれているはずなのに、口そっくりに細長い切れこみのようになっている。白髪は斜め後ろに向かって突っ立ち、家に着くまでもつか、あるいは抜けてしまうか危ぶまれた。あごひげがあればケニー・ロジャースの、口ひげがあればアルベルト・アインシュタインの代役になれそうだ。

「ヒャッホー！」とアイダ・ベルが叫び、操縦桿をぐっと前に押しだして加速度12Gの方向転換をやってのけた。

わたしは船体に脚を突っぱり、舷側をつかんで床に投げだされないようにした。後ろからガーティの叫び声が聞こえたが、アイダ・ベルほど熱狂してはいないようだ。わたしはどうにか上体を起こしたままでいることができ、ボートがふたたび水平になると姿勢を戻した。

まさか可能とは思わなかったが、アイダ・ベルがアクセルを踏みこんでさらにボートを加速させた。ブイ、陸地、そして雲がつぎつぎ飛び去っていく。あるいは、飛び去っていったのはわたしの人生かもしれない。視界がぼやけて、確信が持てなかった。いっそう心配なのは、この速度でアイダ・ベルがどうやって周囲を視認しているかだ。

そんな考えが頭に浮かぶのとほぼ同時に、アイダ・ベルがエンジンを完全に切ったため、ボートが勢いよく水面に落ちた。わたしは膝から力が抜け、前へ飛ばされて船体にぶつかった。「いったい何？」体を起こしながら叫んだ。

「トラブル発生だよ」アイダ・ベルがシンフルへと戻る水路の入口を指差した。

船体の縁からのぞくと水路の入口に一艘のバスボートが見えたが、それはただのバスボートではなかった。間違いなくウォルターが所有するボートであり、彼はあれを他人に貸したりしない。「ここで何してるの？　あのふたりはリクライニングチェアに座ってテレビを観てるはずなのに」

「どうやら嘘をついたようだね」アイダ・ベルが言った。

「とやかく言える立場じゃないわよね、あたしたち」とガーティ。「こっちの実績を考えると」

「わたしはきょう何も嘘をついてないわよ」

「そりゃ、あんたがきょうはまだカーターとしゃべってないからだろう」アイダ・ベルが言った。

「そこは重要じゃない」まばたきを繰り返して目に潤いを取りもどすと、わたしはもう一度よく見てからため息をついた。「このまま進んだほうがよさそう。カーターが双眼鏡でこっちを見てる」

「どんな作り話でごまかす?」ガーティが訊いた。

「簡単だよ」アイダ・ベルが答えた。「フォーチュンがエアボートをリースしたんで、あたしたちはそれをお試し中だった。向こうのボートから、麻薬の製造所があった島までは見えない。湖を行ったり来たりしていたと言えば大丈夫さ」

「それでよさそう」とわたしは言った。

アイダ・ベルがふたたびアクセルを踏むとボートが前へ飛びだし、ウォルターのボートへ向かって猛スピードで進みだした。あと二十メートルほどの位置まで来ると、アイダ・ベルが速度を落とし、彼らの横でボートを停止させた。

「いったいこれはなんだ?」カーターがこちらのボートを指して訊いた。

「エアボートよ」とガーティ。

カーターは彼女を見あげ、長袖シャツの拘束衣に気づくと二度見した。「これが何かは知っている。どうしてこんなものにのってるんだ？」

「フォーチュンが夏のあいだだけリースしたんだよ」アイダ・ベルが答えた。「最高だろう？」

カーターが目を見開いてわたしを見た。「エアボートを借りた？　いったい全体なんでそんな真似を？」

わたしは肩をすくめた。「さあ。一週間くらい前にカフェでボートのセールスマンと会ったとき、エアボートについて尋ねたの。こういうのがうちの裏を通っていくのを見かけたことがあったから。そうしたら、彼が最高におもしろいですよ、ひとつお売りしましょうって言ったの。わたしがここにいるのは夏のあいだだけってことを説明すると、リースしましょうって話になったわけ」

カーターが信じられないと言うように首を振った。「エアボートをリース？　なんてことだ」

クックッと笑う声が聞こえたので、カーターの後ろを見るとウォルターが手の甲で目をぬぐっていた。

「きみは墓穴を掘っている」カーターが言った。「こんなものにのってたら、三人とも死ぬぞ。だいたいガーティはすでに縛りあげられてるじゃないか」

「これはフォーチュンの思いつきなのよ」とガーティ。「あたしはものすごく頭にきたんだけど、最後には感謝することになるって言われて。正直なところ、彼女が正しかったわ」

「でしょ」

ガーティはうなずいた。「このシャツで縛られてなかったら、あたしはいまごろ岸を目指して泳いでいたわ。しっかりした生地のシャツを買っておいてよかった。よくある安物じゃなく」

「気を揉むのはやめな」アイダ・ベルが言った。「あたしにとっちゃ、これが初ロデオじゃないからね。このボートはなんの問題もなく操れるよ」

「コルベットを操ったように？」カーターが訊いた。「あるいはバイクを？」

アイダ・ベルは彼をにらみつけた。「あんた、あたしの名前が載った調書を見たことがあるのかい？　保険会社に電話して、あたしの記録を調べてごらんよ。事故ったことなんて一度もないからさ」

カーターは両手を宙に突きあげた。「それは向こうが知らないだけだ。ニワトリ小屋を壊された農場主は、バイクの記録に関して異議を唱えるだろう」

アイダ・ベルはため息をついた。「なんの話をしてるんだかねえ」

ウォルターがむせはじめたかと思うと咳きこんだ。「あきらめるんだな。冷戦時代のスパイに自白させるほうが簡単だぞ、この三人と比べたらな」

「そうよ」とわたし。「それに、あなたたちふたりがここで何をしていたかって話のほうをしましょうよ。わたしに送ってきたメッセージには、ウォルターの家で映画を観るとか書いてあったわよね。つまり、ふたりとも医師から禁じられたことをしているだけじゃなく、わたしに嘘をついたってこと」

「まったくよ」ガーティが言った。

カーターの顔から義憤の表情が消えた。「最初の計画はそっちだった」慌てて言い訳を始める。「しかし、釣りをしながら午前中をのんびり過ごすほうがいいんじゃないかって考えなおしたんだ。ドクター・スチュワートは釣りについては何も言わなかった」

「ボートに釣り竿をのっけてれば」アイダ・ベルが言った。「その作り話で通っただろうね」

わたしは腕を組み、上腕を指でトントンと叩いた。正直言って、カーターが居心地悪そうにするのは見ていて気持ちよかった。いつもは立場が逆だし、こういう目に遭うのは彼にとっていいことだ。「認めなさい。あなた、法執行機関の仕事に手を出してたでしょう――医師の指示に反して、ネルソンの了解は間違いなく得ずに」

「そのうえ一般市民に片棒を担がせて」ガーティが指摘した。「こういうこと？　そっちはおれの言うことに従え、おれは従わないけどなって？」

「わかった」とカーター。「おれが仕事をしてるのは、ほかにやる人間がいないからだ。それにドクター・スチュワートが一日中ベッドでおとなしくしてろと言うなら、おれを鎖でつなぐか、薬を使わないと駄目だろうな。とにかく、この町が破滅していくのを何もしないで見ているつもりはない」

ウォルターを見ると、彼は身を守るように両手をあげた。「おれは関係ないぞ。カーターがビールをおごると言ったから一緒に来ただけだ」

わたしはぐるっと目をまわした。「あなたたちの血がつながってるなんて、誰ひとり思わないわよね」

カーターはウォルターをにらみつけてから、ふたたびこちらを向いた。「おれが居心地悪そうにするのを見て楽しむのはもう充分だろ。こっちはもたもたしたくないんだ、おふくろが買いものから帰ってくる前にウォルターの家に戻っていたいんでね」

わたしはにやりと笑った。「好きにすればいいわ。わたしたちはこのすてきなボートを舫って用事を片づけることにするから」

カーターが目をすがめてわたしを見た。「用事ってどんな？」

「わたしたちが今夜、ダンスパーティのシャペロンをするの、忘れた？ 防弾チョッキに催涙《メース》スプレー、手錠がふたつぐらいあれば大丈夫かしらね」

アイダ・ベルがエンジンをかけたので、わたしはベンチに腰をおろし、ボートが発進するのにぎりぎり間に合った。カーターのがっかりした顔は最高だった。

「一本取ってやったわね！」ガーティが大きな声で言った。「あ、やだ！ 虫を食べちゃった。もうっ、誰かマウスウォッシュをちょうだい。ゲエ。もう一匹食べちゃったじゃないの」

わたしは手で口を覆い、にやつかずにいられなかった。

第7章

家に着くと、ガーティがマウスウォッシュのボトル半分を使ってうがいをするあいだに、わたしは例の指を入れるためのジップロックと、ハムサンドウィッチの材料を出し、それをすべてキッチンカウンターの上に並べた。アイダ・ベルは指を見てやれやれと首を振り、テーブルの前に腰をおろした。

「指紋照合はどうやってやる?」わたしは尋ねた。「たとえカーターが任務からはずれてなくても、彼には頼めない。ブロー保安官助手はこの件を内密にできないと思う」

「それを考えてたんだけどね」アイダ・ベルはそう言って携帯電話を取りだした。「マートルに頼もうと思うんだ」

「そんなこと頼んで大丈夫?」

「決まってるじゃないか。ネルソンが注意を払うわけがない」

「確かに」

アイダ・ベルが電話をかけたとき、マートルは携帯電話を手に持っていたにちがいなかった。

「頼みがあるんだ」アイダ・ベルは言った。「保安官事務所関連の頼みだよ」

電話の向こうから大きな声が聞こえてきたが、なんと言っているかはわたしには聞きとれなかった。

「いまフォーチュンの家なんだよ。どうしたのさ?」

アイダ・ベルはすぐに電話をおろした。「マートルはこっちへ向かうって言って電話を切った。あんなにストレスがかかった声、あたしたちが前回窮地に陥ったとき以来だよ」

「つまり二、三日前ってこと?」

「そんなとこだね」

わたしはサンドウィッチをテーブルに置き、腰をおろした。

「そいつを吐きだして、とっとと食べにきなよ!」アイダ・ベルが大声で言った。

まもなくガーティがのろのろとキッチンに入ってきて、椅子にドスンと座った。「誓ってもいいけど、まださっきの虫の味がする」

「気がするだけだよ」とアイダ・ベル。「それと、ボートにのってるときに口を開けるなんて間抜けすぎるね」

「一匹目があたしの気管に傷をつけたみたい」ガーティは喉をさすった。

「その割にはふつうにしゃべれてるじゃないか」

ガーティはアイダ・ベルをにらみつけた。「さっきの虫、あたしの口から出ていったあと、あなたのお尻に入りこんだんじゃないかしら」

「マートルに何かあったみたいなんだけど」わたしは言った。「何があったのか、彼女はアイダ・ベルにも話さなかったの」

「マートルはいまこっちへ向かってるところだ」とアイダ・ベル。

ガーティが顔をしかめた。「原因はばかたれネルソンでしょ」

「間違いないね」アイダ・ベルが答えた。「心配なのは、あいつがどこまでばかなことをやったかだ」

玄関の呼び鈴が鳴ったので、わたしはすぐさま立ちあがり、急いでマートルをなかに入れにいった。彼女は顔が真っ赤で、いまにも気絶しそうに見えた。「こっちよ」わたしはそう言ってキッチンへと足早に戻った。

マートルは崩れるように腰をおろすと、うめき声をあげて泣きだした。わたしは冷蔵庫からミネラルウォーターを一本出し、彼女の前に置いた。ガーティはバッグを引っかきまわして箱入りのティッシュを取りだした。マートルはティッシュを一枚つかむと顔を拭き、それからミネラルウォーターのボトルを額に当てた。

「何があったんだい?」アイダ・ベルが訊いた。

「へど野郎のネルソンよ」マートルが声を詰まらせながら答えた。「あたし、むちゃくちゃ頭にきてるの。頭にくるといつも泣いちゃうんだけど、泣くのは大嫌いなのよ!」

アイダ・ベルがやっぱりねという顔でわたしたちを見た。「あいつ、何したんだい?」

「あたしをクビにしたの!」

「なんだって?」

「そんなこと、許されないでしょ！」

「わたしがあいつを撃ち殺してあげる」

わたしたちはすぐさま怒りの言葉を吐いた。

マートルは悲しげにほほえんでからわたしの手をポンポンと叩いた。「撃ち殺すって申し出、そのうちお願いするかもしれないわ」鼻をかみ、首を横に振る。「最悪の話はまだこれからなの」

ガーティが目をむいた。「もっと悪いことって何？」

「あの男、あたしの代わりに娼婦《フッカー》を雇ったのよ」

わたしたちはそろって息を呑んだ。

「本物のフッカーじゃないでしょ」わたしが考えたのはおそらく下品で安っぽい女――要するにネルソンとつき合うような類の女ということだった。

マートルは首を横に振った。「正真正銘の本物よ、前科あり、ヒモつきのフッカー。デスクを片づけているあいだに身元確認をしたの。そんな必要はなかったんだけど。安物の香水を浴びたみたいにぷんぷんさせてるし、スカートは短すぎて、まっすぐ立っていても、ふつうなら見えちゃいけないはずのものが見えたくらい。前屈みになったらどうなるかは考えたくもないわ」

わたしは口を歪めた。「そんなこと、シーリアが許す？　彼女がいかれていて、とんでもなく嫌な女なのは知ってるけど、フッカーを認めるとは思えない」

「知らないんだと思うわ」マートルが言った。「取り巻き連中と一日中教会にこもってるから。たぶんあたしたち全員に嫌な思いをさせる策略を立ててるのよ」

「選挙の監査が早く終わってくれるといいんだけど」とガーティ。「あたしが思っていたより速いペースで手に負えない事態になってきてるわ」

「その新しい職員をネルソンが連れてきたとき、ブロー保安官助手はいたのかい？」アイダ・ベルが尋ねた。

マートルはうなずいた。「ソーダをブハッと噴きだしてネルソンに命中させちゃって。きょうの午前中、唯一楽しかったことよ。それで、ネルソンがタオルを取りに消えると、フッカーが色目を使いはじめたから、あの子、顔面蒼白になって、すっかりしゃべれなくなっちゃったの。かわいそうに、事務所から飛びだしていったときはあたしの顔を見る余裕もなかったわ。いまごろニューオーリンズまで半分くらい走ったところじゃないかしら、精神科医を見つけに」

アイダ・ベルがやれやれと首を振った。「何もかも解決した暁には、事務所全体を燻蒸《くんじょう》消毒しないとだね」

「それにペニシリンをまいたほうがいいかもしれないわ」とガーティ。

「わかってる」マートルが言った。「ここへ来る途中、あたしは抗菌ジェルを二回手に塗ったし、保安官事務所を出るまでには何回塗ったかわからない。手がひりひりしはじめてるところよ」

「何もかも解決した暁には」わたしは言った。「事務所全体をシロアリ駆除用のテントで覆って消毒剤《ライソール》を隅から隅までまくって手もある」

「とにかく、そんなわけで」マートルが言った。「あたしは追って通知があるまで、保安官事務所であなたたちに便宜をはかることができそうにないの。本当に申し訳ないわ、アイダ・ベル」

アイダ・ベルがかまわないと手を振った。「あんたのせいじゃないからね。あんたは卑劣な縄張り争いに巻きこまれちまっただけだ。うまくいきゃ、監査の結果、すべてが解決して町は通常に戻る。よその人間からしたら、それでもたいしたことないだろうけど、あたしはいつだってシンフルの通常を選ぶよ、シーリアの通常よりはね」

「あなたの言うとおりね」マートルが立ちあがった。「よければ、あたしは帰って来週の火曜日までシャワーを浴びつづけるわ」

「へこたれないで」ガーティが、玄関へ向かうマートルに声をかけた。「あたしたちがこの事態をおさめるから。待っててちょうだい」

マートルが手をあげ、親指を立ててみせた。

「最悪ね」玄関のドアが閉まるとすぐ、わたしは言った。「これで保安官事務所からはまったく情報が得られなくなった」

「そうだね」アイダ・ベルが苦虫を嚙みつぶしたような顔になった。「ブロー保安官助手はいい人間だし、ネルソンを追いだしてリー保安官を復帰させるためなら、できることはなんだってやるだろう。ただし、二重スパイの役をこなせるような頭も勇気も持ってないと思うんだよね」

ガーティが首を横に振った。「安物のタオル並みにへなへなで、簡単に降参しそう」

「それに駆け引きもできない」わたしは言った。「考えたことが全部すぐに顔に出てしまうから。卑劣さをまったく持ち合わせてないんだと思う」

「ないね」アイダ・ベルが同意した。「母親の育て方は正しかった。安全な結婚相手としてのあの子のよさがわかる女には結構なことだよ。しかし、あたしたちにはまったくの役立たずだ。プランBを考えないと」

わたしはひょいと椅子から立ちあがり、カウンターの抽斗を開けると、前夜リトルから渡された名刺を出した。「プランBならある。彼らに対処できるとしてだけど」

「ヒバート親子？」ガーティが尋ねた。

わたしはうなずいた。「あなたたちがかまわなければ。そりゃ、もうボートの提供を受けてるわけだけど、あなたたちに懸念があるなら、彼らとの関係は深くなりすぎないほうがいいと思って」

「懸念ならあるとも」アイダ・ベルが言った。「あたしたちは間抜けじゃないからね。でも現時点では、あの親子のほうがましな選択肢だ。それに正直言って、ビッグとリトルはこれまでのところ卑怯な真似をしてこない。こないだあたしたちをつかまえたときだって、ATFに引き渡すこともできたんだからさ」

「あなた、あのふたりを信用してる？」ガーティがわたしに訊いた。

「冗談でしょ！　ほとんどの点で、ほぼまったく信用してない。ただ今回については……そう、大丈夫だと思う」

携帯電話をつかんで名刺にある番号にかけた。呼び出し音一回で彼が出た。

「リトルだ」

「もしもし。力になってほしいことがあるんだけど」わざと曖昧な言い方をした。回線の安全度がわからないからだ。

「言いな」

「いますぐか？」

「そうしたいのは山々なんだけど、直に話したいの。どこかで会える？」

「できれば」

「いいとも。〈スワンプ・シティ・エアボート〉で四十五分後に会おう」

ウェブサイトで見たボート販売店の場所を思いだし、すばやく暗算する。おそらく車で三十分。「了解」

わたしはもう一度腰をおろすとサンドウィッチをつかんだ。「四十五分後にボート販売店で会うことになった。つまり、十五分で食べて出発する必要がある」

ガーティがサンドウィッチに手を伸ばし、座ったまま体をよじった。「肋骨が死ぬほど痛いんだけど。熱いシャワーを浴びたいわ」

「そんな時間はなし」わたしは言った。「そのバッグのなかにマッサージクリームみたいなもの入れてないの？」

「あんたが言いたいのはヴェポラッブのことだろう」とアイダ・ベル。「おばあちゃんはいつもヴェポラッブを持ってるからね」

「あたしはおばあちゃんじゃありません」ガーティが言った。

「あんた、バッグにヴェポラッブを入れてないのかい？」アイダ・ベルが訊いた。

「おだまんなさい」ガーティはバッグを持ちあげて膝にのせた。「確かスポーツクリームが入ってたはず。ほら、あった。それと温熱パッドも。これの電源を入れておけば、ボート販売店までの道のり、心地よく体をあったためてくれるわ」

「あんた、がたがきてるねえ」ガーティが温熱パッドを電源に差しこみ、キッチンカウンターの上に置くのを見てアイダ・ベルが言った。「月曜からエクササイズを日課にするよ」

「ふざけないで」ガーティが言いながら椅子に戻った。「今後ボートで出かけるときは、腰用サポーターが必要なだけよ。もしかしたらガードルに弾性ストッキング、それと要所要所に伸縮包帯も。そうしたら、なんの問題もないわ」

アイダ・ベルが首を横に振った。「それじゃ締めつけすぎで、おならをしたら片脚が吹き飛ぶよ」

「ガスエックス（げっぷ、膨満感など余分なガスによる症状をやわらげる薬）もバッグに入ってるから」

わたしは顔をしかめた。「あと十分。食事に集中。おしゃべりはやめ」

三人ともサンドウィッチを急いで平らげ、ガーティだけもう一度うがいをしてから、そろって出発した。あのエアボートにのったあとだと、ジープで時速百十キロを出してもまるで後退しているように感じた。

「ボブ・ヒバートって会ったことある？」ハイウェイを走りながら、わたしは訊いた。

「いいや」とアイダ・ベル。「この辺で一番のエアボートを作るって評判だけど、これからは百パーセント賛成するよ」

「ボブがあのボートを無理やり提供させられたわけじゃないといいんだけど」わたしは言った。「ヒバート一家の誰ともトラブりたくないから。たとえ相手が一家のビジネスにはかかわってなくても」

「そりゃ、どっぷりかかわってるだろうよ」とアイダ・ベル。「一家の仕事からすると、マネーロンダリングができればいつだって都合がいいし、ボートは高額商品だ。それと忘れちゃいけないのは、ボブが自分でボートを組み立ててるってこと。だから、工場からの出荷を在庫目録で追跡するってことができない。インチキ売買で現金を動かしても、つかまらずにいるのが簡単だ」

わたしはうなずいた。納得のいく話だし、これから対面する相手が商品の提供を無理強いされて恨みに思っている経営者である可能性はぐっと低くなった。「それじゃ、ネルソンに関する問題はどうする？」

さまざまな可能性を話し合ったけれど、シーリアとネルソン、そして新たに導入されたフッカーに馬脚を露わさせるのは当面無理だった。〝監査結果を待つ〟以外に何かできることはないかと三人で考えているうちにハイウェイの出口に達し、わたしはボート販売店へと続く道路に車を入れた。

二十メートルほど走ったところで、これを〝道路〟と呼ぶのは拡大解釈だと思った。〈スワンプ・バー〉までの小道に似ている――路肩なし、泥の上に石がまかれているだけで小さな子供や大きな犬がすっぽり落ちてしまいそうな深い穴がいくつも開いている。ガマやら雑草やらが道路の際まで生えていて、ときおりジープの側面にこすれた。この道を一キロ近く走ったところで、カーブを曲がった先にボート販売店が見えてきたとき、わたしは気分があがった。

道路の状態は想定内だったけれど、店舗には驚かされた。最近建てられたらしく、茶色のカラーモルタルを使用したレンガ造りだった。裏は幅の広い水路に面しており、店の真裏にエアボートが何艘かとまっている。わたしはぴかぴかの新車の黒いキャデラックの隣に駐車した。リトルの車だろう。ジープから降りるときになかをのぞいたが、誰ものっていなかった。

「なかにいるみたいね」

「あんたが先に行きな」アイダ・ベルが言った。「向こうは偶然に見せたいはずだ。ほかの客が店内にいるみたいだから特にね」駐車場にちらほらとまっているピックアップ・トラックを指した。

わたしはうなずいて店内へ入っていった。でっぷりした男がドアベルの音を聞いてこちらを見ると、わたしがウェブサイトで見た顔をにこにこさせて近づいてきた。

四十五歳。身長百八十八センチ。体重百四十キロ。高血圧。膝が悪い。ヒバート一家の一員であることを除けば、脅威レベルは低。

「フォーチュン」彼が握手の手を差しだした。「また会えて嬉しいよ」わたしにウィンクする。ほかの客に見せるための演技だ。「新しいボートは気に入ってくれたかな?」

「ものすごく」わたしは答えた。こちらは演技の必要がなかった。アイダ・ベルが全力でわたしの寿命を縮めようとしたとはいえ、あのボートが最高にクールな乗りものであることに変わりはない。「けさ友達とあれにのって出かけたんだけど、ハンパじゃなく速かったわ。おたくの商品、すばらしいわね」

ボブの笑顔が大きくなったが、今度は演技ではなかった。「ありがとう。ルイジアナ南東部で最高のボートを製作しているとわれわれは誇りを持ってるんでね。気に入ってもらえて嬉しいよ」

カウンターの奥で働いているかなり年配の男に大きな声で呼ばれて、ボブは人差し指を立てた。「失礼、いまちょっと忙しいんだ。片づけないとならないことがあって。しかし、何か用があったら言ってくれ」

「ありがとう」

ボブが立ち去ると、わたしは店内を見まわし、奥の椅子とテーブルが置かれたコーナーにリトルが座ってコーヒーを飲みながら狩猟の雑誌を読んでいるのを見つけた。わたしが歩いていくと、彼は顔をあげ、向かいの席を指し示した。

「狩猟が趣味なの？」

「前にやってた」

「獲物は何？」

にやりと笑う。「雑誌には載せられないもんさ」

「なるほど」間抜けな質問だった。

ドアベルが鳴ったのでリトルが見やると、アイダ・ベルとガーティが入ってきたところだった。「あんたの手下《ソルジャー》も一緒のようだな」

わたしはうなずいた。「朝一で、例の製造所の爆発現場に行ってきたんだけど。それができたのは、あなたたちにすごくいいエアボートを提供してもらったおかげ」

「じゃ、あのボートが気に入ったんだな？」

「もう最高。あんなに楽しかったのって……いつ以来か思いだせないくらい」

「そう言われるとこっちも嬉しいぜ。エアボートはこの辺の土地に打ってつけだ。それにあんたらはどんな邪魔に出くわすかわからなそうだからな。追いかけっこになることも多そうだ。できるだけ優位に立ってもらいたいと思ってな」

「優位に立てるのは間違いなし」悪人たちが水上でわたしを追いかけたければ、来るがいい。あのボートより速いのは銃弾だけだ。

「つまり、あんたら三人は状況を把握したってわけか、え？　そのうえもうおれの力が必要なことができたと。幸先がいいじゃねえか。何を見つけた？」

「製造人の身元を突きとめる手段」

リトルが目を見開いた。「もうか？　そいつはマジですげえな。おれにどうしてほしいんだ？」

「実際に身元を確認する作業に協力してもらいたい」わたしはポケットからジップロックを引っぱりだし、テーブルの下からリトルに差しだした。

彼は袋を受けとり、手をテーブルよりも下にさげたまま開いた。片眉をつりあげ、こちらを見る。「こいつをただポケットに突っこんで持ち歩いてたのか？」

「そう。別に指紋がこすれて消えるわけじゃなし」

リトルは感心した様子でうなずいた。「肝っ玉の据わった女だな」

「ありがとう」

「図書館の目録カードとおさらばして、期限切れの本の相手よりちょいとリスキーでがっぽり稼げる仕事がしたくなったら、知らせてくれ。うちの組織はあんたみたいに賢くてスキルのある女がいると助かるんでな」

わたしはにやつきそうになるのをこらえた。自分が考えているポジションにわたしがどれだけ能力過剰かを知ったら、リトルはいまほほえんでなどいないだろう。「その種の転職をしたくなったら、一番に連絡する」

リトルはうなずいた。「おれに指紋の照合をしてほしいって話だな？」

「そう。ネルソンがあれこれ引っかきまわしてるおかげで、保安官事務所のコネが使えなくなったから」

「前は指紋を照合してくれるコネがいたってのか？　あんた、保安官助手とつき合ってんだろ？」

「その人はアイダ・ベルとガーティのいい友達なの」

リトルは声をあげて笑った。「つまり、あのふたりには保安官事務所のなかにモグラがいたってわけか？　いかすじゃねえか」

「きょうまではね」

「何があった？」

「ネルソンが彼女の代わりにフッカーを雇ったの」

リトルはわたしの顔をまじまじと見た。冗談の落ちを待っていたのだろうが、それが来ないとわかると、首を振った。「ふざけてんのかと思ったぜ」

「ふざけたくてもふざけられる類のことじゃないんで」

「ネルソンと新町長絡みの問題は、ビッグとおれにとってえらく面倒になるかもしれねえ。こっちはよおく目を光らせてる。安心しな、選挙の監査で事態が変わらなかったら、おれたちが変えてやる」

わたしはうなずいた。変化を起こすのにヒバート親子がどうするかはかなり明確に想像がついた。おそらく墓場で儀式が行われることになるだろう。シーリアは嫌な女だし、気分も考えもころころ変わって完全にいかれているが、だからといって死んでほしいとは思わない。う。選挙の監査がどれだけのことを左右するか知ったら、マリーはきっと心臓発作を起こすだろう。

「こいつをまかせられるやつがいる」リトルはそう言って例の指をスーツのポケットにしまった。

「わかったことを知らせてくれる？」

「もちろんよ。こいつは幸先のいいスタートだが、終わりじゃない。製造人がひとりで仕事をしてたはずはねえ。やつらが欠員を埋めて立て直しをはかる前に、突きとめないとな」

「了解。メールか何か必要？　偽のアカウントを作ってもいいけど」

「電子の足跡を残したくないんでな。結果がこっちに来たら、あんたのとこへ書類を届けさせる」

「おたくのデリバリーボーイはわたしのルームメイトに薬を盛ってキッチンに侵入したりしないわよね」

リトルがにやりと笑った。「侵入者と対決するとき、あんたがどんな格好で出てくるか話したら、そうしたがるだろうな。しかし、答えはノーだ。受け渡しは人がふつうに起きている時間にまったく怪しまれない方法で行われる。そいつは約束するぜ」

「了解」

「ほかの角度からも探ってんのか?」

「爆発現場で〈スワンプ・バー〉のブックマッチを見つけた」

リトルは顔をしかめた。「あそこか。競合するバーを始めようって、前々からビッグに言ってんだけどな——もうちょい品のいい店を。あそこはつまんねえ前科者と小悪人のたまり場だ」

「大半がおたくの客じゃないの?」

「痛いとこ突かれたな」

「指紋照合で少し絞りこみが進むよう期待してるんだけど。あの店の客全員を調べるには人員も足りないし、一生かかるから」

「わかった。ほかにもなんかやってるのか?」

「まあね。かなり見込みは薄いけど、今晩ダンスパーティのシャペロンをする」

リトルは眉をひそめた。「ティーンエイジャーのダンスパーティか? どんなつながりがあんのかね」

「シンフルで密売をしてる人間がいたら、ティーンエイジャーが知ってるんじゃないかと考えたの」

「売人が買い手として狙う相手だからか。なるほど。となると、そっちは成果がないよう祈るぜ」

「こっちもよ。正直なところ、わたしたちは三人ともこの問題がまだ始まったばかりで、密売が広がる前にとめられるよう期待しているんだけど」

「あんたらは必要な情報を手に入れてくれた。密売はゼロにとどめるとおれが約束しよう」

「じゃ、そろそろ行くわ。ボートの件、あらためてありがとう」

「楽しんでくれ。それと注意したほうがいいぜ。あんたが変わった暇つぶしが好きだって、気づいてるのはビッグとおれだけじゃねえ。とある方面じゃ噂になってる」

「注意する」わたしはそう言って立ちあがった。「忠告ありがとう」

最高だ。背中に大きな的を背負うことになったからシンフルへ来て身をひそめたのに、その結果別のグループから新たに標的にされるとは。驚きではない。シンフルはニューヨークとは違う。わたしの行動が犯罪者のあいだで噂になっても当然だ。カーターとつき合っていることが広く知られるようになったからにはとりわけ。

店内を歩いていくと、アイダ・ベルとガーティがレジにいた。ガーティが年配の店員からレシートを受けとり、カウンターから大きなビニールバッグをずるずると引っぱりおろしたところだった。「何を買ったの？」

「水中眼鏡」とガーティ。「次にアイダ・ベルがあのボートであたしたちを殺そうとしても、目が乾ききったりしないように」

「それって悪くない思いつきじゃない、真剣に」

「ほかに何が入ってるか、フォーチュンに教えてやんなよ」アイダ・ベルが言った。

袋を見おろすと、水中眼鏡が入っているだけとは思えない大きさ、重さに見えた。「知らないほうがいいような気がするんだけど」

ガーティが袋を開いたので、のぞいてみると、大きな段ボール箱が入っていて、ふくらませて遊ぶ巨大なビニールのアリゲーターが側面に描かれていた。

「よくあるボートで引っぱるやつよ」ガーティが目を輝かせて言った。「前からこういうのにのってみたいと思っていたの、あたし」

「ちょっと整理させて。あなたはあのボートでアイダ・ベルがわたしたちを殺そうとすると確信してるわよね？　それなのに空気でふくらませたビニールのおもちゃにまたがって、それをアイダ・ベルに引っぱらせるつもり？　本物のアリゲーターも泳いでるバイユーで？」

アイダ・ベルが両手を上に向けて肩をすくめた。「あたしもそう言ったんだよ」

「捜査をしてるとき以外は」とガーティが言った。「銃で狙われてるみたいなスピードを出す必要はないでしょ。それにあたしたち三人に必要なことって、ごたごたから解放されてちょっと楽しむひとときじゃないかしら」

「わたしはそのおもちゃにのる気ないから」

「安心しな」アイダ・ベルが言った。「ガーティがのるのを見るだけで、充分楽しめるよ」

彼女の言うとおりだし、午後の予定は空いている。「ダンスパーティに行く準備をするにはまだ時間がある。帰ってからそれを試してみない？」

「ほんとに？」ガーティが訊いた。

「もちろん」わたしは答えた。「ただし言っておく、動画はYouTubeに直行だから」

「サイコー！」とガーティ。「あたし、有名人になるわよ」

アイダ・ベルが目をつぶってため息をついた。「神よ、われらを救いたまえ」

第8章

わたしの心積もりでは家までまっすぐ帰り、あのアリゲーターをふくらませて午後のお楽しみをスタートさせるはずだった。ところが、シンフルのダウンタウンに着いてみると、何か問題が起きたのは明らかだった。保安官事務所の前に人がおおぜい集まり、どなったり、こぶしを突きあげたりしている。

「なんだかまずいことになってそう」

「車をとめて、どうしたのか確かめたほうがよさそうだ」アイダ・ベルが言った。

メインストリートの端に車をとめると、三人で群衆のほうへ歩いていった。

「アイダ・ベル！」人混みからマリーが飛びだし、急ぎ足で近づいてきた。「来てくれてよかった。携帯に何度も電話したんだけど、出なかったから」

アイダ・ベルはポケットから携帯電話を引っぱりだした。「消音モードにしたあと戻すのを忘れてたよ。何かことかい？」

「ことはシーリアとネルソンよ」マリーが答えた。「マートルがクビになった話がすぐに広まって、代わりに雇われたのがフッカーってだけでもまずいけど、みんな、いくらシーリアでもそこはちゃんと対処するだけのまともさを持ち合わせてるだろうと考えたのよ。それなのに、シーリアがネルソンに命じたのは彼女が考えた新しい法律を発表することだった」

「尋ねるのも怖いんですけど」わたしは言った。

「でしょうね」とマリー。「新しい法律ではカトリック教会だけ、いまより五分早く礼拝を終えられるの」

「ええっ？」

「冗談じゃない！」

「そんなこと許されると思ったら大間違いよ！」

「法律はそんなに簡単に変えられるもんじゃない」アイダ・ベルが言った。

マリーはうなずいた。「だからこれだけの人が集まって抗議してるのよ。でもばかたれネルソンがなかから出てこようとしないの。あの臆病者」

「ドアが開くぞ！」男性が叫んだ。

わたしたちが急いで前のほうへ行くと、ネルソンが保安官事務所から出てきて歩道のベンチの上に立った。「みんな解散してくれ。この道路を占拠する許可は取ってないだろう。だからあんたたちは法律に違反してることになる」

「おまえ、何もかも書きかえるつもりなんだろ」ひとりの男がわめいた。「つか、おまえとシーリアに都合のよくなることだけさ」

ネルソンはばかにした目で男を見た。「おまえが言ってるのは、教会の礼拝時間変更の件だな。コミュニティの安全のため、法律が一時的に改正されたんだよ」

「いったいなんの話さ？」女性が大きな声で訊いた。

ネルソンはわたしたちをちらっと見てからにやりと笑った。「最近、バプティスト教会の信者によってわれらが町長が襲撃されたから、コミュニティの安全を守るためにふたつのグループが同時に歩道を使用することがないように決めたんだ。誰かを責めたけりゃ、その女を責めるがいい」

彼にまっすぐ指差され、わたしは自分の背中が標的になるのをひしひしと感じた。

「北部人《ヤンキー》とはしゃぎまわるとこうなるのさ」ネルソンは言った。

「陰険野郎《スネーク》よりヤンキーとはしゃぐほうがおれはましだね」別の男が声を張りあげた。

群衆がうなずくと、ネルソンの笑みがやや小さくなった。

「自分の出身地でヤンキーのほうがましって言われるなんて、かなりまずいわよ」ガーティが大きな声で言った。

ネルソンの表情がこわばった。「おまえらが何をましと思おうが知ったことか。現実には、おれさまが保安官で、おれさまの言うことが通ると決まってるんだ」

「でも限界ありよ」フランシーンの声が背後から響いたので、わたしたちは全員振り向いた。

彼女はカフェの前に立ち、両手を腰に置いてかんかんに怒っていた。もし彼女が銃を手にしていたら、わたしはすぐさま地面に突っ伏しただろう。群衆のなかを進んできた彼女はネルソンを見あげた。「教会の礼拝時間については好きなだけ法律を作るといいわ。ふん、そうしたけりゃ土曜日にミサを執り行わせてもいいわよ。でも、あんたにはひとつできないことがある。あたしに作りたくないものを無理やり作らせること」

人々がそろって息を呑んだ。

フランシーンはくるっと群衆のほうを向いた。「あらためて通告するまで、カフェではバナナプディングを出さないから」最後にもう一度ネルソンを嫌悪の目で見ると、人々のあいだをのしのしと歩いてカフェへ戻っていった。

店のドアが閉まるやいなや、群衆が爆発した。

「なんてことしてくれるんだ！」

「おまえと町長のあのむかつく女は地獄へ落ちろ！」

「あんたのせいでこの町は何もかもめちゃくちゃ！」

「神に誓って、次におまえを見たら撃ち殺してやる！」

ネルソンは完全なる愚か者ではなかった。憤慨した表情が恐怖の表情へと変わり、ベンチから飛びおりたかと思うと保安官事務所へ文字どおり逃げ帰った。デッドボルトがかけられる音が聞こえ、ややあってすべてのブラインドがおろされた。

「一生そこに隠れてるわけにはいかないぞ！」男が叫んだ。「数じゃこっちが多いからな」

ガラスの割れる音が聞こえたので見ると、保安官事務所の正面の窓ガラスに穴が開いていた。

「なんとかしないと」マリーが言った。「保安官事務所に火が放たれる前に」

アイダ・ベルがベンチにのぼり、口に指を突っこんだかと思うとガラスが砕け散りそうな大きな音で指笛を吹いた。誰もが耳をふさいで彼女を見あげた。

「シンフルの善良なる住人のみんな」アイダ・ベルが言った。「あんたたちが頭にきてるのは知ってるし、あたしも同じだけど、何もかも片がついたら、リー保安官とルブランク保安官助手にはあたしたちを守るために仕事をする場所が必要だ。どんなにいらいらしてるかはわかる。でも信じてほしい。この状態は続かない。潮目が変わったら――」

「ネルソンの野郎を吊しあげてやる！」男が大声で言うと、周囲の人々がうなずいて賛成した。

「あたしからどうしろと命令はできない。ただ言えるのは、あとあと自分たちが代償を払わなきゃならないようなダメージを、この町に加えちゃ駄目だってことだ」

不満をつぶやく低い声が広がったかと思うと、群衆がばらけだした。マリーがよろよろとベンチに座りこみ、両手で顔を挟んだ。「シーリアが選挙で選ばれてからまだ一週間もたってないのに、いろんなことが破滅へ向かってまっしぐら。彼女がこの町を台なしにするのはわかってたけど、もう少し時間がかかると思っていたわ」

アイダ・ベルはベンチからおり、マリーの肩をポンポンと叩いた。「思ったより速いスピードで悪化してるけど、あたしたちでなんとかしよう」

マリーがアイダ・ベルを見あげた。「監査の結果、選挙で不正が行われてなかったとわかったら？　本当にシーリアが勝ったんだとしたら、どうする？」

「そんなことにはならないよ」アイダ・ベルが険しい表情で言った。

わたしもうなずいて賛成し、アイダ・ベルの言うとおりになるよう、すばやく祈りを唱えた。なぜなら、監査のあともシーリアが町長でありつづけたら、彼女はビッグとリトル・ヒバートの歩く標的となってしまう。そのうえ本人は彼らに狙われているなんて気づきもしないだろう。

「あなたが正しいことを期待するわ」マリーが言った。「この町は最近、充分ひどい目に遭ってきた。シーリアが町長なんて、町が崩壊しちゃうわよ」ベンチから立ちあがる。「帰ってシャワーを浴びて、着がえないと。一時間後に監査人と会う予定だし、今回の騒動でもう頭がぐちゃぐちゃよ」

「何かあたしたちにできることがあったら知らせて」ガーティが言った。

マリーは悲しげにうなずいてから、足を引きずり気味に立ち去った。ジープへと歩いていきながら、わたしはリトルがシーリアとネルソンについて語ったことをアイダ・ベルとガーティに話した。

「彼ら、本当にシーリアを殺すと思う？」ガーティが訊いた。

「もちろん殺すさ」アイダ・ベルが答えた。「あいつらは犯罪人だよ。過去に人を殺したことがないと思うかい？」

「そりゃあるでしょうけど」とガーティ。「ただ、彼らが殺すのはほかの犯罪者だって気がずっとしていたのよね。シーリアがこの町から出ていくのを見るためなら、あたしは入れ歯を差しだしたっていいけど、でも棺に入ったシーリアじゃないわ」

わたしもうなずいた。「実行の前に脅迫が行われるんじゃないかと思う。でもシーリアはあの頑固さだから……」

「脅迫を無視する」アイダ・ベルがそう言ってため息をついた。「まったく」

「まあ、あたしたちにできることは何もないわね」ガーティが言った。「リトルがまずこっちに注意喚起をしてくれるとも思えない。誰かに命じてシーリアの体に銃弾を撃ちこませる前に。たとえしてくれたとしても、あたしたちが彼女に警告したところでシーリアはやっぱり信じないだろうし」

「信じないだろうね」アイダ・ベルも同意した。「でもって、あたしが一番やりたくないのはあいだに割ってはいることだ。誰にも死んでほしくはないけど、それは自分も含めてだ。誰かのために撃たれるなら、その誰かはシーリア・アルセノーじゃない」

三人とものりこむと、わたしはジープをメインストリートから出した。「監査が選挙結果をひっくり返してくれるよう祈りましょ」

「でもそうならなかったら?」ガーティが尋ねた。

「その場合は、わたしたちでほかの手を考える」

そう言って、わたしがアイダ・ベルを見ると、彼女はうなずいた。しかし、わたし同様策はないようだった。

「とにかく」とアイダ・ベル。「あたしたちには捜査っていうもっと大事な仕事があるし、リラックスとお楽しみのための午後が待ってる。二、三時間思いきり楽しむとしようじゃないか。またすぐ事件の真っただ中に戻るんだからさ」

「ボート遊びの予定は変わらないわけ？」ガーティの声が子供みたいに高くなった。

「もちろん」そう答えながら、わたしはセメントの靴を履かされたシーリアの映像を頭から追いだした。代わりにアリゲーターのおもちゃにまたがるガーティを想像する。ただし、頭に浮かんだのは、アイダ・ベルがエアボートでものすごいスピードを出しているため、アリゲーターが宙に浮いてしまい、必死にしがみつくガーティの姿だった。

「やったー！」ガーティが歓声をあげて買い物袋から箱を引っぱりだした。二、三秒後、彼女は分娩中のような息遣いで空気弁に息を吹きこみはじめた。五秒もたつと、ビニールのアリゲーターを下に落とし、ゼエゼエ言った。「息ができない。酸素ちょうだい」

「それならそのおもちゃに息を吹きこむのをやめな、頭の悪い婆さんだね」アイダ・ベルが浮き具《フロート》をガーティから取りあげた。「あたしの家に寄っておくれ」わたしに言う。「こいつをふくらますのはエアコンプレッサーでやろう」

　ガーティがぎろりとにらんだ。「それなら最初からそう言えばいいでしょ」

「あんたがどれくらい続けられるか見たかったんでね。あんた、ほんとにこいつにのりたいかい？　あたしゃ、あんたの体が真剣に心配だよ」

「あたし、喘息持ちなの」ガーティが答えた。

「違うだろ。あんたが持ってるのは有酸素能力を鍛える必要性だよ」

「あたしはもう引退生活に入ってるのよ」ガーティが文句を言った。「いまさら有酸素能力を鍛える必要なんてないわ」

「この町の現状を考えると」アイダ・ベルが言った。「あんたにはスーパーヒーローでいてもらわないと困るんだよ。頼むからウォーキングを始めておくれ。心拍数がちょっとあがることならなんでもいいからさ」

わたしはにやりと笑った。「それなら、いまからやることでオッケーだと思う」


わたしたちはアイダ・ベルの家でアリゲーターをふくらませ、そのあとガーティの水着とマリンシューズを取りに彼女の家に寄った。ジープのロールバーにアリゲーターをくくりつけてわたしの家まで走るあいだ、住民からまじまじと見られたのは一度や二度ではなかった。

雑草が茂って蚊の多い場所を歩きまわるわけではないので、わたしはショートパンツとタンクトップに着がえると、急いで外に出た。アイダ・ベルが引き綱でアリゲーターをエアボートにつないでいるところで、ガーティはまだなかで着がえ中だった。

「これ、ほんとにいいアイディアだと思う？」わたしは訊いた。

「からかってんのかい？　おぞましいアイディアだよ」引き綱をぐっと引っぱりながら、アイダ・ベルが答えた。「ガーティがどこも折らなかったら、奇跡としか言いようがない」

「それなら、どうしてやることにしたの？」

「ガーティは大人だし、これから四十年、文句を聞かされるのはたまんないんでね」

「ひょっとしたら、本気を出さないほうがいいんじゃ」と、わたしは言ってみた。

アイダ・ベルは背筋を伸ばして立つと、わたしをにらんだ。「本気なんか出すわけないだろ。彼女を骨折させるつもりはない。今晩いてもらわないと困るからね」

「バイユーをちょっと行って帰ってくるだけで満足するかも」

アイダ・ベルはフンと鼻を鳴らした。「ボートが岸から離れるまで、ガーティがあれにのってられたらラッキーだよ。安心おし、フォーチュン。これはすぐ終わるし、そうしたらフロートをほっぽりだして、このいかした子で本当のお楽しみといこう」

わたしはいささか怖くなった。ガーティをフロートで遊ばせているほうが安全な選択肢に思えてきた。

勝手口のドアが開け閉めされる音が聞こえたので振り返ると、ガーティが芝生をこちらへと歩いてくるところだった。「いったいなんなのあれ?」

水着はワンピースだが、まともと言えるのはそこまで。

赤くきらきら光る素材でできていて、着心地がよさそうにはとうてい見えない。水着はたいていいお尻にぐいぐい食いこんでくることを考えるととりわけ。ストラップはゴールドのチェーンで、それとおそろいのチェーンがウェストをくるっと囲んで端が短く正面に垂れている。マリンシューズも同じ色合いの赤だが、きらきら光るゴールドのハート模様入りだ。

装いの仕上げは紫色のボア。

アイダ・ベルがボートから降りてきて首を横に振った。「あんた、ネルソンが連れてきたフッカーと間違われるよ」

「勘弁してちょうだい」ガーティはそう言って、ボアの片方の端を首に巻きつけた。「フッカーがこんなにすてきに見えるわけないでしょ」

わたしは鼻にしわを寄せた。「わたしはファッションの専門家じゃないけど、羽毛でできたボアってマリンスポーツに向いてる？」

ガーティはボアの端を持ちあげ、わたしのほうへ突きだした。「この羽毛、ビニールでできてるの。いかすでしょ？」

「ビニールの羽毛のボア？」意味不明のおぞましさだ。

ガーティがうなずいた。「ニューオーリンズにあるマルディグラ（謝肉祭最終日に行われる祭り。仮装して楽しむ人が多い）用の衣装店で手に入れたの」

あれこれ納得がいきはじめた。「それじゃ、バイユーのマダム、衣装がえがお済みでしたら、始めるといたしましょうか」

「あたしからすると見えちゃいけないところが見える衣装改悪に思えるけどね」アイダ・ベルがぼやいた。

ガーティがうるさいと言うように手を振った。「で、どんなふうにやるつもり？」

わたしは選択肢を検討した。「ここの浅瀬でアリゲーターにのってもらうほうが簡単だと思う。そうしたら、わたしがボートを押しだすから、引き綱がぴんとはるまでアイダ・ベルにボートを少しずつ前進させてもらう。そのあと出発よ」アイダ・ベルを見る。「それで大丈夫？」

「あたしはかまわないよ」そう言って、彼女はボートに飛びのった。

ライフジャケットを渡すと、ガーティはそれをしっかりと身につけた。

「オッケー」わたしは言った。「それじゃ、アリゲーターにのって」

ガーティは水中眼鏡を装着し、アリゲーターを押しながら水のなかに入っていった。腿あたりの深さまで来ると立ちどまり、両手を置いてアリゲーターを少し沈ませてから飛びあがった。ところが、アリゲーターの上にのるのではなく、驚くほどのジャンプ力を発揮してフロートを飛びこえ、バイユーのなかに突っこんでしまった。わたしが慌てて水に入ると、ガーティはすぐさまあたりに水をまき散らしながら立ちあがった。

「何が起きたの？」彼女は尋ねた。

「フロートを飛びこえちゃったのよ。でもって、ストラップからカニがさがってる」

「カニは死んだもんが好きだからねえ」アイダ・ベルが言った。

ガーティは彼女をきっとにらんでから、水着にくっついたカニを取り、水のなかにほうり投げた。

「もう一度やって」わたしは言った。「今度は筋肉を使いすぎないように、シー・ハルク」

ガーティはアリゲーターの横へと戻り、今回はわたしが尻尾を押さえていた。さっきよりは熱意を抑えてジャンプしたため、彼女はフロートの真ん中に着地した。ハンドルに手を伸ばし、まっすぐまたがれるように体を小刻みに動かす。フロートごとひっくり返ったりしないよう、わたしは尻尾をしっかり押さえていた。ようやく姿勢が決まった彼女は、こちらに手を振った。

「行きましょ。あたしは準備万端よ」

バシャバシャと岸に戻ると、わたしのテニスシューズは泥に覆われていたが、そのままボートに向かった。

「その汚い靴を履いたままここにあがるんじゃないよ」アイダ・ベルが言った。「アルミの床から汚れを落とすのに噴砂器《サンドブラスター》が必要になる。どのみち靴は履いてなくて大丈夫だし、足首に日焼けの線が残る。かっこ悪いよ」

わたしはテニスシューズと靴下を脱ぎ、手についた泥を草にさわって落とした。最後にバイユーの水ですすいでからタンクトップで水気を拭きとると、一点の汚れもなくなった。ボートの舫《もや》いを解き、ぐいっと押してから、裸足で飛びのる。

「あっつ！」アルミニウムの船体に足が触れたとたん、わたしは叫んだ。つま先立ちになり、助手席まで走っていって座ると痛む足をゴムのフットレストにそっとのせた。そこも温まってはいたけれど、踵が溶けておちるようなことはなさそうだ。

ボートは後ろへと漂ってから、潮にのってゆっくり向きを変え、バイユーを進みだした。アリゲーターも潮に沿って向きを変え、ボートとほぼ同じ方角を向いた。アイダ・ベルがエンジンをかけ、引き綱がぴんとはるまでボートをじりじりと進める。振り返ると、ガーティがわたしに親指を立ててみせ、ハンドルをぎゅっと握った。

「ガーティの用意ができた」わたしは言い、携帯電話のビデオをスタートさせた。

アイダ・ベルがアクセルを踏みこんだ瞬間、わたしは合図が早すぎたかと心配になった。引き綱がはりきったかと思うと、アリゲーターが一瞬少し沈みこみ、次の瞬間水から跳ねあがって、ふたたび着水した。水中眼鏡をしていても、ガーティの目が見開かれたのがわかり、わたしは彼女の肩が負荷に耐えられるよう祈った。体が小さく左右に飛びはねたので、バイユーに投げだされるのではと心配したが、ややあって彼女は姿勢を安定させ、歓声をあげた。紫のボアが後ろにたなびき、犬小屋の上でレッドバロンとの空中戦を夢想するスヌーピーのマフラーを思わせた。

アイダ・ベルが後ろをちらりと見て笑った。「いつまでたっても大人にならないねえ。あいうところがあたしは大好きなんだけどさ」

ローラーコースターにのっている子供みたいに叫び声をあげるガーティを見ると、正直本当に楽しそうだと認めざるをえなかった。彼女が満足したあと、まだ時間があったら、わたしも試してみよう。これまでにやることになったあれこれより危険とは思えない。

「どこまで行くつもり?」わたしは尋ねた。

「バイユーの端まで」アイダ・ベルが答えた。「湖で大きくUターンしたほうが水路で余裕のない曲がり方をするより安全だからね」

「それがよさそう」

ボートが湖へと進んでいくあいだ、ガーティは近くにいた釣り人や日光浴をしている人に向かって叫び声をあげた。相手はみな、いかれた人間を見るように彼女を見つめていたので、自分たちがどんな見ものになっているか、わたしにはだいたい想像できた。幸いなことにこれは録画しているので、うちに帰ったらガーティもこのアリゲーターにのった栄光の時間を見ることができる。

「もうすぐ湖だ」アイダ・ベルが言った。「ターンするって、ガーティに合図しておくれ」

わたしは録画をやめて携帯電話をポケットに戻してから、人差し指を立てて手をあげ、ぐるりとまわした。ガーティがうなずいた。

「ガーティ、了解」わたしがそう言ったのと同時に、ボートが水路から広々とした湖に飛びこんだ。アイダ・ベルは右に大きく弧を描き、一度に少しずつ向きを変えていったが、切株や沈んだ残骸やらを避けるため、岸から充分に距離を取るよう注意していた。わたしは水路に向かって航行するボートを二艘見つけ、そのうちの一艘を指差した。「あれ、カーターとウォルターよ」

アイダ・ベルがうなずいた。「釣り道具を持っていないにしちゃ、ずいぶん長くここにいたようだね」

「何か見つけたのか気になる」

「せいぜい漁師からちょっとした情報を得たぐらいじゃないかね。あたしたちは現場をよく調べた。ほかに見つけられるものなんて残ってなかったと思うよ」

ウォルターのボートが水路へ入っていくのを見ながら、わたしは証拠さがしでカーターを出し抜いたことに少し罪悪感を覚えた。

「やめときな」アイダ・ベルはボートをゆっくり左へと寄せ、湖に巨大な弧を描きつつ言った。

「え？」

「あんたにわかるわけなかったじゃないか、カーターがドクター・スチュワートの指示を無視して現場を捜索しにいくなんてさ。だから、こっちが先を越したからって後ろめたく感じることはない」

「彼らに出くわしたとき、証拠を渡すこともできたでしょ」

「そうしたらカーターに何ができた？　ネルソンに証拠を渡す？　そうしたらどんな成果が得られたかね」

「カーターは自分で指紋照合をできたはず」

「ああ、できたかもしれない。そうしたら、捜査の真っただ中に飛びこんでいくことになる。脳の腫れがすっかり引くまではかかわっちゃいけない捜査にね。まったく、あたしたちが対応してるおかげで、カーターは助かってるんだよ」

アイダ・ベルの理論にいくつか穴がないわけではない――バスが通り抜けられるサイズの穴もあるくらいだ――が、わたしは賛成することにした。犯罪の証拠を犯罪人に渡したとカーターに白状する以外、ほかに方法がないとなれば仕方ない。この場合、わたしがうまく言い抜けられるような言葉が英語に存在するとは思えなかった。

「そのとおりね」もろもろに関して、気持ちが少し楽になった。「悪人について何も知らなければ、カーターが体調の悪化しそうな状況に飛びこんでいくこともない」

アイダ・ベルがにやりと笑った。「あんたもわかってきたようだね」

ボートは無事にターンを終え、アイダ・ベルは水路へと向かいはじめた。ガーティは相変わらずがんばっているが、顔に疲れの色が見えはじめていた。

「彼女が力尽きる前に帰りつかないと」わたしは言った。

「ちょいと速度をあげよう」アイダ・ベルが答えた。「ほんの少しなら、ガーティの腕にかかる負担は変わらないが、短い時間で帰れる」

「それがよさそう」わたしはスピードをあげる合図に親指を数回立ててみせた。ガーティがうなずく。「速度あげて」

アイダ・ベルが少しだけアクセルを強く踏み、水路へと入った。あとでアスピリンと温熱パッドが必要になる以外、あと二、三分でこれは終わりだ。バスボートが残した航跡の上でアリゲーターが飛びはねたため、ガーティが振り落とされないよう腕に力を込めた。それまでよりもほんの少し長く。

次の瞬間、アイダ・ベルがわめいた。

慌てて振り向くと、スズメバチの群れがアイダ・ベルの顔のそばを飛んでいき、また戻ってきた。アイダ・ベルは左腕を振って怒る昆虫を遠ざけようとし、わたしも腕を大きく振り動かした。一匹がアイダ・ベルの右手に留まったため、彼女はふたたびわめくと同時に操縦桿を前に押しだし、アクセルを強く踏みこんでしまった。

エアボートがすばやく急角度に曲がり、ガーティが悲鳴をあげるのが聞こえた。わたしが座席をつかんで振り返ると、アリゲーターが小石のように水面を飛びはねながら、ボートの横へとまわってくる。ボートと並んだ瞬間、引き綱が切れ、アリゲーターはウォルターのボートに向かってまっすぐ進みだした。ガーティがまた悲鳴をあげたが、それはビニールのボアが顔に巻きついて前が見えなくなったからだった。

アイダ・ベルがエンジンを切ると、エアボートは徐行しはじめ、いっぽうウォルターのボートの船首に立ったカーターは迫りくるアリゲーターを恐怖の表情で見つめた。わたしはガーティに向かってハンドルを放すようにと叫んだが、彼女には聞こえなかったし、目が見えていなかった。このままでは衝突してしまうと気がついたカーターが、ウォルターにボートをとめるよう大声で叫んだ瞬間、アリゲーターがボートの正面へと迫った。ウォルターはエンジンを切ってボートの向きを急に右へ変えたため、カーターがバイユーに投げだされた。

アリゲーターは猛スピードでバイユーを進みつづけ、岸にのりあげたかと思うと釣り人ふたりのあいだを突きすすんだ。そのあとクーラーボックスにぶつかってそれをひっくり返したので、入っていた魚が芝生の上に飛び散った。ガーティはとうとうハンドルから手が離れてアリゲーターから振り落とされ、ぴちぴち飛びはねている魚たちの上に着地した。アリゲーターも魚の上で停止し、しぼみはじめた。

第９章

アイダ・ベルがエンジンを再始動させ、アリゲーターがのりあげた岸までエアボートを進めた。わたしも彼女も岸に飛びおりると、魚と氷の山のなかに倒れて動かないガーティへと駆け寄った。啞然とした釣り人ふたりがじりじりと近づいてきて、彼女を見おろした。

「あたしが殺しちまった」アイダ・ベルがうめいた。

わたしはしゃがんでガーティの首に指を当てた。「脈がある」彼女の顔に巻きついていたボアをどけ、水中眼鏡をはずさせると、口に耳を寄せた。

その瞬間を選んだかのようにガーティが意識を取りもどし……大声をあげた。

わたしは耳をふさいで飛びのき、魚の上に尻もちをついた。すぐさま立ちあがったものの、魚が飛び散って滑りやすくなった芝生の上で靴を履いていない足がビチャビチャと音を立てた。ガーティがぱっと上半身を起こし、目を丸くしてあたりを勢いよく見まわした。

「何があったの？」と彼女は訊いた。

「あんたはスタンピー・デュホンの裏庭に寄り道をしたんだよ」アイダ・ベルが答えた。

ガーティは眉を寄せて周囲に散らばった魚を見つめたが、そのうちに当惑の表情が怒りの表情へと変わり、アイダ・ベルをにらみつけた。「あなた、あたしを殺そうとしたわね」

「事故だったんだ」アイダ・ベルは釈明した。「スズメバチの群れが飛んできて、あたしの手を刺したんだよ。あんた、動けるかい？　どっか折れた？」

「スズメバチですって？　あたしがそんなばかげた話を信じると思ってるの？」

アイダ・ベルはガーティの顔の前に片手を突きだした。早くも甲に赤い大きな腫れができはじめている。「見てごらんよ。真ん中に刺された痕があるじゃないか」

ガーティは顔を寄せて、いかにも手をよく見ているふりをした。「スズメバチに刺されたようには見えないわ」

「そんなことしたって無駄よ」わたしは言った。「手をさげて。ガーティにはその腫れだって見えてないんだから、スズメバチに刺された傷なんてなおさら見えないわよ」

「腫れは見えます」とガーティ。

「なら、それはスズメバチの仕業だって信じてちょうだい。わたしもこの目で見たんだから」

ガーティがしぶしぶアイダ・ベルにうなずいてみせた。「そのせいで問題が起きたってことはわかる気がするわ、運転するときのあなたの利き手だってことを考えると特に。わかった。赦してあげる」

「やれやれだよ、まったくもう」アイダ・ベルが言った。「で、動けそうかい？」

「と思うけど」ガーティは地面に両手をついて立ちあがろうとしたが、腕に力が入らなかった。「あの子にのったまま芝生を駆けあがったときに最後の筋力を使いきっちゃったみたい」

「ちょっと、そんなとこに突っ立ってんじゃないよ」アイダ・ベルが男性ふたりに声をかけた。「レディが立ちあがるのに手を貸しな」

男性ふたりは慌ててガーティの脇の下にそれぞれ手を入れると彼女を立たせた。「脚はどうかな？」ひとりが尋ねた。

「一週間ぶっ続けで馬にのってたみたいな感じ」ガーティは答えた。「でも、なんとか立っていられそう」

男性ふたりは手を引き抜いたが、ガーティが自分の脚を過信していた場合に備えてそばから離れなかった。彼女はしばらくよろついたものの、なんとか姿勢を安定させた。

「いったい何を考えてたんだ？」背後からカーターの声が聞こえた。

振り返ると、彼が水をポタポタ垂らしながら、岸を大股にあがってくる。二、三歩後ろからウォルターがついてくるが、笑いすぎて歩きながらよろけていた。

「またいつもの展開」わたしは言った。

アイダ・ベルが片手をあげて、カーターがしゃべりだす前に黙らせた。「スズメバチの群れに襲われたんだよ。一匹があたしの利き手を刺したもんでね、うっかりエアボートを急角度に方向転換させてアリゲーターのフロートを振りまわしちまったんだ。引き綱が切れたから、ガーティはスタンピーの家の裏庭にのりあげて魚の入ったクーラーボックスに衝突した。何も壊れなかったし、魚はたぶんまだ食べられるはずだ」

アイダ・ベルがスタンピーと呼んで指し示した男性は、あたりを見まわしてからうなずいた。「おれとしちゃ問題はないよ。どのみち魚はさばかなきゃならなかったしな」

カーターは信じられないという顔でわたしたちを見た。「こんなことしていいわけないだろう」

ガーティが両手を腰に置いた。「あなたが釣りをしてるふりをしていいわけがないのと同じに？　ウォルターを丸めこんで仕事の手伝いをさせてたのは、あたしたち三人とも知ってるのよ。最後に確認したとき、家で安静にしてるよう医者から指示されてるのは、このなかでひとりだけだったし、それはあたしじゃなかったわ」

「実を言うと、医者から指示されてるのはふたりよ」わたしは言った。

カーターが怒った顔でわたしを見た。「そんなこと言って、ぜんぜん助けになってないぞ」

「助けるつもりなんてないもの。少なくとも、あなたのことはね」

「いったいどうして？」カーターが強い調子で訊いた。

「あなたが失礼だから」わたしは答えた。「あなたは暗に、ガーティは楽しい遊びをするには年をとりすぎてるってほのめかしてるけど、そんなの間違ってる。ガーティが百二歳になってからフッカーみたいな格好をしてバイユーでアリゲーターのフロートにのりたいと思ったとしても、それは実行するべきだもの」

「そのとおり！」とガーティ。「あなた、あたしに椅子に座って死ぬときを待てって言うつもり？」

「そんな……おれは……」カーターは口ごもり、ひどくばつが悪そうな顔になった。

ウォルターを振り返る。「ひと言言いたくないか？」

「まさか」とウォルター。「ひとりで戦え」

「賢明な判断だ」スタンピーがそう言ってウォルターにうなずいてみせた。

カーターはガーティに目を戻した。「おれはただ、こんなことをするのは危険だし、怪我をする可能性もあったと言いたいだけだ」

「あら、そりゃもちろん怪我をする可能性はあったわ」とガーティ。「バーナディーン・スタンズベリーはきのう、トイレで立とうとして足首を骨折したんですって。だからってあなた、あたしにトイレを使うのをやめろって言う？」

アイダ・ベルがうなずいた。「先週はアーチー・ブラッドフォードがシャワーを浴びてるときに倒れて腰を折ったっけね」

「そうそ」とガーティ。「あたし、シャワーを浴びるのもやめなきゃいけない？」

「それは……」カーターは両手をあげた。「この話はここまでだ。高速アリゲーターにのってバイユーで遊べばいいさ、スピード狂で無謀な運転が大好きな頭のいかれた住民に引っぱってもらってな。思いっきり楽しんでくれ」

「言われなくてもそうしてたわ」ガーティが答えた。「ねえ、スタンピー、そのマス、二匹くらいあたしたちにくれない？　どのみち全部は食べきれないでしょ」

「いいとも」とスタンピー。「いまの見ものは魚二匹分の価値ありだ」手を伸ばしてマスを二匹拾うと、彼はクーラーボックスを起こしてその上にマスをのせ、狩猟用ナイフを取りだした。「ちょっと時間をくれりゃ、三枚におろしてやるよ」

「助かるわ」ガーティはそう言ってわたしを見た。「あなたの家の裏庭で焚き火をして、焼いてもいいわね」

「それはなし！」アイダ・ベルとわたしの声がそろった。

火とガーティという組み合わせは絶対によろしくない。

カーターが首を横に振った。「ああ、ふたりの言うことを聞いたほうがいい。しかしおれが同じことを言うと、悪者にされるんだよな」ウォルターに向かって手を振る。「帰ろう。濡れたジーンズが体にくっついちまって」

「目の保養になった」わたしは言った。

カーターの首がわずかに紅潮した。唇が震えたので、にやつきそうになるのをこらえているのがわかった。「おれの死因はきみになりそうだ」

「そりゃ最高じゃないか」スタンピーが言った。

カーターはにやりと笑ってウォルターに合図した。「行こう、おれがまた言っちゃいけないことを言う前に。あとで電話する」

「忘れないで、わたしたちは今夜ダンスパーティのシャペロンをする予定だから」

「忘れてないとも」カーターは答えた。「朝からずっと、ティーンエイジャーのことが心配で祈ってたからな」

「ふんっ」とガーティ。「カーターに何がわかるって言うのよ。あたしはずっとあたしたちのことが心配で祈ってたわ、ティーンエイジャーのシャペロンをするって決まって以来」

わたしはうなずいた。正直言って、ティーンエイジャーの一群の番をすると考えると、任務では経験したことのない恐怖を覚えた。「ひょっとしたら何も問題は起きないかも」

アイダ・ベルが首を横に振った。「ひょっとしたら銃は持っていかないほうがいいかも、だよ」

「ちょいと急げるかい？」アイダ・ベルが言った。「そろそろ遅れちまうよ」

わたしはすばやくリップグロスを塗り、ガーティとアイダ・ベルが待つ一階へと駆けおりた。ふたりともわたしの装いを見てうなずいた。きょうの午後、魚を食べ、ガーティの腕に氷を当てているあいだに、ダンスパーティに着ていく服について話し合ったのだ――具体的に言うと、わたしの服装について。

ガーティによれば、わたしは高校生男子の気を惹けるぐらい若く魅力的で、そのことは彼らから情報を得るのに役立つという。未成年の男子にそんな目で見られる可能性を指摘されただけで気持ち悪いことこの上なかった――何しろ、完全なる大人のカーターがわたしに惹かれる理由もいまだによくわからないのだ――が、おそらくガーティの言うとおりなのだろう。彼女に言われて観たティーンエイジャー向け映画がすべて間違っていないかぎり。

今夜のパーティの服装はカジュアルとのことなので、わたしは持っているなかで一番タイトなジーンズにキラキラした髑髏のイラスト入りの黒いタンクトップを着た。タンクトップはガーティからの提供。アイダ・ベルとわたしは〝こんなのどこで買ったんだい？〟とか、さらにまずそうな〝誰が着るために？〟といった質問を賢明に控えた。おろしたてのナイキを履くとわたしの装いは完成し、正直言って、確かにかなり若く見えた。

「すばらしいわ」とガーティ。「あなた、ティーンエイジャーで通るわよ」

「浮かれるのはやめとこう」アイダ・ベルが言った。「あんたより百歳若く見えるってだけじゃ、フォーチュンはティーンエイジャーにはなれないよ」

ガーティが怒りの目でアイダ・ベルを見た。「何言ってるのかしら。あたし、セクシーでしょ」

「あんた、両腕に包帯巻いて、痛み止めクリーム《ベンゲイ》のにおいをぷんぷんさせてるよね。そのうえ、包帯が一カ所ほどけてきてる。ゾンビ映画のエキストラみたいに見えるよ」

ガーティは片腕を持ちあげ、だらりとさがった包帯を見て顔をしかめた。

「それとあんた」アイダ・ベルがこちらを見た。「アクセサリーがイマイチだね」

「アクセサリー？」わたしは腕時計すらつけていないし、リップグロスがアクセサリーに入るとは思えない。

アイダ・ベルはわたしの右足を指した。「ソックスがたるんでる。そこに入れた銃を置いていきな」

「わたしに武器を携帯するなって、本気で言ってる？」

「どんなまずいことが起きるって言うの？」ガーティが尋ねた。「高校生がフォーチュンの体をさわろうとして拳銃を見つけるとか？」

「高校生がわたしにさわろうとして、まず足首から始めたら、その場合はわたしが武器を携帯してることよりもずっと大きな問題がひそんでるってことよ」

「とにかく武器はなしだ」アイダ・ベルが言った。「あたしたちは大人の相手をするのがやっとだろう。今夜集まるのは騒ぎが大好きでホルモンに駆られたハナタレの一団だ。自分たちはなんでも知ってるし、絶対に死なないと思ってる。惨事を招く条件勢ぞろいだよ」

「わかった」わたしはアンクルホルスターをはずした。「ガーティのバッグの中身は検査しないの？　だって、彼女が持ち歩いてるものって、アメリカ軍を用なしにできるくらいの威力があるから」

ガーティが脇にバッグをぎゅっと抱えこんだ。「裏切り者」

「こっちはなんの武器も持ってないのに、武器庫を抱えたあなたと一緒になんて出かけるつもりなし。ティーンエイジャーよりもずっと危険だもの、そこに防弾チョッキも入ってるなら話は別だけど」

「いま注文中よ」ガーティが答えた。

「そうだろうとも」とアイダ・ベル。「あんたとかかわることになる人間全員分を注文したかい？」手を突きだす。「それをよこしな」

ガーティはさらにきつくバッグをつかみ、首を横に振った。

「あんたが言うこと聞くまで出かけないよ」

「まったくナチみたいなんだから」

バッグを受けとると、アイダ・ベルの腕がわずかにさがったが、それをコーヒーテーブルに置いた。彼女が小さな店を開くのを、わたしは身をのりだして見守った。9ミリ口径の拳銃、手錠、ロープ、催涙スプレー《メース》、携帯防犯ブザー《レイプホイッスル》、ダクトテープ、箱入りティッシュ、アスピリン、マッサージクリーム、包帯、ボトル入り消毒液、胃薬、耳栓、マッチ、ストッキング、〈シンフル・レディース〉の咳止めシロップ、プロテインバー二本、そして缶入りラビオリ。

そのコレクションを見つめながら、わたしはなんとか理解しようとした。「まず、武器はわかる。でもって、ダクトテープとロープもその分類に入れていいと思う。救急用品はたぶんいい思いつきだし、耳栓もそう。食料っていうのもなんとなくわかる。ラビオリを選ぶのは変わってるけど。で、マッチはラビオリを温めるとき火をつけるのに使うのかなと思うんだけど、ストッキングがまったくわからない。あなた、そもそもストッキングははかないでしょ」

「顔がわからないようにする必要に迫られたときのためよ」ガーティが答えた。

「テレビの観すぎなんだよ」アイダ・ベルがそう言って、バッグの中身を戻しはじめた。救急用品、食料、そして咳止めシロップが戻された。耳栓も。

「それだけ?」ガーティが訊いた。「あたしたち三人で、ティーンエイジャーの一団を監督しなきゃいけないのよ。向こうはすでにフルーツパンチにどうやってアルコールを入れるか、たくらんでるはず。それなのに、こっちは救急用品と耳栓で対抗しろって言うの?」

「わかったよ」アイダ・ベルはそう言ってロープとメースをバッグに入れた。

「メースも？」わたしは訊いた。

「あんた、酔っ払ったティーンエイジャーを抑えこもうとしたことあるかい？　一番避けなきゃいけないのは、あたしたちがかわいいジョニーにいたずらしようとしたとか叫ばれることなんだよ。メースは誰も殺さないが、ガキどもがやってる望ましくない行為を間違いなくストップさせられる」

「確かに」わたしは言った。「距離を置くほうが得策ね」

ガーティがバッグをつかみ、腕を曲げたときにうなり声をあげながら肩にかけた。「さあ、あたしからあれこれ取りあげるのが終わったんだから、出発できるでしょ」

家を出るとき、わたしは鍵をかけた。そんなことをしても役に立たないのはわかっている。マニーがなかに入りたいと思ったら、必ず方法を見つける。急いで鍵をつけかえない理由はそれだ。わたしにとって本当に必要なのは、もう少しまともな知り合いである。

公園まではほんの二ブロックだったが、それでもジープにのっていくことにした。緊急事態が起きて徒歩よりも速い輸送手段が必要になった場合に備えて。それに命懸けのアリゲーター遊びをしてからというもの、ガーティはいつも以上にエネルギー不足に見えた。木の下で居眠りしたりせずに今夜のイベントをのりきれたら、ラッキーだろう。

砂場の真ん中に積まれた薪のまわりには、すでに二十人ほどのティーンエイジャーが集まっていた。そのうちのひとりは茶色い液体の入ったミルク用ポリタンクを持っていて、中身はガソリンと思われた。彼の足元にはもうひとつポリタンクが置いてある。

わたしは指差した。「これってホラー映画かコメディ特番の始まりよね」

ジープがとまるやいなやアイダ・ベルは飛びおり、放火魔のほうへ走っていった。

「ミルク用のポリタンクにガソリンを入れるのって違法じゃないの？」わたしは訊いた。

「もちろんそうよ。でもそれを徹底したら、シンフル住民の半分が留置場に入れられるでしょうね」とガーティ。

こわ。見ていると、アイダ・ベルはポリタンクを持ったティーンエイジャーの前に立ち、彼から容器を奪いとった。続いて彼女が下に置かれたふたつ目のポリタンクを指差すと、ティーンエイジャーはそれを持って立ち去った。ひどくむかついた表情で。

「パーティは始まる前に終わっちゃったみたいね」

「あら、アイダ・ベルはキャンプファイヤーをやめさせたりしないわよ」ガーティが言った。「自分でやりたいだけ。彼女ってそういうタイプだから。いるでしょ、グリルの火をちゃんとつけられるのは自分だけって思ってるタイプ」

ミルク用ポリタンクのふたを取ったかと思うと、アイダ・ベルは薪の山に中身をかけはじめた。それから頭がいかれたみたいに両手を振りまわし、ティーンエイジャー全員をたっぷり三メートルは後ろまでさがらせた。ポケットからマッチを取りだす。

「あれってあなたのマッチじゃない？」わたしはガーティに尋ねた。

「そうよ。むかつく女」

アイダ・ベルはマッチの一本に火をつけてから箱に戻し、勢いよく燃えはじめた箱を薪の山に向かって投げると、後ろに飛びのいた。動きがすばやくてよかった。炎が上と横に大きく一気に燃えあがったため、アイダ・ベルは髪が少しか眉毛が片方燃えてなくなったのではと心配になった。ティーンエイジャーたちが歓声をあげ、アイダ・ベルはお辞儀をしてからこちらを振り返って手を振った。

「何をもたもたしてんのさ」

「あなたが火事を起こすところを見届けてたの」わたしはぶつぶつ言いながらジープから降りた。

「言ったでしょ」とガーティ。「それなのにあなたときたら、あたしのほうが危ない人間だって考えてたのよね」

わたしの自信が揺らぎはじめた。

ガーティと一緒にアイダ・ベルのところまで行ったけれど、彼女はまったくもってはしゃぎすぎに見えた。顔は興奮して赤くなっているが、ひょっとしたら炎に焼かれたのかもしれない。わかるのは時間がたってからだろう。

「いまの炎、見たかい?」彼女は訊いた。

「モンタナからも見えたと思う」わたしは答えた。「たぶん冥王星の表面を焦がしたはず」

アイダ・ベルはうなずいた。「八四年のデカいやつよりもよかったと思うんだ」

「そのときは怪我人が出たの?」

「出たわけないだろう。あたしは何をするときも抜かりがないからね。でも、ガーティに七三年のデカいやつについて尋ねてごらん」

わたしはガーティを見た。「公園を全焼させるか何かしたの？」

「はん」アイダ・ベルが言った。「あたしたちはキャンドルをともした結婚式に参列してたんだよ」

「あのときの話はしたくないの」ガーティはそう言うと、ソーダ水に〈シンフル・レディース〉の咳止めシロップを混ぜているティーンエイジャーたちのほうへのしのしと歩いていった。

「その話、聞きたくない気がする」わたしは言った。

アイダ・ベルがわたしの腕をポンポンと叩いた。「とにかく、もしあんたとカーターが結婚することになったら、式は昼日中に挙げるようにしな」

わたしは落ち着かなくなった。カーターと結婚するだなんて、考えただけで動揺してしまう。たぶんガーティは教会を全焼させたのだろうということよりも。「それは心配しなくて大丈夫だと思う」

アイダ・ベルが声をあげて笑った。「いまのところはだろう」

「ところで、わたしたちの公式の義務はなんなの？」とにかく話題を変えたくて訊いた。

「たいしたことじゃないよ。ただ歩きまわって、アルコールは没収する。で、もし飲みすぎた生徒を見つけたら、あたしに合図しとくれ。その子の親に電話するから」

「通報はしないの?」

アイダ・ベルは首を横に振った。「たとえネルソンが保安官事務所を混乱させてなかったとしても、法執行機関の関与は求めないんだ。乱闘にならないかぎりね。どのみち、酔ったティーンエイジャーにお仕置きするには、保安官事務所より親のほうが効果がある」

わたしは額の汗をぬぐった。「早く日が沈んでくれるといいんだけど。キャンプファイヤーも始めたから、ここ暑くて死にそう」

「日が沈んだら、蚊が出るだけだよ」

「楽しみなことがいろいろってわけね」メリーゴーラウンドのそばに立っている少年たちを指した。「あそこに行って、彼らをたぶらかせるかどうかやってみる」自分でもあきれて首を振った。「いろいろ間違ってる気がするけど」

「大義があってのことだよ。あんたが誘惑するティーンエイジャーは、覚醒剤中毒にならずに命拾いするかもしれないんだからさ」

「そうね」

わたしはメリーゴーラウンドのほうへ歩いていきながら、少年たちを品定めした。

男子五人。全員十八歳前後。身長は百七十八センチから百八十五センチまでさまざま。体重は六十キロから百キロほど。でもって百キロは一番背の低い少年。健康状態がまあまあなのはふたり。三人は一日中ビデオゲームをやっているように見える。脅威レベル――死ぬほど鬱陶しそう。

「何してるの?」彼らに近づいて、話しかけた。

少年たちが目を見開き、たがいに顔を見合わせた。明らかに戸惑っている様子だ。最後にそろって見たのは一番背の高い少年。リーダーにちがいない。

「えーと」長身の子が答えた。「何も」

わたしはため息をこらえた。こんな単純な返事を引きだすのにこれほど時間がかかるなら、本当に役立つ情報なんて期待薄。「わたしはフォーチュン。夏のあいだだけ、この町にいるの」

「おれはデイル」長身の子が言った。「ここにいるのはケニー、マーク、アダム、それにTボーイだよ」

「ハイ」五人に手を振りつつも、秒刻みでばからしさが増していった。

「高校生?」ケニーが尋ねた。

「ううん。高校はもう卒業した」

ケニーは得意げな顔でうなずいた。「だと思ったよ。大学生か。かっこいいな」

ほかの少年たちも笑顔になった。

「そうかな」大学生というのは嘘とは違う。ここ数年の話ではないというだけ。

「専攻は?」アダムが尋ねた。

わたしは一瞬口をつぐみ、この場で一番点数を稼げる専攻はなんだろうと考えた。「化学よ」

「ワオ」ケニーが言った。「頭いいんだね」

「そんなんじゃない。あれこれ混ぜ合わせて、どうなるか見るのが好きなだけ。どこかの研究室で働くことになるか、ひょっとしたら教師になるかも。わかんないけど」

「ハイゼンベルクみたいだな」アダムが言った。

「誰？」わたしは訊いた。

「〈ブレイキング・バッド〉に出てくる化学教師だよ」とアダム。「あいつ、サイコーだよな」

「それ、観たことない」わたしは答えた。

アダムが目を丸くした。「マジか。あれは絶対に観ないと駄目だよ」

マークがうなずいた。「ハイゼンベルクは教師で、ガンになったのをきっかけにキャンピングカーでメタンフェタミンの精製を始めるんだ、治療費を払うために」

「そう」とケニー。「で、やつが作るブツは、なんていうか最高級品でさ、大金を稼ぎはじめるんだ」

「ほんとに？」嬉しいことに、とっさに選んだ専攻が話をすぐメタンフェタミンへとつなげてくれた。「キャンピングカーって言った？　それって警官につかまらずにいるのにいい手よね」

「最初はうまくいくんだ」ケニーが言った。「でもネタバレはしたくないからさ。あれは観たほうがいいよ」

「観ることにする。教えてくれてありがとう」少年たちを見まわすと、全員くつろいで気を許しているように見えたので、わたしは思いきって言った。「ねえ、この辺でそういうことって起きてないわよね？　ほら、ここってバイユーが流れてたりで……隠れるところがいっぱいあるから」

「ドラッグのこと言ってるのかい？」ややあってケニーが訊いた。「ないと思うよ」

「シンフルじゃおもしろいことなんてなんにも起きない」とアダム。

「そう？　だってわたしは一カ月前に来たんだけど、こんな小さな町にしては事件が起きすぎに思えるから」

「ああ」ケニーが言った。「でも殺人事件やら何やらだろ。ドラッグじゃない」

「なるほど」ドラッグの製造はおもしろいけれど、殺人は違うというわけか。「カワマスを釣るのにいい場所って知ってたりするかな」

全員の顔がぱっと明るくなり、いっせいに話しだした。思ったとおり、釣りのほうがドラッグの製造よりもさらにおもしろいらしい。彼らが指差したり、水路や目印について説明したりするあいだ、わたしは耳を傾けているふりをしたものの、ここでの仕事はおしまいと判断していた。この子たちはシンフルにおけるメタンフェタミン製造について何も知らない。

釣り餌は何を使うべきかという議論が始まるとそこから抜けだし、わたしはキャンプファイヤーのほうへ戻った。ようやく日が沈みはじめたが、そよ風が吹くこともなく、気温はあまりさがりそうになかった。キャンプファイヤー近くのピクニックテーブルにアイダ・ベルとガーティが座っているのが見えたので、彼女たちのほうへ歩いていった。ガーティは腕にマッサージクリームを塗っているところだった。

「どうかした?」

「ますますひどくなってきて」とガーティ。「燃えるように熱いの」

アイダ・ベルが首を振った。「肘の関節を伸ばしすぎたんだろうね。よくなる前に、いまよりずっと痛くなるよ」

「救急用品がバッグに入ったままでよかった」ガーティはアスピリンと〈シンフル・レディース〉の咳止めシロップを引っぱりだした。アスピリン三錠を口に入れ、咳止めシロップをぐいっと飲む。「これで家に帰るまではなんとかもつでしょ」

家には何が置いてあるのか、尋ねようとは思わなかった。「何かわかったことはあった?」

ふたりとも首を横に振った。「そっちは?」アイダ・ベルが訊いた。

「わかったのはあの子たちがシンフルにおけるメタンフェタミン製造については何も知らないってこと」

「こっちもよ」ガーティが言った。「その話題を持ちだしたら、一緒に話してた高校生たちから、頭おかしいんじゃねって目で見られたわ」

アイダ・ベルがうなずいた。「嘘をつくのがうまい子たちじゃないしね。もしこのあたりでメタンフェタミンが出まわってたとしても、高校はまだのようだ……さっきの子たちを見るかぎり」

「それはよかった」わたしは言った。「そりゃ、こっちは手がかりが得られないわけだけど、あそこは犯人にとって最初の製造所だってことかもしれないし」

「建てられたのが最近なのは間違いない」とアイダ・ベル。「材木は黒焦げになってたけど、内側はまだ完全には硬くなってなかった。あれができたのは最近だよ」

「それなら、シンフルでの操業は始まったばかりだったのかもしれない」わたしは言った。「犯人たちは、爆発をきっかけに移転したほうがいいと考えたかも。爆発のせいで自分たちが注意を惹いてしまったと思ったら特に」

「ふつうなら、あたしもあんたに賛成するよ」アイダ・ベルが言った。「しかし、あの製造所を建てたのが誰にしろ、目立たない場所を見つけられるだけバイユーをよく知ってる人間だ。つまりは地元の人間で、この土地に強いコネクションがあるって意味だ」

「つまりはネルソン絡みの現状とカーターが病欠中ってことも心得てるって意味ね」ガーティがうなずいた。「もう一度ここで試してみてもリスクは低いってね」

「まったく」わたしは言った。「例の指のおかげで絞りこみが進むといいんだけど」

「あたしもそれを期待するよ」アイダ・ベルが言った。

「ところで、高校生への聞きこみは続ける？」ガーティが尋ねた。

アイダ・ベルがうなずいた。「どのみちここにいなけりゃならないんだ、嗅ぎまわってみてもいいだろう。何か役に立つことがわからないともかぎらない」

浮かれた大声が聞こえたので、道路のほうを見た。ピックアップトラックの荷台にのって、新たなティーンエイジャーの一団が到着したところだった。

「フットボールチームのメンバーだわ」とガーティ。
「人気者グループってことね。わたしの出番みたい」

第10章

到着したティーンエイジャーたちはクーラーボックスとローンチェア数脚をキャンプファイヤーのほうへと運んでいき、わたしはその少し後ろからついていった。彼らを品定めしながら。

男子七人、女子三人。男子はがっちりした典型的体育会系《ジョック》。女子は全員チアリーダーのスカートをはいている。わたしにとってはまったく脅威ではないが、ほかの生徒たちにとっては地獄のように嫌な集団にちがいない。

彼らが椅子を並べ、ソーダをまわしはじめると、わたしはのんびりした足取りで近づいていった。「わたしにも一本もらえる?」そう尋ねてクーラーボックスを指差す。

男子のひとりがわたしをじろじろ見た。外見が気に入ったらしい。女子のひとりに、缶入りのソーダを渡せと手振りで合図した。その女子もわたしをじろじろ見たが、男子ほどには好印象を持たなかったようだ。

「あんた誰?」彼女は訊いた。

「フォーチュンよ。夏のあいだだけこの町にいるの」

「あんたのこと知ってるぜ」男子のひとりが言った。「誰か殺したんじゃなかったっけ?」

女子が目玉をぐるりとまわした。「人を殺したなら刑務所にいるでしょ、公園をうろついてソーダをただ飲みしたりできない。まったく、あんたってときどきほんっとばか」彼女はくるっと背を向け、ほかの女子ふたりがいるところまでずんずん歩いていくと、三人で固まってささやいたり、こちらをにらんだりした。

「人を殺したんじゃない」別の男子が言った。「庭で死人が見つかったんだ。だよな?」

「そんなとこ」わたしは答えた。「家は大おばのものなんだけど、その裏のバイユーから人骨が見つかったの」

「そっか」最初の男子はちょっとがっかりした顔になった。「それもすごいことなんだろうけど、自分で殺したほうがクールだよな」

「それじゃ、あなたは誰かを殺したことがあるの?」

「おれ? な――ないよ!」

「それならどうしてクールだと思うわけ?」

「それはその、おれにとっちゃ、人殺しはクールじゃない。そりゃ、うちの犬に怪我をさせたり、カモ猟用の隠れ場所を勝手に使ったりしたやつなら話は違ってくるけど……つまり、真剣にひどいことって意味だ」

「それはそうよね」飼い犬に関する部分は賛成だ。カモ猟用の隠れ場所についてはわからない。シンフルにもう少し長く住んだら納得がいくかもしれない。

クーラーボックスのほうに手を振った。「そこにビールを隠してたりしないわよね」

「ないよ。おれたち酒には興味ないんだ」

「へえ、それじゃもっと強力なものをやってるってわけ？」

彼はちょっとのあいだ眉間にしわを寄せてわたしを見つめてから、ようやく意味がわかったらしく、かすかに嫌悪のにじむ表情になった。「ドラッグのことか？　ふざけんなよ！」

わたしは彼の二頭筋に目をやった。「ステロイドも？」

「あんなもん使ったら、タマが縮んじまうぜ。そのうえ出場停止になる。フットボールで大学の奨学金をもらうのが、この町とおさらばする唯一のチャンスだ。それをアホな理由でつぶすような真似、するかよ」

「偉いじゃない」それは本心からの言葉だった。「たいていの選手はそこまで賢くない」

「たいていの選手はシンフルとおさらばしたいわけじゃないからだろ」

「おい、見ろよ！」選手のひとりが道路のほうを指差した。きのう独立記念日のお祭りに出店していた屋台が、トレイラーをとめて店開きの準備を始めていた。ホットドッグ、プレッツェル、ファンネルケーキ、そしてスノーコーン。やった！

「ねえ！」チアリーダーのひとりが走ってきて、わたしと話していた選手の腕をつかんだ。

「あたし、スノーコーン食べたい」

「わかったよ、ベイビー」彼はわたしに向かってうなずいた。「それじゃ」

人気者グループとそのほかのティーンエイジャー半数ほどが屋台のほうへと歩いていった。わたしはアイダ・ベルとガーティのいるピクニックテーブルへ戻った。

「何かわかったかい？」わたしがベンチに腰をおろすとアイダ・ベルが訊いた。

「何も。彼らはステロイドも使ってないみたい。理由は奨学金またの名を〝シンフルからおさらばするチャンス〟を手に入れられなくなるから」

ガーティが眉を寄せた。「まったく理にかなってるけど、あの子たちがそんなことを言うなんてちょっと驚きだわ。とはいえ、ここから出ていきたいって人の気持ちについて、あたしはとやかく言う立場にないわね。ふつうのティーンエイジャーだったら、あたしも同じことを目指したかもしれないし」

「あんたは実際この町から出ていったじゃないか」アイダ・ベルが言った。「戦争に行っただろ、忘れたのかい？」

「戦争のあとのことは？」ガーティが聞き返した。「あたしたち、どこへでも行けたのに、三人ともシンフルに戻ってきて腰を落ち着けたじゃない」

〝三人とも〟というのはアイダ・ベルとガーティ、そしてわたしが姪のふりをしている女性、マージ・ブードローのことである。三人はヴェトナムに従軍したが、彼女たちがどんな役割を担っていたかを知るのは、わたしと当時の指揮官たちだけだ。指揮官たちがまだ生きていればの話だが、それはかなりむずかしいだろう。

「ほかにあたしたちが実権を握れる場所があったかい？」アイダ・ベルが訊いた。

ガーティは首を横に振った。「実権を握った結果をあなたはどう思ってるの？」

「いまはちょいと厄介なことになってるよね」アイダ・ベルは認めた。「でも、あたしたちで何もかも解決してみせるよ」

「そうなるといいけど」とガーティ。「退職後にこれほど体力が必要になるなんておかしいわ」

わたしは屋台を指差した。「高カロリーの軽食も用意されるなんて教えてくれなかったじゃない」

「それはいままで用意されたことがなかったからよ」ガーティが答えた。「少なくともプロの手によるのはね。これまでは持ち寄ったものに限られてたから」

「それなら、一生懸命働いたわたしたちって、ファンネルケーキを食べる権利があると思うんだけど」わたしは言った。

「まったくだわ」ガーティが賛成した。

「あたしはここに残るよ」アイダ・ベルが言った。「ちょっと話をしたい子たちがキャンプファイヤーのそばに二、三人いるんだ。あたしにはバブルガム・スノーコーンを買ってきておくれ。ひょっとしたらそれで暑さをしのげるかもしれないからさ」

ガーティがひょいと立った……というのは、ちょっと誇張になるかもしれない。彼女はベンチからころがり落ちるようにして立ちあがり、わたしと一緒に屋台のほうへ歩きだした。きのうお祭りで会った若い女性がファンネルケーキを、彼女の夫がスノーコーンのほうを受けもっている。

「ケイラだったわよね？」順番が来たときにわたしは尋ねた。

彼女は明るい表情になった。「そうよ。きのうも会ったわよね。こんばんは、ガーティ。ここで会うとは思わなかったわ」

「わたしたち、シャペロンなの」

「引き受けるなんてすばらしいわ」とケイラ。「高校時代、あたしは毎年心配だったんですよ、シャペロンを買ってでる人がいないせいでダンスパーティが中止になるんじゃないかって」

「順番制でことしはあたしたちの番だったのよ」ガーティが言った。「それでフォーチュンも引っぱりこんだってわけ。あたしたちもここであなたに会ってびっくりよ。とっくに次のイベント会場へ向かったと思っていたから」

ケイラがうなずいた。「次のイベントが始まるまでふつかあって。ふつうならけさこちらを出るはずでした。ところがシーリアが、フードトレイラーすべてに、このダンスパーティまで残ってくれないかって言ったんです。そのうえ、いいですか、売りあげにプラスして、彼女が一定額を払うって」

にこやかな顔をしていたガーティが、むっとした表情になった。「あの女。保安官事務所とフランシーンのメニューの件で不評を買ったから、点数稼ぎをしようってわけね、ティーンエイジャーのためにちょっとしたことをやって」

「効果あると思う?」わたしは訊いた。

「あるわけないでしょ」とガーティ。「ファンネルケーキとスノーコーンじゃ、彼女が引き起こしたごたごたの埋め合わせなんて無理。あなたの売りものにケチつけてるわけじゃないのよ、ケイラ」

「わかってます」ケイラが答えた。「この町に来てからというもの、町長絡みの噂はあれこれ聞いてますし。喜んでる人はひとりもいないみたい」

「いないわね」ガーティが言った。「現時点では、選挙でシーリアに投票した住民は不満を感じてるし、彼女に投票しなかった住民はいつシーリアを殺してもおかしくないはず」

「事態がそこまでいかないことを祈りましょう」とケイラ。「おふたりとも、注文は?」

「ファンネルケーキをふたつと、バブルガム・スノーコーンをひとつ」とわたしが答えた。

「すぐ用意します」彼女は後ろを向き、できたてのファンネルケーキふたつに粉砂糖をたっぷりかけると、それをカウンターに置いた。ちょうど同じタイミングで、彼女の夫がスノーコーンをガーティに渡し、ウィンクをした。

「これは店のおごりです」ケイラが言った。

「そんなの駄目よ」ガーティが断ろうとした。

「おごらせてください」とケイラ。「おふたりは働いてるんだから。あたしたちにできるせめてものことなんで」

「ありがとう」わたしはお礼を言って、ファンネルケーキをカウンターから受けとった。

「シーリアったら、信じられないわ」ピクニックテーブルへと戻る途中で、ガーティが言った。「人を買収しようとするなんて」

「そのうえ、やり方が本当にお粗末。彼女ってあんまり頭がよくないわよね？」

「よくないわ。昔からそう。シーリアがグループを仕切ってるのは、絶対に黙らないし、いじめが好きだからよ。昔からね」

「それがわかってるなら、どうして彼女に投票した人がいるの？」

「マリーはバプティストで、シーリアはカトリックだからって人たちがいるわね。そのほかは、あたしにはわからないわ。たぶん、あたしたちみたいには彼女のことを知らないんじゃないかしら。あるいは、シーリアは過去に世間をあっと言わせたことが一度もないから、ほどよく何もしないんじゃないかと思ったとか」

「そう思った人たちのいまの心境が知りたい」

「きょうダウンタウンで群衆が騒いだのを見ればわかるわ。少なくとも半分は熱心なカトリック信者だったもの。シーリアはうぬぼれが過ぎたようね」

ファンネルケーキをピクニックテーブルに置き、ガーティと並んで座ったところで、アイダ・ベルがテーブルの反対側にひょいと腰をおろし、スノーコーンに手を伸ばした。食べながら、ガーティがシーリアと屋台業者との取引について話した。

アイダ・ベルはやれやれと首を振った。「あの女は頭がおかしくなってるね、そんなことで何か片づくと思ってるなら」

ガーティがうなずいた。「あたしもそう言ったのよ。バナナプディングのことだけでも充分まずいけど、ネルソンの問題はもっとずっと大きくなりそう」

「噂をすれば影」わたしはネルソンを指差した。彼はファンネルケーキの屋台の真ん前に新車のメルセデス・ベンツをとめ、降りるところだった。

「あんな車を買うお金、どうやって手に入れたのかしら？」ガーティが訊いた。

「高金利のリースってやつじゃないかね」アイダ・ベルが言った。「二、三カ月はあれをのりまわせる、不払いで回収されちまうまでは」

「たぶんあなたの言うとおりね」とガーティ。「ネルソンは自分の靴ひもも結べない男だもの。働いてあんなもの買うお金が稼げるわけないわ。できるのは管理人の仕事がせいぜい。そういう仕事でメルセデスなんて手に入れられない」

見ていると、ネルソンはファンネルケーキの屋台へと歩いていき、ティーンエイジャーの前に割りこんだ。数人が彼に向かって中指を突きたてたが、それを無視してカウンターからファンネルケーキを取りあげた。ケイラがたったいま次のお客のために置いたものだ。彼女は顔をしかめたが、ネルソンはにやりと笑ってケーキ片手に立ち去った。

「なんてむかつく男」わたしは言った。

「そのうえ臆病者」とガーティ。「オタクっぽい子の前に割りこんだでしょ。立ってたのがフットボール選手タイプのひとりだったら、あいつはあんな強気に出なかったでしょうね」

「お金を払ってもいいから見たいんだけど、あいつがそうしたらどうなるか」わたしは言った。

「そう思う人はおおぜいいるはずよ」とガーティ。

「いま見ちゃ駄目だよ」アイダ・ベルが言った。「ネルソンがこっちへ歩いてくる」

頭を動かさずにちらっと見たら、ネルソンがわたしたちのいるピクニックテーブルへとまっすぐ進んでくるところだった。

ガーティがため息をついた。「どうして食べてるときなの？　あいつがいると、胃がむかむかするんだけど」

わたしはうなずき、ネルソンが来るまでに全部食べおえようと、ファンネルケーキを大きくひと口詰めこんだ。四分の三ほど食べおえたところで、彼がわたしたちのテーブルまで来た。口と頰に粉砂糖をくっつけ、作り笑いを浮かべている。

「おやおや、シンフルのよき住民のみなさんがここで何をしてるのかな？」

「ティーンエイジャーのシャペロンだよ」アイダ・ベルが答えた。

ネルソンはあたりを見まわした。「おれには、食ってるだけに見えるがな。三人で固まって座ってちゃ、場を取り締まることはできないぞ」

「そうかしら？」ガーティが尋ねた。「あなたが保安官事務所でやってることって、まさにそれよね。そのうえあなたはお給料をもらってるのよ、外へ出て働くことを条件に」

ネルソンの顔から笑みが消え、人をばかにした表情になった。「あんたらふたりがさんざんこの町を引っかきまわしてきたって、シーリアから聞いてないとでも思ってんのか」わたしに目を移す。「それからあんたについては……ヤンキーが幅をきかせようとして面倒を起こしてるんだってな、前はすごくいい町だったのによ」

「あら」わたしは言った。「面倒って、毒を盛られて死にかけたシーリアの命を救ったり、彼女の娘を殺した犯人を見つけたりしたこと？　その手の面倒？」

「ことによると、あんたはシーリアに毒を盛った女とぐるだったかもしれないじゃねえか」

「ばかを言うにもほどがあるわ」とガーティ。「フォーチュン自身も毒を盛られて、もう少しで死ぬところだったのよ」

「そうかねえ」ネルソンは言った。「この女がそう言ってるだけってこともあるかもしんねえしな」

「ああ、そうだよ」とアイダ・ベル。「フォーチュンはヒーローに見えるよう、自分で毒を盛ったんだ。あんた、何が目的なんだい？」

「どういう意味だ」ネルソンが訊いた。

「あんたはあたしたちが気に入らない」アイダ・ベルが言った。「あたしたちはあんたに我慢がならない。なぜなら、あたしたちは人間で、あんたは違うからだ。共通点がひとつもないから、話すことだってひとつもない。そうとなったら、何が目的か言って、とっとと消えな」

　ネルソンの顔がこわばった。「おれの目的は、あんたらをおとなしく引っこませることだ。面倒を起こすのはやめろ。用のないところに首を突っこむのもやめろ」

「で、やめなかった場合はどうするの？」ガーティが訊いた。

「その場合はあんたらを本気でえらい目に遭わせてやるぜ、バッジをつけることになったからにはとりわけな」わたしの顔を見る。「あんたの彼氏も本気でえらい目に遭わせてやれるんだぜ」

「無理だと思うけど」わたしは言った。

一瞬、表情が揺らいだが、ネルソンはなんとか持ちなおした。「まあ見てな」わたしたちに背を向け、立ち去った。

「いまのなんだったの？」わたしは訊いた。

ガーティがフンと笑った。「あたしたちに最後通告を突きつけたつもりなんでしょ。あんなおばかに脅されるわけないじゃないね」

「本当のことを半分でも知ったら、あの男、カナダまで一目散よね」

アイダ・ベルがうなずいた。「とはいえ、そいつはかえって都合がいい――あいつは自分の敵を完全に見くびってる」

「あたしたちの実力をまったくわかってないわよね」とガーティ。「でも、警戒するだけの頭はある。それだけでもこっちには問題になるかもしれないわ」

「あいつがこっちを警戒してるのは、シーリアがあたしたちのことで愚痴をこぼして、自分から遠ざけておくように命じたからだよ、きっと」アイダ・ベルが言った。「あの男は生まれてこの方、自分の頭で考えたことなんてひとつもないからね。いまさら変わりゃしないよ」

「自分の頭で考えなくても、こっちの邪魔にはなるわ」とガーティ。

「うまくいけば、仕事をさぼるのに忙しくてなんにも気づかないかも」わたしは言った。

「うまくいけばね」アイダ・ベルも言ったが、そう信じているようには聞こえなかった。

道路を見やると、ネルソンが車にのりこんで走りだすところだった。黒いパーカーのフードをかぶったティーンエイジャーが、ネルソンの車が発進するまで待ってから公園内に入ってきて、キャンプファイヤーの向こうの、ほかには誰もいない場所へと歩いていった。彼がひとりきりで立っているのは必ずしも怪しくない——何しろ、わたしも人が大好きというタイプではない——けれど、パーティへの参加は強制ではないはずだ。それにこの暑さと湿気のなか、フードをかぶっているというのはちょっとおかしい。

「すぐ戻る」わたしはすばやく立ちあがった。

「何か気になることかい?」アイダ・ベルが訊いた。

「わからない。ここで待ってて。おかしなことに気づいたら、来て」

「日常とおかしなことの区別が、あたしたちにつくかしらね」ガーティがぶつぶつ言うのを聞きながら、わたしはキャンプファイヤーの向こうへと歩きだした。

三分の二ほどの距離を進み、ファンネルケーキを分け合っている高校生たちのそばまで来ると、わたしは立ちどまった。フードをかぶった少年は一歩も動いておらず、誰かが声をかけにくることもなかった。そばにはほかのティーンエイジャーもいないし、遊具などもない。隠れるところなしに近づく以外、選択肢はなかった。少年が使うつもりでポケットに銃を入れていたら、彼のところまで行く前に撃たれるだろう。

服装をチェックしたとき、アイダ・ベルはわたしがポケットナイフを隠しているのを見落としたが、攻撃姿勢で近づきでもしないかぎり、ナイフと銃弾ではほとんど勝負にならない。それに人の集まる公園で、ティーンエイジャーに走り寄って飛びかかるのは名案ではなかった。ナイフ片手ではなおのこと。もちろん、ここはシンフルなので、それもわたしが考えるほど大ごとではないかもしれないが。

なるようになれと心を決め、少年のほうへとまっすぐ歩きだした。一・五メートルほどの距離まで近づいたとき、彼が顔をあげてわたしをまっすぐ見た。この目には間違いなくどこか見覚えがある。

「フォーチュンだよな」それは問いかけというよりも断定だった。

「わたしたち、前に会ってる?」

彼はほほえんだ。「いや。でも、おれが聞いた人相が正確だった。聞かされてたよりもさらにセクシーだったけどな」

「聞かされたって誰から?」

「おじき」

それを聞いて、どこでこの鋭い褐色の目を見たか、ぴんと来た。「ヒバート一家の一員なのね」

うなずきが返ってきた。「蒸気《ヴェイパー》って呼ばれてる」

「変わった名前ね」

「あだ名さ。消えるのがうまいんだ」

「仕事にもよるけど、持っていて損はない才能ね」

彼は声をあげて笑った。「おれの仕事はヒバートの一員だってことさ」

「何歳なの？」

「充分大人だよ。おれに興味あり？」

わたしは彼の顔をまじまじと見たが、つい苦い表情になってしまった。「いま以上にヒバート一家と関係を深めるつもりはなし」

「リトルおじきがあんたは頭が切れるって言ってたな。ともかく、書類を預かってきたぜ」パーカーのポケットから四角くたたんだ紙を出す。「おじきからの言伝なんだが、その男や仲間のことは知らねえ、だから鎖を引っぱっていらつかせることもできねえってさ。こっちの言う意味がわかればだけど」

わたしは書類を受けとり、ジーンズの後ろポケットに入れた。「心配無用と伝えて。鎖はこっちで見つけるから」

ヴェイパーがにっこり笑った。「だろうな。ヒバート一家ともうちょっと距離を縮めたくなったら、おれに電話をくれよ」わたしの後方をちらっと見てからウィンクすると、彼は背を向けて歩きだした。

「早くも年下男にのりかえか？」カーターの声が右のほうから聞こえてきた。

振り返ると、彼がこちらに歩いてくるのが見えたので、ヴェイパーが急いで立ち去った理由がわかった。わたしが紙を渡されたところを、カーターに見られていないといいんだけど。カーターからよく見えない場所まで、ヴェイパーが遠ざかっていることを確かめようと、わたしは後ろを見て、眉をひそめた。

影も形もない。

まさか。わたしが目をそらしていたのはほんの一瞬だ。隠れるところがまったくない場所で、どうやったら姿を消せるというのか？

しかし公園内を、集まっているティーンエイジャーのグループも含めてすばやく見まわしたが、彼の姿はどこにもなかった。すばらしい。犯罪者の道を選んでいなかったら、ＣＩＡですばぬけて優秀な工作員になれただろう。わたしたちが幽霊《スプーク》と呼ばれるのには理由がある。

カーターが隣まで来た。「アイダ・ベルとガーティがピクニックテーブルのところにいるのが見えた。きみはどうしていつもの群れから離れているんだ？」

「交替で見まわりをしてるのよ。ほら、酔っ払って倒れたりだとか、無闇に主《しゅ》の名前を口にしたりとか……とにかく七月の金曜の夜に違法なことをする人がいないように」

カーターがにやりと笑った。「違法なことリストは長いからな。おそらくおれたちの目の前で十件ぐらい進行中だ」

「それなら、ネルソンがそのうちのどれかに気づく前に帰ってよかった」

カーターの笑みが消えた。「ネルソンがここに現れたのか？」

「そ。だけど、何が目的だったのかはわからない。車で来て、お金を払わずにファンネルケーキをせしめたかと思ったら、まっすぐアイダ・ベルとガーティとわたしのところへ来て、脅迫したのよ」

「きみたちを脅迫した？　なんて言って？」

「シンフルで起きていることに首を突っこむのをやめないと、困ったことになるぞって。それでもわたしたちが動じないのを見てとると、次はあなたのことで脅してきた。おれはあいつをえらい目に遭わせてやれるんだって」

カーターが険しい顔になった。「あの役立たずのクソ野郎」

「そんなこと無理だって言ってやった」

カーターの顔に笑みが戻った。「そういうところが好きなんだ」

「と同時に嫌いでもある」

「ひょっとしたら、きみの友達が好きじゃないだけかもしれない」

「水はおのれの高さ《レベル》を求めるって言うけど」

「はん。きみはあのふたりのことをわかっているつもりかもしれないが、約束する。アイダ・ベルとガーティと同じレベルの人間なんてひとりもいない。犯罪者と手品師の要素をかけ合わせて初めて、近づけるぐらいだ」

わたしは声をあげて笑った。「あのふたりはそれを褒め言葉と受けとると思う」

「わかってる。だから、おたがい二度と口にしないようにしよう」

そこで会話が少しのあいだ途切れ、カーターは公園内を見まわした。何をすればいいかわからないといった様子で。「ところで、あなたは何しにここへ来たの？」彼が自分から進んで顔を出してみようとするイベントには思えない。

カーターは驚いた表情を作った。「なんだって？　きみはおれに会えて嬉しくないのか？」

わたしのレーダーが反応した。彼がここへ来たのは個人的な関心からなどではぜんぜんない。アイダ・ベルとガーティ、そしてわたしを信用していないからだ。「あなたの動機に、わたしが何をしてるか確認するってことが入っていなければ、もっと嬉しかったと思う。わからないのは、高校生の集まったところでわたしたちがいったい何をたくらんでいるってあなたが考えたか。メリーゴーラウンドの下にメタンフェタミン製造所が隠されてるとでも思ってるの？」

一瞬、後ろめたそうな表情が顔をよぎったが、カーターはすぐに落ち着きを取りもどした。「違う。だが、アイダ・ベルとガーティが親切心からこの仕事にきみを誘ったとも考えてない」

「あのね、彼女たちに隠れた思惑があったとしても、わたしは関係ないから。ここへ来たのは、試合を五分に持ちこむため。老婦人ふたり対ティーンエイジャーの集団じゃ均衡が取れてるとは言えないでしょ」

「おおぜいから反論が起きるかもしれないぞ、問題の老婦人ふたりがアイダ・ベルとガーティじゃな」

「かもね。でも彼女たちが何を得られるって言うのかしら、足が痛くなるのとものすごく退屈すること以外に」攻勢に転じるタイミング。「それどころか、きょうわたしが見たこの町の人で、やっちゃいけないことをやってたのは、あなたとウォルターだけなんだけど」

「医者は釣りをしちゃいけないとは言わなかった」

「それで、あなたたちが本当に釣りをしてたなら、誰も問題とは思わなかったでしょうね」

数秒間、彼の顔をじっと見つめた。「爆発現場を見にいったんでしょ?」

「行ったならなんだって言うんだ」

「聞いて。ネルソンにしろ誰にしろ、あなたがその人と対立して、自分の正しいと思うことをやっても、わたしは問題とは思わない。なぜなら、あなたの判断力を信頼してるから。でもね、ほんの数日前、あなたは病院のベッドにいて、もう少しで死ぬところだったっていうのが現実なの。ふだんどれだけ健康かは関係ない。あなたの体はまだ痛手から回復するためにしかるべき時間を必要としているし、脳はほかのどの部分よりも状態がよくない。脳ってすべての采配を振るう場所なのよ。あなたは自分のマイクロプロセッサーを台なしにしようとしてるも同然」

ほんの少しやましそうな顔になったものの、カーターはあきらめが悪かった。「おれのことを思ってるみたいに聞こえる」

「思ってるわよ」意図したより強い口調になってしまった。

かまうものか。彼の顔をまっすぐ見た。「どんな気持ちだったか想像できる? ボートが水面から消えていくのを見て、自分たちが着くころにはあなたはとっくに沈んでるはずだとわかったときに？　想像できる？　あの何も見えない水のなかに飛びこんで、頼りにできるものも何もなく、ただひたすら奇跡が起きることを祈っていたときの気持ちを？　どんなにつらかったかわかる？　あなたがヘリで搬送されていくのを見て、自分が病院に着くころには生きているかどうかわからないと思ったときに？」

最後のところで声が少し詰まってしまったため、わたしはますます腹が立った。こんなことぶちまけるつもりなかったのに、いまとなってはもう引っこめられない。

カーターが驚きと罪悪感の入り交じった表情でわたしをまじまじと見た。「すまない。きみの身になって考えたことが一度もなかった。正直なところ、自分の立場からしか考えてなくて、すべて忘れ去ろうとしていたんだ。心から謝る。おれはきみが……」

「心配するとは思ってないの？」

「いや。そうじゃない。このあいだのことがきみにとってどれだけ負担だったか考えていなかったんだと思う」ポケットに手を突っこみ、フーッと息を吐いた。「おれたち、何をしてるんだろうな、フォーチュン？　おれときみは」

以前のわたしなら、〝キャンプファイヤーの前に立ってるだけ〟とすぐさま答えただろう。でも現在のわたしは皮肉を言う気分ではなかった。現在のわたしには怖いという気持ちしかない。「わからない」

「きみにわからないなら、考えなくていいか」

「あ、あなたはわかるの？」

カーターが目を見開いた。「おれは、あー」

「だと思った。あなたもわたしと同じ程度までしか考えてない、それが現実で、考えようとすると、毎回同じいくつもの障害にぶちあたる」

「おれに見える障害はひとつだけだし、それは夏の終わりにきみがどうするつもりかってことだ」

第11章

偽らざる返事は、わからない、だった。しかしそう答えれば、カーターはその理由を自分にあると考えるだろう。実際は、わたしが晴れてワシントンＤＣへ戻れる身となるか、あるいは別の隠れ場所へ移る必要が生じるかわからないがために、夏の終わりにどうするかはわからないのである。どちらにしろ、その時点になったら芝居は終わり、ほかのシンフル住民と共にカーターも本物のサンディ＝スーに会って、わたしが嘘をついていたことを知るだろう。

「自分の家に帰るのか？」

「わたしの生活があるのは向こうだから。どうしろって言うの？　すべてを投げだして、ここへ引っ越してこいとか？　そうしたらどうなる？　わたしはお金持ちじゃないし、こっちに仕事があるわけじゃない。そもそもこの町にはわたしのスキルに合った仕事がない」

ヒバート一家のために働くなら別だけど、あれは選べる選択肢ではない。

「先に認めるけど、わたしはあなたに信じられないくらい惹かれてる。いっぽう、わたしたちはまだつき合いはじめたばかり。つき合ってるって言えるかどうかって段階よ。相手のために自分の生活を変えるようなところまではぜんぜん来てない。実のところ、そんな日が来るかどうかもおたがいわからない」

「おれは……そういうふうに言われてみると……」カーターはため息をついた。「きみに荷物をまとめて引っ越してきてくれと頼むのは、まったく理不尽だってわかってるし、嘘じゃなく、おれが言いたかったのはそういうことじゃないんだ」

「夏の終わりにわたしはどうするつもりかって訊いたじゃない。ほかにどういうことが言いたかったたって言うの？」

「たぶんおれは、八月の終わりになったら、きみはバスにのって帰っていき、それっきりになるんだろうかって考えたんだと思う」

わたし自身、答えがわからないというのに、どうしたら答えられるだろう。わたしは本当の自分を説明するわけにいかないし、たとえ説明した結果、自分やカーター、そのほかシンフルに住む人たちに危険が及んだりしなかったとしても、それでもいまの問いかけには答えられない。ここしばらく、わたしは自分の人生や選択、そして友達や家族、幸せの定義について頭のなかで格闘してきた。その結果、ただひとつ確実にわかっているのは、シンフル前の自分は完全に間違っていたということだ。すべてを捨てて新しい環境に飛びこんでもいいと思っているわけではない。そんなことが自分にできるかどうかもわからない。でも確かなことがひとつある。わたしは生まれて初めて自分の人生をきびしい目で見なおし、そうしたら足りないものがあると気がついた。

「それっきりにはならないと思う」ようやくわたしは言った。「ここで出会った人たち抜きの人生なんて想像できないから。でも、ここで暮らす人生も想像できない」首を振る。「この町へ来たおかげで、わたしはいろんなことについて自問するようになったけど、残念ながら答えはひとつも見つかってない」

カーターがわたしの手を取り、ぎゅっと握った。「わかるよ。本当だ。中東から戻ったとき、おれは人生のあらゆる面を検討しなおしたが、自分には何が必要か、考えが固まるまで長い時間がかかった」

わたしはうなずいた。カーターが除隊後、人生を見なおしたときの話を思いだして。「でも、あなたは答えをここシンフルに見つけた。目指したことすべてが攻撃されているいま、あなたどうするつもり?」

「おれが職を失えば、おれよりもシンフルのほうがずっと困ることになる。自分の幸せを仕事に振りまわされるなんてまっぴらごめんだ。保安官助手になれる場所はほかにもあるし、そこには必ずいい釣り場と穿鑿《せんさく》好きのおばあちゃんがいるだろうよ」

「エマラインはどうするの？」

「ときどき会いにくるさ。あるいはおふくろが引っ越すか。まあ、手はいろいろある。要するに、おれは何かひとつのことに生き方を左右されるのはごめんなんだ。軍隊生活は毎日一秒残らず、おれの百パーセントを求めてきた。自分をあそこまで捧げるような真似はもう二度としない」

「自分がわかったのね」

「まあ、そんなとこかな」

わたしは息を吸ってからフーッと吐いた。「わたしにわかってることを話す。わたしには大好きな仕事があるけれど、ほかにも必要なものがあるってことがだんだんわかりはじめてきた。あなたと一緒に過ごすのが好きだし、それが終わるのは嫌。その先、そのほかのことは何もわからない」

カーターは顔を寄せ、わたしの唇にそっとキスした。「それなら、いまはそれで充分だ」

「夏の終わりについては？」

「そのころには、ふたりで答えが出せていると思う」

彼の声には自信が感じられたので、わたしは気持ちが楽になってよかったはずだった。でもカーターは事実をすべて知っているわけじゃない。彼はわたしが本の保管と延滞料の回収に打ちこんでいると思っている。どうしてもやめたくない仕事がＣＩＡの暗殺者だと知っても、カーターの自信は揺らがないだろうか？　そもそもわたしに対する気持ちが変わってしまうのでは？

　わたしは無理やり笑顔を作り、彼と手をつないでピクニックテーブルへと歩きだした。何度自問したところで、答えを得るただひとつの方法はすべてを正直に話すことだとわかっている。でも、それはできない。いまはまだ。それに、自分に正直になるなら、どんな答えが出るのか不安だった。

「ウォルターはどんな具合？」さらに不安が高まったりはしない話題に変えたかった。

「相変わらず頑固で気むずかしい」

「言いかえると、問題なしってこと？」

「そのとおり。おれが出てくるときはおふくろが来て、掃除と食品庫の片づけをしてた。ウォルターは苦痛に耐えてるような顔をしてたな――ガスがたまってたときに撃たれたみたいな――ってわかるか？」

　わたしはフッと笑った。「ウォルターならきっと大丈夫」

「どうかなあ。長年、女にあれこれ言われることなく静かな暮らしをしてきたから。うちのおふくろのことはかわいがってるけど、どんな男にも限界ってものがある」

「で、その限界には食品庫の片づけも含まれるわけ？」

「その前におふくろはウォルターの下着にアイロンをかけおえていて、今度はビールを全部処分したんだ、いまは痛み止めを服《の》んでるからって」

「ふうん。あなたはお母さんを家から追いだしたりしなかったわよね」

「そんなことするわけないだろ、おれはそこまでいかれてない。それに、おれは息子だからな。南部ルールにはありとあらゆる種類があって、たとえば、怪我をしたときには家も毎日の生活も母親にまかせると決まってるんだ」

「結婚していた場合は？」

「たいていの嫁さんは、怪我したか体調を崩した夫の世話なんて喜んで人にまかせるよ」

「いい指摘だわ」ミッションで親指を骨折したハリソンと一緒に、トルコに潜伏していた週末は特別に長く感じられた。ハリソンはずっと文句を言いっぱなしで、まるで何時間もスチームローラーの下敷きになっていたのかと思うほどだった。救出がもう少し遅れたら、わたしは彼のほかの骨を折ってやっていたと思う。同じ文句を聞くのに嫌気が差して。

「おれの具合は訊かないのか？」とカーター。

「訊かない。料理してくれって頼まれそうだから」

彼は声をあげて笑った。「バスから降りてバイユーに靴を投げこんだときから、きみが家庭的なことをするのは一度も見たことがないな。頼むとしたら、テイクアウトを受けとってきてくれっていうのがせいぜいだ」

「あのエアボートがあれば、またたく間にフランシーンのお店に行って戻ってこられる」

カーターはわたしの顔をじっと見てから、かぶりを振った。「あいつにのるのが楽しくて仕方がないんだな」

「決まってるでしょ！　あのボート、本当に滑るように水面を進んでいくから、ほとんど飛んでるみたいなの。アイダ・ベルは自殺願望があるにちがいないけど、それでも高速エンジンの扱いを心得てるのは確か」

カーターは足をとめ、わたしのほうを向いた。「きょう、スタンピーのところできついことを言ってすまなかった。つけ加えるなら、おれはきみが、あるいはガーティが楽しむのを邪魔したいわけじゃない。でもガーティが、ウォルターのボートの舳先《へさき》をすっ飛んでいったとき、彼女は死んだと思ったんだ」

「ガーティのことが本当に心配だったのね」少し意外だったけれど、考えてみればぜんぜん意外ではなかった。

「ああ。ガーティはすごく祖母を思いださせるんだ」カーターはほほえみ、ふたたび歩きだした。「きみも大好きになったと思う。本当に活発な人《ピストル》だったんだ、アイダ・ベルみたいに。でもガーティみたいな〝なんでも試してみる〟精神の持ち主でもあった。おれは祖母よりすごい人はいないと思ってたし、おふくろが三十代で白髪が出てきた理由はたぶん祖母だ。とにかく、きょうはちょっと熱くなりすぎた。だから謝る」

「気にしないで。思いやりがあってすてきだと思う。それに正直言って、わたしは最初からそんなに乗り気じゃなかったの。でも、あのアリゲーターにのってたときのガーティの顔、あなたにも見せてあげたかった。あれが死のミッションになる前のって意味よ」

「想像できる。ガーティの具合は？」

「もう少しで両腕とも根元からすっぽり抜けるところだったから、痛み止めクリームを大量に消費することになるはず。製造元の第三四半期の利益が急上昇するくらいに。でもまた元気になる」

わたしがそう言いおわるかおわらないうちに、ティーンエイジャーの一団が歓声をあげたかと思うと、大型の音楽プレーヤーからMCハマーの〈U・キャント・タッチ・ディス〉が爆音で流れだした。やたらだぼついた金ぴかのパンツをはいたティーンエイジャー十人くらいが、キャンプファイヤーの前に走りでたかと思うと、同じ振りで踊りはじめた。

ガーティがはじかれたように立ちあがり、両手を叩いた。「フラッシュモブよ。悔しい、知ってたら、あたしもハマー・パンツを持ってきたのに」

「ああいうの持ってるの？」わたしは訊いた。

「あなた、持ってないの？」ガーティはダンサーたちのほうへ向かって歩きだした。「とにかく、あたしも一緒に踊ってくる」

アイダ・ベルがあきれた様子で首を振った。「五秒もたたないうちに腕が音をあげるよ」

ダンサーたちを見て、五秒ももたないだろうとわたしは判断した。彼らはまるで熱い石炭の上に立ってバスケットボールのシュートをしているみたいに見えた。すさまじい勢いだし、それほどそろっているとも言えない。ガーティは彼らの真ん中に走りでると、手脚を激しく振りまわしはじめた。

カーターがピクニックテーブルの上にあがってから腰をおろした。

「これは動画に撮らなきゃ」わたしは携帯電話を引っぱりだし、ガーティがしっかり映る場所をさがしつつ、ダンサーたちの前へと移動した。

「ガーティときたら、YouTubeで赤っ恥をかくまで気がすまないんだよ」アイダ・ベルが言った。

「アリゲーターにのっての大冒険をわたしが録画できてたら、すでにそうなってたんだけど」

ガーティが腰を突きだすような振りをしたところで、わたしは少しズームした。そのとき、何か白いものがダンサーたちのあいだをころがっているのに気がついた。携帯電話をさげて、アイダ・ベルを見る。「さっき火をつけたとき、ガソリンは全部使いきった？」

「いいや。ポリタンクの半分ぐらいだけだよ」

ポリタンクにズームすると、ころがりながら茶色い液体がまわりに飛び散っているのが見えた。さらにズームしたところ、ずっと後ろのほうに別の白い影がちらっと見えた。「えっと、アイダ・ベル、さっきの高校生はガソリン入りのもうひとつのポリタンクをどこに置いた？」

「知らないよ。どけなとしか言わなかったから」

「そう。あのね、誰かがあとでそれを動かしたみたい。キャンプファイヤーの前、三メートルくらいのところに置いてあるから。でもって、なかは空に見える」

アイダ・ベルが眉をひそめた。「誰かが火にガソリンを足したなら、あたしたちが気づいたはずだ。炎が月まであがっただろうからね。あたしが見てくるよ」

彼女はダンサーたちの後ろにまわり、ミルク用のポリタンクを持ちあげた。眉をひそめ、底にさわってみてから周囲を見まわす。顔をあげてこちらを見たとき、アイダ・ベルはパニックの表情を浮かべていた。

どんな問題が起きたのか、わたしが察するより先に、アイダ・ベルがダンサーたちのあいだに飛びこんで叫びだした。「みんな、火から離れな！　地面にガソリンがこぼれてるよ！」

冗談じゃない！　ポリタンクの中身が漏れていたのだ。ということは、キャンプファイヤーのまわりの地面がガソリン浸しになっている。わたしがもうひとつのポリタンクを目でさがすと、それは相変わらずダンサーたちの足元をころがっていた。もしキャンプファイヤーの火が広がったら、ころがる爆発物になる。

「ガーティ」わたしは声を張りあげた。「そのポリタンクをつかんで！」

ガーティは一瞬困惑した顔になったが、わたしが指している足元を見て、ポリタンクを持ちあげた。わたしが手を振り動かし、そのポリタンクを火から離れたところへ運ぶように指示すると、彼女は踊っている一団から小走りに離れた。わたしはダンサーたちのところへと急ぎ、その場から離れるよう大声で命じた。しかし彼らはアイダ・ベルを見たときのような、頭おかしいんじゃないのという顔でこちらを見た。

わたしは一番近くにいたダンサーの腕をつかんで引っぱった。「下がガソリン浸しになってる。火から離れて」

目を丸くしたかと思うと、彼女は友達の腕をつかんで一緒に引っぱっていった。残りのダンサーの何人かは、仲間がいなくなったことに気づき、踊るのをやめた。

「なんだよ、つまんねえな！」ひとりのティーンエイジャーが叫び、水がたっぷり入ったボトルをダンサーたちに向かって投げつけた。彼はクォーターバックではなかったようだ。というのもボトルは完全に狙いがはずれて、キャンプファイヤーのなかに飛びこんだからだ。燃えて脆くなっていた薪がまっぷたつに割れ、長い切れっ端がまだ残っていたダンサーたちのほうへ飛んできた。運よく全員がパキッという音を聞いて振り返ったため、彼らはそろって大慌てで逃げだした。

燃える薪が地面に落ちるやいなや、炎があがると同時に草の上を這った。ガーティは迫りくる炎をひと目見て、ポリタンクを持ったまま駆けだした。

そのときだ。わたしがそちらのポリタンクからも中身が漏れていることに気づいたのは。

彼女が走ると、底から漏れたガソリンが背後の地面に筋を描き、炎がキャンプファイヤーから道路へ向かって公園内のスロープをまっすぐ進みだした。

「それを捨てて！」わたしはガーティに叫んだ。

彼女が振り返ったので、わたしはポリタンクを指差した。「ガソリンが漏れてる！　そのタンクを捨てて」

背後をちらっと見て、炎が追ってきているのに気がついたガーティは、目を皿のように丸くした。道路まで六メートルほどという位置で、彼女は腕を後ろに引き、砲丸投げのようにしてポリタンクをほうり投げた。

飛んでいくタンクのまっすぐ先にあったのは、ちょうどそのとき停車した一台の車だった。

ポリタンクはドスンという大きな音を立てて車のボンネットをへこませたが、すぐに割れて、まだ残っていたガソリンを四方にまき散らした。炎がすばやく地を這っていくなか、ガーティは横に飛びのいて倒れ、動かなくなった。車を運転していた人物が外に飛びだしてきたが、それがシーリア・アルセノーだと気がついたわたしは、うめかずにいられなかった。

道路に向かって走りながら、彼女に急いで離れるようにと叫んだ。炎は歩道を進んでいく。シーリアは一瞬動けなくなったものの、火が車の側面を伝いあがった瞬間に飛びのいた。車全体が燃えあがったが、そのときわたしは炎の塊となった車が前進していることに気づいた。

走る方向を変え、屋台のほうへ向かいながら、頭がおかしくなったみたいに両手を振って、屋台の人たちを逃がそうとした。トレイラーから出てきた人たちは騒ぎを目にした。ケイラが夫の腕をつかみ、火から遠くへと走って逃げだした。二、三秒後、シーリアの車がケイラたちのトレイラーにぶつかり、両方とも激しく燃えあがった。その前にいたプレッツェルの屋台はトラックがつながれたままだったので、店主はエンジンをかけるとアクセルを踏みこんだ。タイヤを軋らせてトレイラーが発進し、プレッツェルやソーダを後ろに点々と落としながら走り去った。

もう誰にも害は及ばないことを確認するとすぐ、わたしはガーティのところへ走って戻った。彼女は上半身を起こして地面に座っていた。あたりを見まわし、燃えさかる炎を見た瞬間あんぐりと口を開けた。「何が起きたの？」

「長い話になるから」わたしは答えた。「消防車が来たら話す。まずはもう少し離れたほうがいい」ガーティが立ちあがるのに手を貸し、火からある程度離れた歩道へと急ぐと、そこには高校生がおおぜい集まっていた。キャンプファイヤーのほうを振り返ったとき、アイダ・ベルとカーターが、それぞれ足を引きずるティーンエイジャーを助けながら歩いてくるのが見えた。すでに遠くでサイレンが鳴り響いている。公園をもう一度見ると、手をつけられないほど炎が燃えさかっている。近隣へと延焼しないうちに、消防車が到着してくれるよう祈った。

カーターはティーンエイジャーを座らせると、急いでこちらへと歩きだした。すぐ後ろにアイダ・ベルも続く。「大丈夫か？　火傷《やけど》は？」

わたしたちは首を横に振った。

「よかった」安堵がにじむ声で彼は言った。

サイレンが大きくなったかと思うと、消防車が一台、猛スピードで角を曲がってきた。消防士たちが飛びおり、ホースをつかんで公園に駆けこむと、炎に向かって放水しはじめる。さっきまで燃えていた地面から湯気があがり、あちこちに煤で黒くなった場所ができた。二台目の消防車が到着して車と屋台の消火に取りかかる。

「危ないところだったね」アイダ・ベルが言った。

「危なすぎよ」わたしは答えた。「ティーンエイジャーはみんな無事？」

「ああ」とアイダ・ベル。「逃げようとしてころんだ子が何人かいたけど、足首を挫いたのがひとりかふたりって程度だと思うよ」

安堵がどっと体を駆けめぐった。「もっとたいへんなことにならなくてよかった」

「それを言うのはまだ早いんじゃないかしら」ガーティが目玉をぐるりと右にまわした。見ると、シーリア・アルセノーがのしのしとこちらへ歩いてくるところだった。顔が真っ赤だが、暑さのせいでないのは間違いない。

「あんたたち三人の責任よ」彼女は言った。

「ふざけんじゃないよ」アイダ・ベルが答えた。「こんなことにならなきゃよかったけど、これは事故だ。キャンプファイヤーの点火用に高校生がガソリンを持ってきたんだけど、それが漏れてたんだよ」

シーリアの目が三角になった。「それで、あなたたちはそういうやんちゃ小僧を監督するはずだったわよね、町を全焼させるようなばかな真似をしないように」

「町を燃やすなら、あなたのほうこそいい仕事したじゃない」わたしは言った。

彼女は勢いよくこちらを向いた。「あたしの車にポリタンクを投げつけたのはあんたでしょ。ネルソンに連行されるときは最前列で見物させてもらうわよ」

「そうできるといいわね」わたしは両手を突きだした。「よく嗅いでごらんなさいよ。ガソリンのにおいなんてこれっぽっちもしないから」

シーリアは鼻にしわを寄せ、わたしの手から後ずさった。「あんたがなんと言おうがかまわないわ。大事なのは、あんたたちがこの行事のシャペロンだったってことと、だから修理費用はあんたたちに払ってもらうってことよ」

「でもって、おれたちのトレイラーにかかる金はあんたに払ってもらう」コルビーが前へ出てきてシーリアをにらみつけた。その後ろをケイラがそわそわとうろついている。「シフトレバーをパーキングに入れずに車から飛びおりるなんて、どこの間抜けだ」

シーリアが目を丸くした。「車に火がついたのよ」

「そんなこと、おれには関係ない」コルビーは言った。「あんたの車のせいでおれたちは商売ができなくなったってだけじゃなく、そもそもあんたは金を払っておれたちにここに出店させたんだからな。トレイラーの費用と、新しいのが来るまで稼げなくなった分をあんたとシンフルの町に弁償してもらおう」

「でも……でもそれはあの人たちの責任なのよ！」シーリアはわたしたちのほうに両手を振り動かした。

コルビーはシーリアに指を突きつけた。「奥さん、あんたがこの町でどんな地位にいようとかまわない。おれにとって大事なのは、あの車から飛びおりた人間はひとりだけで、それはあんただったってことだ。あしたの朝、おたくの保険会社から連絡が来るのを待ってる。もたもたすると、こっちから会いにいくからな」

「コルビー、やめて」ケイラが懇願して彼の腕を引っぱった。「きっと何もかもちゃんと弁償されるから」

コルビーはくるっと振り向いて彼女を見た。「いい加減にしろ。そもそもおれたちがこんな小さな町に来たのはおまえのせいじゃないか」

勢いよく向きを変え、彼は大股に歩き去った。ケイラは何か言いたそうな顔で残ったものの、すぐに向きを変えて夫のあとを追った。シーリアがくるっとこちらを向いて怒りの目つきになった。

「先に言っておく」カーターが釘を刺した。「ガソリンを持ってきたのは彼女たちじゃないし、ボランティアに責任を負わせることはできない。やってみるのは自由だが、勝ち目はないぞ。どの生徒がガソリンを持ってきて、どの生徒がそれを火のそばに置いたか、突きとめられでもしないかぎり、判事は大笑いしてあんたを法廷から追いだすだろうな」

「わからないわよ」シーリアはそう言うと、わたしたち全員を殺したそうな顔でねめつけてから、自分の家のほうへ向かってドスドスと歩き去っていった。

「シーリアったら、車をあのまんま残していく気?」ガーティが言った。「町全体が燃えあがってもかまわないの?」

「勝手にすればいいさ」とアイダ・ベル。「シーリアがいると面倒が増すだけだ」

「屋台用トレイラーの件、コルビーとケイラが気の毒」わたしは言った。

「同感だわ」とガーティ。「トレイラーと売りあげの損失が、保険でカバーできるといいんだけど」

「何かしら入ってるはずだよ」アイダ・ベルが言った。「とはいえ、コルビーの言うとおりだ――損失がどんな額になるかわからないけど、町が負担することになるだろうね」

「それでも、あす必要な支払いには間に合わない」とガーティ。「それにみんな知ってることだけど、保険会社は何をするにも時間がかかるわ。日曜日に教会で寄付を募るといいかもしれないわね」

「それは名案だ」アイダ・ベルが言った。「あたしから牧師に話すよ」

「寄付にはおれも入れてくれ」カーターが言った。「教会に行くのはパスしとくけど」

「不信心者」わたしは言った。

カーターがフンと鼻を鳴らした。「おいおい。きみが行くのはアイダ・ベルとガーティに必要とされてるからだろう、バナナプディング競走で勝つために」

「もうその必要はなくなったわ」ガーティがしかめ面になった。

「そうだった。フランシーンがバナナプディングを出さないなら、競走もなしだものね。今回のごたごたのなかで、教会に行かなくてすむようになったっていうのは唯一嬉しい変化かもしれない」

「不信心者」ガーティが言った。

「どのみちわたしは居眠りしてたし、それは知ってたでしょ」

「なんであたしが聖歌隊に入ってると思う?」アイダ・ベルが訊いた。「一定の時間ごとに立ちあがって歌う必要がなかったら、あたしゃいびきをかいてるよ。ドン牧師は悪い人じゃないけどね、どんな話題を取りあげても居眠り大会にしかねない」

消防士のひとりが大声で何か言うのが聞こえ、彼らがホースを持って消防車へ戻っていくのが見えた。「火はおさまったみたいね」わたしは言った。

炎が消えると、公園を照らすのは歩道の街灯から届く光だけになった。シーリアの車の近くの歩道から、焼け焦げた芝生が一本の筋になって伸びているのが見えた。車とトレイラーは煙をあげるひしゃげて真っ黒な金属の塊と化している。

「片づけは楽しい仕事にならなそう」わたしは言った。

「ならないわね」ガーティが賛成した。「それにあしたは小さな子たちが癇癪《かんしゃく》を起こすでしょうよ、公園に行くのは駄目だって母親に言われて」

「騎兵隊が到着した」わたしはネルソンが車から降りるところを指して言った。

彼は足をとめ、高校生たちに話しかけた。生徒たちは今晩のおもしろいことは全部終わったと判断したらしく、のろのろと通りを歩いて帰るところだった。ネルソンは頭がいかれたみたいに両手を振りまわしてどなっている。ティーンエイジャーたちはいかれた相手を見るような目つきで首を振り、そのまま歩いていってしまった。

そこでネルソンはわたしたちを見つけ、のしのしと歩いてきた。「いったい全体何が起きたんだ？」詰問するような口調で訊く。

「エイリアンが来襲したの」ガーティが答えた。「それで公園全体に火を放ったのよ。高校生たちを連れ去りたかったんだと思うわ」

ネルソンの顔がさっと紅潮し、彼は何か言おうとして口を開いた。しかしアイダ・ベルがそれをさえぎった。

「本当のことを話してやんな」そう言って、ガーティにウィンクした。

「わかったわ」とガーティは答えた。「本当のことを言うと、あたしたち、十字架を燃やしていて、それが手に負えなくなっちゃったのよ。知ってるでしょ、あたしたちバプティストがどういうことをするか」

ネルソンの全身がこわばるあまり、強い風が吹いたらまっぷたつに割れてしまいそうだった。「おまえらがよからんことをたくらんでるのはわかってるんだぞ。手錠を持ってきてれば、逮捕してやるところだ」

カーター、ガーティ、そしてわたしはそろって手錠を引っぱりだし、ネルソンに差しだした。

第12章

「こ、これで終わりと思うなよ！」ネルソンはくるっと背を向けると歩きだし、消防士のひとりをどなりつけた。

わたしたち四人は同時に顔を見合わせ、噴きだした。ガーティが笑いすぎて涙を流しながらわたしの腕をつかんだので、ふたりともしゃがみこんで熱に浮かされたみたいに笑いつづけた。「やろうと思っても、いまみたいに完璧なのって無理」わたしは言った。

「まったくね」とガーティ。「いまのネルソンの顔、一生忘れないわ」

「ああ」カーターが言った。「あいつもおれと同じぐらい戸惑ってるだろうな。いったいどうして、ふたりは手錠を持ってるんだ」

ガーティとわたしは顔を見合わせ、ふたたび笑いだした。ガーティがそんなことどうでもいいと言うように手を振った。「アイダ・ベルはどうして持ってないのか、訊いたほうがいいんじゃない？」

アイダ・ベルは涙をぬぐった。「あんたの手錠は取りあげたと思ってたんだけどね」ガーティに言う。

ガーティがうなずいた。「取りあげたわよね。でもあたしはスペアをブラのなかに隠してたの」

カーターが顔を歪めた。「本気で居心地の悪い話になってきたな。それにどうせ三人とも真面目な返事はしそうにないから、おれはこれで帰ることにする」

「あたしもそうするよ」アイダ・ベルが言った。「タンクのお湯を使いきるぐらいにシャワーを浴びないと、灰のにおいが取れそうにない」

「公園が全焼しそうになったことの利点ね」ガーティが言った。「予定より二時間は早く帰れるわ」

カーターが顔を寄せ、わたしにすばやくキスした。「またあした」

彼の背中をしばらく見送ってから振り返ると、アイダ・ベルとガーティがわたしを見てにやついていた。「やめて」

「いいじゃないの」とガーティ。「人の恋路を見てわくわくするぐらい」

「もし何かわくわくするようなことが進行中だとしても」わたしは言った。「話すのはアリーが先だから。彼女からはもうせっつかれてるの」

ガーティがうなずいた。「それは仕方ないわね。アリーは若くて、自分も幸運をつかむ望みを捨ててないから」

「何言ってんだい」とアイダ・ベル。「あんたは年とってるけど、いまだに幸運をつかむ望みを捨てちゃいないだろう」

「ちょっと待って」わたしはガーティを見た。「あなたたちはふたりとも独身を通すって決めてるんだと思ってた」

ガーティがわたしの肩をポンポンと叩いた。「幸運をつかむのと、独身を通すのは排反事象じゃないのよ」

わたしは鼻にしわを寄せた。「わかった。でも念のために言っておくと、わたしは人の話を聞いてわくわくしたいとはまったく思わないから、セックス絡みではね」

アイダ・ベルが声をあげて笑った。「だろうねえ。さ、ガーティがまた別の車を燃やす前に帰ろうじゃないか」

「さっきのは事故だったのよ」わたしのジープに向かって歩きだしながら、ガーティが言った。「ポリタンクはもう少し横に投げるつもりだったんだけど、この痛む腕じゃ、充分振りかぶれるだけ持っていられなかったの」

アイダ・ベルが彼女の背中を叩いた。「こう考えればいいじゃないか——これからはみんな、キャンドルをともした結婚式の一件は忘れちまうよ」

車のキーを出そうとしてポケットに手を入れたわたしは、突然ヴェイパーと書類のことを思いだした。「わたしったらばか」

「どうして?」ガーティが尋ねた。

「さっきキャンプファイヤーの向こうに行ったのは、気になるティーンエイジャーがいたからで——フードをかぶった子だったんだけど——彼はリトル・ヒバートの甥っ子だったの。で、指紋照合の結果を渡されたんだった」

「ちょっと!」ガーティが言った。「大事なことを先に言いなさいよ。結果はどうだったの?」

「わからない。受けとった直後にカーターが現れて、そうしたら今度はあなたがダンスに加わって、そのあとは知ってのとおり」

「緊急会議の時間だね」アイダ・ベルが言った。「あたしん家かガーティの家か。フォーチュンのとこにはアリーがいるだろうから」

「食べるものがあるのはどっち?」わたしは訊いた。「おなかが空いて死にそうなんだけど」

「うちならポットローストとブラウニーがあるわ」ガーティが答えた。

「じゃ決まり」わたしはジープに飛びのった。

公園にいた集団はのんびり帰途についていて、多くが歩道ではなく車道を歩いていた。彼らのあいだを縫うように進み、わたしたちは二ブロックほど離れたガーティの家に着いた。車をとめたとき、ＳＭＳの着信音が聞こえたので、わたしは携帯電話を出して見た。アリーからだ。

公園を全焼させたのはあなたたちのうちの誰？

わたしはにやりと笑った。

当ててみて。

ガーティ？

本当のこと言うと、公園の火事は事故だったんだけど、ガーティはシーリアの車をのれなくした。

うそっ《ＯＭＧ》。詳しく教えて！

これからガーティの家にちょっと寄るの。帰ったら話す。

「どうしたの？」ガーティが訊いた。「カーターがもうあなたのこと恋しくなったとか？」

「いまのはアリーからで、わたしたちの誰が公園を全焼させたのかって」

「あなた、なんて答えたの？」ガーティが訊いた。

「もちろんガーティだって答えた」

「そんなこと言ってると、あなたには食べさせてあげないから」

「無理だと思うけど。あなただって指紋照合の結果が知りたくてしょうがないでしょ、わたしに負けず劣らず」

アイダ・ベルがうるさそうに手を振った。「くだらない話はやめてなかに入ろうじゃないか」

わたしたちはキッチンに直行し、ガーティが冷蔵庫から煮込み用の鍋を出すと、コンロにかけた。「こうすると五分かかるけど、電子レンジを使ったら味が変わっちゃうのよ」彼女は冷蔵庫からビールを三本出してテーブルに置くと、アイダ・ベルとわたしの反対側に腰をおろした。

わたしはポケットから書類を出し、読みはじめた。「デューイ・パーネル。三十一歳。住所はニューオーリンズ」

アイダ・ベルとガーティが顔を見合わせた。

「知ってる？」わたしは尋ねた。

「知ってるとも」アイダ・ベルが答えた。「デューイは本物の問題児だった。まだ入学もしないうちに石を投げて学校の窓を全部割ったからね。五歳児クラス《キンダーガーテン》に入ってから二週間すると、担任教師が短期障害休暇を申請したんだけど、理由は精神的苦痛……で、認められた」

ガーティがうなずいた。「三週目、デューイは昼寝の時間にほかの子三人の頭をポケットナイフで剃っちゃったのよ。代理の教師はカウンセリングが必要になった」

「それと弁護士もね」アイダ・ベルが続けて言った。「一年生になるころには、学校側が我慢の限界に達していて、デューイが同級生をダクトテープで机に縛りつけたあげく、その子の運動靴に火をつけたときに退学処分にしたんだ」

「ほぼ同じころ、カトリック教会からも出ていってくれと言われたのよ、聖水におしっこをしたから。デューイの母親はようやく息子には問題があるのかもしれないと認めて、精神科医にかからせたの。その精神科医に二年ほどかかったあと、デューイは三年生からやっと学校に戻れたのよ。それまでは母親がホームスクーリングで勉強させてたの」

「それで、彼はましになってたの？」

「そうねえ」ガーティが答えた。「ましっていうのは比較してってことだから。ほとんどの住民は以前のデューイからするとよくなったと考えたはずよ。それでもあの子は、本来求められるレベルから数光年離れてたわね。ただし今度は、追いだされたりしないようにごまかすことを覚えていた」

「まだ治療ができていなかったなら、どうして精神科医にかかるのをやめたの？」わたしは尋ねた。

「精神科医が心臓発作を起こしたんだよ」アイダ・ベルが答えた。

「驚きじゃないわね」わたしは言った。「そんな男が高校生になったらどんな問題を起こしたのか知りたい――テロの脅迫とか子犬を溺死させたりとか？」

「いいえ。そこが妙なところなのよ」ガーティが答えた。「まるで、ある日誰かに空気を抜かれたみたいだった。正確に言うと、人が変わったんじゃなくて、まったく人でなくなったみたいな」

アイダ・ベルもうなずいた。「ただ毎日を過ごして卒業して、そのあと姿を消した。一度母親に息子のことを尋ねてみたんだけど、はぐらかされてね。よからぬ道に進んだんだろうと思ってたよ」

「彼が華々しく散る瞬間が、ニューオーリンズにいるあいだに来てくれたらよかったのに。こっちに戻ってきてからじゃなく」わたしは言った。

「まあね」とガーティ。「誰かシンフルの人間がかかわってるってことは、あたしたち最初から当たりをつけてたじゃない。デューイが死んだからには、密売人たちは場所を移すかもしれないわ」

「関係者のなかにシンフルの人間がほかにもいたら、話が違ってくる」わたしは言った。

「デューイの職歴は書いてあるかい？」アイダ・ベルが訊いた。

「レストラン二軒で皿洗い。バーテンダー。最近は移動遊園地で働いてた」

「移動遊園地ですって？」ガーティが聞き返した。「それはまたデューイにぴったりね」

「ほかに何が書いてあるかって言うと」わたしは書類にすばやく目を走らせた。「逮捕歴の長いリスト。ほとんどがつまらない罪状——こそ泥、すり、麻薬所持。でも、密売にかかわったという記録はなし」

「製造人だとすれば、売買にかかわることはない」アイダ・ベルが言った。「ボスが誰にしろ、製造人と売人は分ける。売人が中間業者を省くことはあるけど」

「リトルはデューイについて何か知っていた？」ガーティが訊いた。

「ヴェイパーの話だと知らないって」わたしは答えた。

「ヴェイパー？」アイダ・ベルが聞き返した。

「姿を消すのがうまいせいでついたあだ名らしい。二秒ぐらいでわたしの視界から消えたから、かなり的確なあだ名みたいね」

「ほかには何か言ってたかい？」アイダ・ベルが訊いた。

「ヒバート一家は麻薬の製造人についても、その仲間についても情報を持ってないって」

「彼らは真実を話してると思う？」ガーティが訊いた。

わたしは肩をすくめた。「判断はむずかしいけど、たぶん話してると思う。指紋から、彼らの求める答えが出ていたら、わたしにこの情報を与える必要がある？」

「そうだね」アイダ・ベルが言った。「仲間としてわかってるのは誰なんだい？」

わたしは書類に目を戻した。「仲間としてわかっているのは、リップ・サラザー、コンラッド・フレデリクス、リン・フォンテノー、それにベネディクト・グレンジャー」

アイダ・ベルとガーティがそろって反応した。「知っている名前があった？」

「ベネディクト・グレンジャーはシンフルの人間よ」ガーティが言った。「いまもこの町に住んでるわ」

「ほんとに？」わたしは聞き返した。「それは予想外だった。ベネディクトって、このあたりじゃ変わった名前になるんじゃない？」

アイダ・ベルが目玉をぐるりとまわした。「母親が英国かぶれでね。家の外に英国旗を掲げてたぐらいだ」

「メイソン＝ディクソン線の南で？　自殺願望でもあったの？」

「旗を撃って穴を開ける人たちがいたわね」ガーティが言った。「穴が十個ぐらいになったところで、彼女もあきらめたわ」

「それで、ベネディクトはまだこの町に住んでるの？」

「ああ。模範的住民とは言えないやつだよ」アイダ・ベルが言った。「油井《ゆせい》作業員だけど、仕事を続けるのは酒代がたまるまでじゃないかね。聞くところによると、石油掘削リグにいるより、〈スワンプ・バー〉にいる時間のほうが長いらしい」

ため息。「それじゃわたしたち、また〈スワンプ・バー〉へ行くわけね。ねえガーティ、もし町のみんなのために尽くしたいって気持ちがあるなら、次に放火魔モードになったとき、あのバーまで行ってみたら？」

「そんなふうに言われてもちっとも腹が立たないわ」とガーティ。「なかなか名案だから」

「製造所のあった場所でガーティが見つけたブックマッチだけど、ベネディクトの人物像に合ってそうよね」

「それが何を意味するか、わかってるかい？」アイダ・ベルが訊いた。

わたしはぐったりと椅子にもたれた。「〈スワンプ・バー〉まで行って、そのベネディクトってやつが何か疑わしい行動に出ないか様子を見るってこと」ふたりに指を突きつける。「でも、フッカーみたいな格好は二度としないし、濡れTシャツコンテストには絶対に出ないから」

「そうだ！」ガーティがぴんと背筋を伸ばした。「いま思いだした。きのうのお祭りで〈スワンプ・バー〉の常連たちが話してたんだけど、あした店のおごりでザリガニパーティが開かれるんですって。昼間に」

「そいつは悪くないかもしれないね」アイダ・ベルが言った。「無料で食えるとなれば、常連客はみんな来るだろう」

「昼間の〈スワンプ・バー〉なんて本当に見たい？」わたしは聞いた。「薄暗くてもかなり汚らしいのに」

「常連客はさらに汚らしさが目立つでしょうね」ガーティが言った。

「また別の楽しみだわ。暗くなってからふしだら女みたいな格好であの店に行って、薄暗いなかに座ってるのとは違って。それはともかく、わたしたち三人が真っ昼間に現れたら、奇妙に見えない？　なんて言うか、あそこにいる連中が、わたしたちの誰かに自分から進んで情報を提供するとは思えないんだけど」

「そこは問題だね」アイダ・ベルも同意見だった。

「そりゃ、いまみたいな格好だったらうまくいかないだろうけど、もっと荒っぽい感じにする手もあるわ」ガーティが言った。

アイダ・ベルとわたしは彼女をまじまじと見つめた。

「わかった。それじゃ、三人とも行かないほうが簡単かもしれないわね」とガーティ。

「わたし本当にうんざりしてるんだけど、安酒場にいるふしだら女になるのは」

「あたしも一緒になかまで入る」ガーティが言った。「お店へはアイダ・ベルにエアボートで送ってもらえばいいわ。そうすれば、急いで脱出しなければならなくなったときも問題ないでしょ」

〈スワンプ・バー〉になじむ服装なんてガーティにできると思えなかったし、すばやく逃げなければならなくなる可能性を考えるとますます気が進まなかった。とはいえ、情報を得るための選択肢としてはわたしがベストだ。残念ながら、〈スワンプ・バー〉にいる男たちはわたしの〝バー好きなふしだら女〟キャラに反応する。喜ぶべきか、落ちこむべきか。

「ねえ、その男がこの町に住んでるなら、家を見張ればいいんじゃない？」わたしは言った。

「最後に聞いた話だと」アイダ・ベルが答えた。「ボート暮らしをしてるんだよ」

わたしは目を見開いた。「ほんとに？　たいしたボートを持ってるのね」

「いいや。ポンコツもいいとこさ。でも、家賃や光熱費を払わない人間は、選択肢がなくなるからね。あの男を相手に金が絡むことをしようって人間はシンフルにはいないだろう」

「最高。それじゃ酒を飲んでいるか、二、三日、次の飲み代《しろ》を稼ぐために働くかしていないときは、酔いつぶれてバイユーのどこかを漂ってるってわけ」

「まあ、そうだね」アイダ・ベルが答えた。

「それじゃ中間業者として完璧じゃない」わたしは言った。「バイユーのあちこちで一日中のらくらしていても誰にも怪しまれることがない。そこで暮らしているわけだから」ため息。「オーケイ、ガーティとわたしがそのザリガニパーティへ行く――でも、わたしはなんにも食べないから――で、そのベネディクトって男をさがして、彼がほかに仲間を連れてきてるかどうか確かめる。それでいい？」

アイダ・ベルがうなずいた。

「たいした成果はあがらなそうだけど」わたしは言った。

「そうだね」アイダ・ベルも同意した。「でも、そこは押さえておかないと」

「少なくとも高校生がドラッグをやってないってことはわかったわ」ガーティはそう言って立ちあがり、ポットローストをよそいはじめた。

「それはよかったよね」アイダ・ベルが言った。「流通しはじめる前にとめられれば、嬉しいじゃないか」

ドラッグがティーンエイジャーのあいだにまだ広まっていないようだとわかったのは、わたしも嬉しかったのでうなずいた。でも、良心の呵責を強く感じていた。あまりにたくさんの嘘。現時点では省略によるものばかりだが、だからといって気持ちが楽にはならなかった。

「何か気になることがあるの？」ガーティがわたしの前にポットローストの深皿を置きながら尋ねた。

「何も」わたしは答えた。「全部」

「そのふたつのあいだにはちょいと隔たりがあるよ」とアイダ・ベルが言った。

「あたしたちに話したい？」ガーティが訊いた。

「話したい」わたしは答えた。「と同時に話したくない」

「まあ、あんた一貫性はあるようだね」アイダ・ベルがそう言ってほほえんだ。

ガーティが深皿をさらに二枚、テーブルに置いてから自分の席に座った。「食べて、それから話してごらんなさい。両方やったら、いまより楽になるわ」

ポットローストをひと口食べると、正直、少し気持ちが上向いた。コクがあってちょっとスパイスの効いたスープに厚切りの牛肉、ポテト、ニンジンが入っていて、ビールにぴったりだ。「ポットローストはすごくおいしいんだけど、話したところで何も解決しないと思う」

「あんたが何を悩んでるにしろ、あたしたちは解決策を持ってないかもしれない」アイダ・ベルが言った。「でも、ガーティの言うとおりだ。ただ話すだけで、ある程度気持ちが落ち着くときもある」

わたしはもうひと口食べてからうなずいた。「わかった。わたし、みんなに嘘をつくのがつらくなってきてるの。ものすごく間抜けな話に聞こえるのはわかってる。ふたりともわたしが何者で、本業が何かを知ってるから特に。そもそもわたしの仕事って、嘘を頻繁に、うまくついて、良心の呵責を感じないことにかかってるわけだから」

「確かにね」アイダ・ベルが同意した。「しかし、そうした嘘はあんたが大切に思う相手につくわけじゃない」

わたしはため息をついた。「そう」

「いまあなたを特に悩ませている嘘ってある？」ガーティが訊いた。

「いくつもある。あすを例に取れば、アリーはカフェでの仕事があるのはほぼ間違いなしだから、彼女抜きで〈スワンプ・バー〉行きを実行するのに口実を作る必要はない。でも、カーターを避けるために、何か言い訳を考える必要が出てくるでしょ」

アイダ・ベルがうなずいた。「あたしたちの課外活動は、カーターが仕事をしてるときのほうがずっとやりやすかったよね」

「それに例の指の件がある」わたしは言った。「結局、わたしたちでは何もつかめなかったらどうする？　証拠を引き渡すまで、どれくらい待つ？　ふつかぐらい？　それともカーターが仕事に復帰するまで？」

ガーティとアイダ・ベルが顔をしかめた。

「恥ずかしながら」アイダ・ベルが言った。「そこまで考えてなかったよ。でも、あんたの言うとおりだ。ネルソンが無能なせいで、保安官事務所は麻薬製造所の存在に気づいていない。製造人の身元を知ってるのはあたしたちとヒバート親子だけ。カーターが仕事に復帰したら、指紋のことは話さないとならないね」

「話したらどうなると思う?」わたしは訊いた。

「最低最悪の雷が落ちるでしょうね」ガーティが答えた。「やれやれ、面倒なことになったわ」

「先走るのはやめとこう」アイダ・ベルが言った。「デューイの残りの仲間もさがしだせたら、簡単なのはすべてをヒバート親子にまかせて、こっちは問題がいまより悪化する可能性はなくなったと安心することだ。そうなれば、誰もいま知っている以上のことを知る必要はなくなる」

「でも、本当に安心なんてできる?」わたしは身をのりだして、ふたりを見つめた。「あなたたちはヴェトナムにいた。詳しい話は聞いてないし、してもらう必要もない。ただ当時は、一般市民ならするはずのないことをしたはず。わたしは自分の仕事に関してずっと前に気持ちの折り合いをつけた。大義があり、無辜《むこ》の人々を守るためだと知っている。たとえほかには誰もわかってくれる人がいなくても。でも、ヒバート親子が人々に危害を加えるのを許すっていうのは……」

キッチンが静まり返り、聞こえるのは壁掛け時計の音だけになった。アイダ・ベルとガーティがどちらも考えこむような表情になったので、ふたりが従軍時代を振り返り、いま自分たちがしていることを総体的に見ようとしているのがわかった――シンフルの安全と自身の倫理基準の重みをはかっている。判断はむずかしい。たとえ問題の標的が悪人であると明らかな場合でも。

たとえ引き金を引くのが自分ではなくても。

「あたしの考えを言うと」アイダ・ベルが沈黙を破って言った。「ヒバート親子が始末をつけることになっても、あたしは特にまずいとは思わない。なぜなら、結局そうなったはずだからさ、あたしたちが彼らに情報を渡そうが渡すまいが」

ガーティもうなずいた。「あたしも同じ考えよ。病院に密告者がいるから、彼らはすでに覚醒剤の問題について知っていた。あとは密売が始まるのを待って、業者を追いつめるだけでよかった。あたしたちの助けがなくても、かかわってる人間をさがしだせる耳を彼らは持ってる」

「そして結果は同じ」わたしは言った。

ふたりともうなずいた。

「オーケイ。それならわたしもかまわない」

「よかった」とガーティ。「ところであなたの気持ちは少し楽になった？」

ある程度楽になったけれど、一番大きな問題はいまだ心の奥にひそんでいた。古傷がちくちくと痛みつづけるように。

「カーターから、夏の終わりにわたしはどうするつもりなのか訊かれた」

ガーティが目をみはってアイダ・ベルの顔を見た。

「で、なんて答えたんだい?」アイダ・ベルが尋ねた。

わたしは肩をすくめた。「なんて答えられる? 自分でもわからないのに。アーマドは行方がわからないし、わたしの首には賞金がかかったまま。夏の終わりまでに何が起きるかわからない。来週の終わりまでに何が起きるかもわからないんだから」

ガーティが思いやりのこもった表情でわたしを見た。「あなたにとってはむずかしいわよね。アイダ・ベルとあたしはいまシンプルで起きていることばかりに気を取られて、そもそもどうしてあなたがここにいるのかをときどき忘れてしまうようだわ」

「ほかには真実を知っている人間がいないってこともね」アイダ・ベルが言った。「っていうのはさ、あんたの正体を知る人間がほかにいないってことはわかってるけど、ときどきあんまり考えなくなっちまうんだよ、嘘で固めた生活をしているあんたが、どれだけたいへんか」

わたしはうなずいた。「あなたたちといるとき、わたしは素の自分でいられる。でもほかの人の前では、嘘の自分を演じなければならない。ヘマをしないようにするのが日に日にむずかしくなってきてる」

「一緒にいてくつろげるようになればなるほど」ガーティが言った。「見せかけを保つのがむずかしくなるってことよね。わかるわ」

「あんたが曖昧な返事をしたら、カーターはなんて言った?」アイダ・ベルが尋ねた。

「気に入らない様子だった。でもわたし、指摘したの。こっちに来てまだ一カ月なのに、これまでの生活をすっかり変えることを期待されても無理だって」

「それはまったく筋の通った返事だね」アイダ・ベルが言った。「あんたが本物のサンディ＝スーだったとしても」

「でしょ。カーターも納得してた」

「それで、どうすることになったんだい？」アイダ・ベルが訊いた。

「いままでどおり、だと思う。夏の終わりが来てもまだつき合っていたら、答えはおのずと明らかになるだろうって考えているみたい、カーターは」

「でも、彼は真相を知らない」ガーティが指摘した。

「そのとおり」わたしは椅子の背にぐったりともたれた。「それだからこそ、わたしはカーターをそういう目で見ないようにしていたの。そりゃ最初から彼に惹かれてた。でも、どんな面倒なことになったか見て。夏の終わりまでこのまま進んでいったら、事態はさらに悪化するだけ」

「いまはもう真実を話したっていいんじゃないかしら」ガーティが言った。

「駄目。カーターは逃げだしはしなくても、わたしを守ろうとするだろうから。そうなったら、さらにまずい」

「そうだね」アイダ・ベルが言った。「カーターはもうフォーチュンに入れこんでるし、とにかくヒーロータイプだ。フォーチュンの正体を知っても、自分が守らなければと考えるだろう」

わたしはうなずいた。「でも彼はそれが必然的に何を意味するかわかってない。わたしを追っているのがどれだけ恐ろしい男か、どんなにしっかり説明しようとしても、言葉ではわかってもらえないと思う」

「それに、カーターでは力不足だからかかわるべきじゃないなんて説明しようとしたら、彼を侮辱することになるものね」ガーティがため息をついた。「独身のほうがずっと簡単だわ」

「本当に男ってのは手に負えないよね」アイダ・ベルが同意した。

「まあ、それはさておき」わたしは言った。「あなたたちに話しても解決しないって言ったのは、解決策なんて存在しないからだったの。さて、いまのがわたしの心に引っかかっていること——しばらく前からなんだけど、この二、三日ますますひどくなって」ふたりに小さくほほえみかけた。「でも、話したおかげで前より気持ちが楽になった」

ガーティが手を伸ばしてきて、わたしの手をポンポンと叩いた。「いつだって誰かにわかってもらえると気分がよくなるものよ、いま自分は壊れた傘を握りしめてクソ《シット》な嵐のなかに立ってるんだってね」

まとめの言葉としてはかなり的確だったと思う。

第13章

翌朝、わたしは早くに目が覚めた。あるいは、ほとんど眠れなかったと言うべきか。午前五時ごろ、アリーが仕事に出かける用意のために寝室を動きまわるのが聞こえてきたが、わたしはベッドから出なかった。ようやくひと眠りできるのではと期待して。七時になったところでついにあきらめ、キッチンへとおりていった。

昨夜はアリーが寝ずに待っていて、きのう起きたことをすべて話さなければ爆発しそうだった。ガーティとアリゲーターのフロートの話からシーリアの車が炎に包まれた一件まで、キッチンで語るのに一時間ほどかかり、そのあいだわたしたちは声をあげて笑ってはクッキーを食べた。深夜十二時を過ぎたころ、アリーがそろそろ寝ないと翌日の仕事あがりまでもたないと言って、二階へあがっていった。わたしも少しして彼女に続いたが、熱いシャワーをゆっくり浴びても、待ち望んでいた眠りは訪れなかった。

きわめて単純なことだけれど、悩みが多すぎた。そのため、つぎつぎと問題が頭に浮かんでくる悪循環がとまらず、わたしは浅く、短い眠りのあいだに奇妙であざやかな夢を見ては輾転反側《てんてんはんそく》した。目が覚めたときはベッドに入ったときよりも疲れているように感じたが、前日がどんな一日だったかを考えれば、それがどれだけたいへんなことかわかるだろう。

スクランブルエッグを作りながら、きょうの予定以外はすべて頭から追いだそうとした。わたしがひとつ学習したとすれば、〈スワンプ・バー〉へ行き、まともな状態で帰ってきたければ、百パーセントの集中力が必要になるということだ。これまでのところ成功したためしがないが、今回は歩いて入っていき、歩いて出てこようと心に決めていた。命懸けで走ったりせずに。着ているものはごみ袋だけなんてことにもならずに。オートバイの後部座席でドライバーに必死にしがみついたりもせずに。

スクランブルエッグとトーストを前に腰をおろしたとき、携帯電話から着信音が聞こえた。手に取って確かめると、カーターからメッセージが届いていた。誰もが早起きしているらしい。

けさは病院でまたMRI検査があるのを忘れてた。午後に会おう。

首から緊張が抜けていくのを感じた。これで午前中の問題がひとつなくなった。アリーは仕事、カーターは病院となれば、わたしたちの〈スワンプ・バー〉遠足に障害はなし。運がよければ、必要な情報を集めて誰にも気づかれずに帰ってこられるかもしれない。

そう自分に言い聞かせつづけることにした。

〈スワンプ・バー〉でのパーティは十一時ごろ始まる予定なので、ガーティとアイダ・ベルは九時半にうちへ来ることになっている。ガーティとわたしが変装をする必要があるからだ。

どんな服を着るべきとガーティが考えているのか、わたしにはいまだ見当もつかないし、かなり不安だったが、彼女はわたしの望まない部分が露出していたり、走るのが無理だったりするものを着ることにはならないと約束した。ならばもう少し安心できてよさそうなものだが、ガーティの約束には余白が多すぎて、わたしの想像力ではとうてい追いつかない。いっぽうガーティは九〇パーセントが想像力、五パーセントが現実、五パーセントが宇宙人である。

朝食を食べおえると、ハリソンからメールが届いていないかどうか確認するためにノートパソコンを開いた。そんなに早く返事が来るとは思わなかったし、何か大きなことが起きたら、彼は危険でもＳＭＳを送ってくるだろう。それでも、わたしは確認せずにいられなかった。受信ボックスが空なのを見るとがっかりしたが、すぐにモードを切りかえ、デューイについてインターネットで検索してみることにした。

数件の検索結果が得られたが、一件以外はデューイの名前が載った最近の逮捕に関するニュース記事だった。どの記事もリトル・ヒバートから受けとった情報と合致した。一番最後にヒットしたページは移動遊園地の短い広告で、観覧車の前に立つデューイとほかにふたりのスタッフが写った写真があった。キャプションに彼の名前がある。ほかのふたりはリトルから受けとった書類になかった名前だ。

成果なし。

次にデューイの仲間だと判明しているリップ・サラザーについて検索してみたが、結果はゼロだった。意外ではない。リップはニックネームで、実名ではないのだろう。コンラッド・フレデリクスについては一件見つかったが、死亡記事だった。三十二歳、デューイが働いていたのと同じ移動遊園地の元スタッフ、死因は薬物の過剰摂取。わたしたちがさがしている男のようだ。記事の日付は一年前。容疑者リストからひとり消えた。

リン・フォンテノーについては検索結果が多すぎて、区別がつかなかった。最初の二十件かそこらを読んでみたけれど、デューイとつながる詳細は見つからなかった。名前が平凡すぎる。よその土地では違っても、ルイジアナ州ではメアリー・スミスに相当する名前だ。最後に残った名前——本日の冒険のテーマ——について検索すると、二件の結果が現れた。一件目は支払命令のリストで、ベネディクトの名前はスピード違反の項に載っていた。二件目はニューオーリンズの地方紙が、酒場での喧嘩で逮捕者が出たことを報じた記事だった。ベネディクトは喧嘩に加わったうちのひとり。

かなりの男のようだ。ランチを一緒に食べるのが待ち遠しい。

ノートパソコンを閉じると二階へあがった。まずしっかり目を覚ますために冷たいシャワーを浴びるつもりだった。そのあとジーンズにタンクトップ、そしてテニスシューズを選ぶ。ランチパーティへ出かけるのに、バー好きのふしだら女の格好としてわたしがやってもいいと思うのはその程度だ。それに、歩いて入っていき、歩いて出てくると心に誓っていても、全力疾走できる服にしておいて困ることはない。

ガーティがどんなつもりでいるにしろ、それは彼女の胸にしまっておいてもらおう。

玄関ドアを開けたわたしは、目をしばたたき、それからこすった。

「やめときな」アイダ・ベルが言った。「そんなことしたって、少しもましにならないよ」

彼女の隣にはガーティが立っていたけれど、わたしが訓練を受けた工作員で、なおかつガーティが来ると知っていなければ、彼女とはわからなかっただろう。わたしと同じくジーンズにタンクトップという服装だが、似ているのはそこまで。ガーティのあざやかなピンクのタンクトップには黒い革のベストが重ねられている。ジーンズには黒い革のライディングチャップスを重ねばき。首にはシルバーの飾り鋲《スタッド》がついた黒い革のカラー。髪は赤いバンダナでアップにまとめ、大きな偏光サングラスをかけて紫の口紅を塗っている。

そのうえ、恐ろしい部分はまだこれからなのだ。

両腕の端から端までと、タンクトップとベストからのぞいている部分にタトゥーが入っている。それもびっしり。赤、緑、青、黒そして黄色の曲線が肩から手首まで両腕をうねっている。タンクトップの胸元からは赤いバラの花束が突きだし、広がっていて、まるで誰かにペイントガンで撃たれたかのように見える。

「いったいどうしたの？」わたしは訊きながら、早くなかに入るよう手振りで示した。誰かに見つかって、縄張り争いが始まったりしないうちに。

「いけてるでしょ？」ガーティはサングラスをはずしつつ、にんまり笑った。

真っ黒なアイライナーとあざやかな青のアイシャドーを見て、わたしはたじろいだ。ファッションに関してはほとんど何も知らないが、黒はなんにでも合うとはよく聞く。誰が言ったにしろ、それは間違いだ。ガーティが着ているものは何ひとつ調和していない。小さいときに受けさせられたテストを思いだした――いくつもの物体を見せられ、仲間はずれをひとつ選ばされる。ガーティの装いの場合、正しい答えは〝全部〟だ。

「どこから駄目出しを始めたらいいのか」わたしは言った。

「終わりもないからね」とアイダ・ベル。「たぶん最初から始めないでおくのが一番だよ」

「自分は革製品を身につけないと言わんばかり」ガーティが言った。

「おかしいねえ。あたしはバイクウェアを着るよ、バイクにのるときにね。ただしファッションで自己主張するためには着ない」

「ふたりとも〝古くて退屈な石頭〟なんだから」とガーティ。「これは〈スワンプ・バー〉へ行くのに申し分のない変装よ。誰もあたしだって気がつかないし、あたしはすぐまわりに溶けこめるわ」

かなりやりすぎだし、ぎょっとさせられる格好だが、彼女の言うことに一理あるのは認めざるをえなかった。ガーティだと気がつく人間は絶対ひとりもいないだろうし、彼女の装いは〈スワンプ・バー〉でわたしが見た男女の装いそのままである。男の場合、メイクアップは当てはまらないけれど、革とタトゥーは確かに人気があった。

ガーティがバッグを持ちあげた。「あなたの格好を仕上げるアイテムを持ってきたわ」消えるタトゥー、青いバンダナ、黒い革の指なし手袋を引っぱりだす。「ベストやチャップスは好きじゃないと思ったから。それに、胸の谷間が見えたほうが男どもから情報を引きだしやすいし、チャップスに関してはあたし、ライバルにいてほしくないのよ。革のチャップスからのぞくこのお尻を見たら、あのバーにいる全員が〝彼女と同じ年になっても、あれぐらい格好よくいたいものだ〟って考えるにちがいないわ」

アイダ・ベルが首を横に振った。「あんたをひと目見るなりこう思うだろうよ、自分もあの年まで長生きしたいもんだって」

「勝手に言ってなさい」ガーティがやり返した。「キム・カーダシアンなんて、こういうチャップスの下に何もはかないのよ」

「あきれて言葉もないね」アイダ・ベルがぶつぶつ言った。

わたしはタトゥーシートを手に取り、先住民アートのような赤と黒の曲線模様を眺めた。

「こんなのを肌に入れるつもりないから」

「それはすぐに消えるのよ」ガーティが言った。「ちょっと石鹸で洗えば、簡単に落ちるの」

「本当に？」わたしは訊いた。〈スワンプ・バー〉の常連とのもめごとはもう何度も経験しているが、正直言ってタトゥーを入れていれば、彼らに疑われずにすみそうな気はする。とはいえ、夏の終わりまで、八〇年代のヘヴィメタファンやラッパーのような見た目で歩きまわるつもりはさらさらなかった。そんなことになるぐらいなら、自分で自分を始末する。

「絶対よ」ガーティは答えた。「きのうの夜、小さいのを脚で試してみたの。シャワーを浴びたらすぐに落ちたわ」

わたしはアイダ・ベルを見た。「前に来たことのあるやつだって気づかれるのを防げるかも」

アイダ・ベルは肩をすくめた。「あんたの肌だからね。あんたが怒ったスズメバチみたいな腕をして歩きまわりたいなら、あたしが何か言う筋合いじゃないよ」

「時間はどれぐらいかかるの？」わたしは訊いた。

「一番むずかしいのはシートをきれいに並べることなの」ガーティが答えた。「少なくとも三十分はかかるわ」

「それじゃ、すぐ取りかからないと」

「浴室でやるほうがいいと思うのよ。あなたは腕を浴槽の上に突きだせばいい。そうすれば、あんまりまわりを汚さずにすむ」

「名案」掃除が必要になることは避けたい。「この家の浴槽は人がふたり余裕で立てるから」

ガーティがバッグからタンクトップを取りだし、わたしに差しだした。「タトゥーを入れおえたら、これに着がえて。こっちのほうがしっくりくるわ」

黒いタンクトップを広げると、真ん中にメタリカのロゴが入っているだけだったのでほっとした。「これなら着てもかまわない」

「それとスポーツブラはやめてね。胸の谷間が見えないと駄目だから」

アイダ・ベルが顔をしかめ、テレビのリモコンに手を伸ばした。「あたしはここでテレビを観てるよ、耳を清めるために大音量にしてね」

「そんなことしても、わたしたちを見なければならないのは同じよ」わたしは指摘した。

アイダ・ベルはリクライニングチェアに腰をおろした。「目は家に帰ってから漂白するよ」

ガーティとわたしは二階へあがった。ガーティは黒のハイキングブーツを脱ぎ、ジーンズの裾をまくって浴槽のなかに入った。わたしは浴槽の側面にタオルをかけ、腕を突きだした。ガーティは水を出し、タオルを使ってわたしの腕を濡らしてからタトゥーを入れはじめた。

三十分後、わたしはプッシュアップブラとメタリカのタンクトップを身につけ、腕にはワシントンDCにある自分のアパートメント中から集めたよりも多くの装飾を施されていた。髪はポニーテールにまとめてそこにバンダナを結び、サングラスをかける。鏡に映った自分を見ると、何度もまばたきをした。

「すばらしいわ」ガーティがこちらを見てにんまりした。「髪を染められたらもっとよくなったと思うけど、エクステだってことを考えると、提案するのがはばかられて」

「そうね、それは絶対に〝ノー〟だった」シンフルへ来る前に無理やり変えさせられた髪型に、特別な愛着があるわけではなかったけれど、嫌いだと言ったら嘘になる。ブロンドのロングヘアにしていると母に似て見えるため、わたしは胸がざわつくときがあった。でも最近になって、似て見えるのは悪いことではないと思えるようになった。子供のころ、わたしはいつも母がこの世で一番美しい女性だと思っていた。そのせいで自分が母にそっくりだということを受けいれるのが、ときどきむずかしいのだ。

「あなたのこと、誰も前に見たことのある女だとは思わないわよ」ガーティが言った。

「そう祈りましょ。現れただけでトラブルが押し寄せてきたら、ベネディクトをこっそり観察するなんて無理だもの」

「こっそり観察するためにはあいつがいてくれないと」

「まあね、あんまり働かない男なら、無料の食事と安いビールのあるところには必ず顔を出すでしょ」

ガーティがうなずいた。「牢屋に入れられてないかぎり」

「確かに」

「急ぎなって！」アイダ・ベルのどなり声が聞こえてきた。「仮装パーティに出かける時間だよ」

わたしたちはアイダ・ベルの待つ一階へと急いでおりた。彼女はわたしをひと目見るなり、まばたきを繰り返した。

「感想は？」ガーティが訊いた。

「あんたたちはニューオーリンズのショッピングモールによくいる哀れな母娘組だね。母親が娘の姉妹に見られたがってるやつ」

「はいはい」ガーティが言った。「でも、〈スワンプ・バー〉にいる人間は、彼女のこと見覚えがある女だって気づくと思う？」

「あたしは気がつきそうにないね、ボートにのりこむまで」アイダ・ベルが答えた。

「言ったでしょ」ガーティはわたしにウィンクした。ベストのポケットから携帯電話を取りだし、アイダ・ベルに渡す。「あたしたちの写真を二、三枚撮って」

「それはやめておいたほうがいいと思う」わたしは言った。

「いいじゃない」とガーティ。「ほんの数時間したら、このみごとなアート作品は消えて、あたしたちが最高にいかす格好をしてた証拠はなくなっちゃうんだから」

「法執行機関にとっても証拠なしになるはずだけどね」アイダ・ベルはそう言いながらも、写真を数枚撮った。

「あなたはいつだって、トラブルが起きるって考えるのよね」とガーティ。「どうしてそんなにマイナス思考なのか、理解できないわ」

アイダ・ベルはやれやれと首を振り、廊下を歩きだした。わたしたちは彼女のあとを追ってボートまで行ったが、ガーティはのりこむとすぐベンチに座った。わたしと口論すらせずに。アリゲーターのフロートにのったおかげで、高速で飛ばしたいという情熱が少し失われたのかもしれない。

「バンダナをはずしなさい」彼女はわたしに言った。「のっているあいだはジーンズのポケットにしまっておいたほうがいいわ」

「了解」わたしはバンダナをほどいた。目的地到着までポニーテールがもってくれるよう祈った。まずくすると、ほどかないまま寝てブラッシングもできなかったみたいな頭になりそうだ。言いかえるなら、ますます場に溶けこみやすい頭に。

わたしが座席に腰をおろすやいなや、アイダ・ベルはボートを発進させ、絶叫マシンにのっているような時間が始まった。とはいえ、正直言って、こうして〈スワンプ・バー〉へ向かうのは過去のどのミッションよりもスリル満点だった。このちょっとした捜査が終わってもまだわたしの幸運が続くようなら、今週末は宝くじを買ってみよう。

わたしたちが着いたとき、〈スワンプ・バー〉の岸にはボートが並び、歓声やらわめき声がにぎやかに聞こえて、パーティはすでに大盛りあがりのようだった。まだ十一時になったばかりにもかかわらず。アイダ・ベルは充分な余地を空けておいてすばやく脱出できるように、ほかのボートから少し離れたところにボートをとめた。万が一のことを考えて。わたしはいつもそう自分に言い聞かせている――〝万が一〟。まずいことが起きるのはごくまれと無理にでも考えていれば、問題は何ひとつ起こらないとでも言うように。いまのところはストレッチジーンズに走りやすい靴を履いてきてよかったと感じていて、それはつまりトラブルなしに逃げおおせる自信がその程度だということだ。

エアボートから降りたガーティとわたしは、古い杭にボートを舫《もや》ったが、すぐにほどけるように結び目を緩くしておいた。わたしは携帯電話を取りだし、確認した。「電波なしは相変わらず」

「想定内さ」アイダ・ベルが言った。「心配ないよ。ここに座ってれば、たっぷり三十メートル先まで見える。走ってくるのが見えたら、余裕で舫いを解いてボートを出す準備ができる、あんたたちが飛びのってくるまでにね」

彼女は後ろポケットから野球帽を引っぱりだしてかぶり、そのあと〈ホットロッド〉（アメリカの自動車雑誌。改造車やマッスルカーなどが専門）を出した。

「なんでそんなもの読んでるの？」ガーティが雑誌を指差した。「あなた、車は売ったじゃない」

「そうなんだけどさ、バイクは実用的じゃない場合が多い気がしてきたんだよ」

ガーティはフンと鼻を鳴らした。「たとえば、乗り手が百歳の場合とか？」

「違う。あたしが言いたかったのは、ほかに人をのせてすばやく脱出するとか、そういう場合だよ。エアボートで行ける場所は限られてるしね」

わたしは顔をしかめた。「逃走用車両が必要だから、スピードの出る車を買おうと考えてるの？　それってものすごく恐ろしいことに聞こえるんですけど。わたしたちは銀行強盗じゃない。逃走用車両なんて、必要としちゃおかしいでしょ」

「でも現実だからね」アイダ・ベルはそう言って雑誌を読みはじめた。

反論するつもりで口を開いたものの、言うことを何も思いつけない。

「ねえ、偽名を考えておいたほうがよくない？」わたしは訊いた。

「あの店にいる人間があたしたちの名前を気にすると思う？」とガーティ。

「その、わたしは酔った男にも酔ってない男にもナンパされるから」

ガーティが顔をしかめた。「あら、そうね。あたしがそういうことに悩まされたのは二、三年前までだから」

アイダ・ベルが鼻を鳴らした。「一世紀前だろ」

ガーティはアイダ・ベルをきっとにらみつけた。「フォーチュンはリトル・ニッキーでいいんじゃないかしら。あたしはアイスピックにする」

「神よ、われらを救いたまえ」アイダ・ベルは雑誌を眺めながらぶつぶつ言った。

「もうちょっと〝今週のギャング映画〟っぽくないのがいいと思うんだけど」わたしは言った。「ティナとメアリーはどう？　どっちでも好きなほうを選んで」

「いいわよ」とガーティ。「あたしがティナになる」

「それじゃ、とっとと片づけちゃいましょ」わたしは喧騒のほうに向かって手を振った。

まだ早い時間にもかかわらず、パーティは大盛況だった。店内からカントリーミュージックが大音量で聞こえてくるので、なかをのぞくとテーブルに座っている客、ダンスフロアで踊っている客が見えた。ポーチの片側には座ってカードゲームをしている面々、反対側にはクォーターズ（硬貨をショットグラスに入れる飲酒ゲーム）をやっている面々。店の前の芝地ではステンレスの巨大な鍋数個のまわりに人が集まっていて、何を料理しているにしろ、すばらしくおいしそうなにおいがしていることは認めざるをえなかった。ここでは何も食べないという誓いがたちまち消えうせた。運がよければ、捜査のあいだにちょっと味見をする時間ができるかも。

「昼間の光のなかだと、みんなさらに見た目がよくないわね」わたしは言った。

集まっている人々をさっと見まわしてから、ガーティが顔をしかめた。「ことし一番の控えめ表現ってところね」

「ベネディクトはいる？」

ガーティは首を横に振った。「見えないけど、なかにいるかもしれないわ」

「確かめてから、見張る場所を見つけないと」

「誰か——あたしたちをじろじろ見たやつはいた？」

わたしはあらためて周囲を見まわし、ガーティが正しかったことに気づいた。わたしたちが通りかかると、そのときやっていたことをやめてこちらを見た客が二、三人いたが、本当にちらっと見ただけだった。そのことには勇気づけられたが、同時に恐ろしくも感じた。

「あなたの衣装選びは正しかった」

ガーティがにんまり笑った。「言ったでしょ、あたしにまかせなさいって」

「とにかく最後までばれないよう祈りましょ」

店内に入ってみたが、すばやく見まわしただけで、なかにもベネディクトはいないとわかった。「飲みものを買わないと」わたしは言った。「そのほうがまわりに溶けこめる」

「待ってました」ガーティはそう言うとバーカウンターへと歩いていき、スツールに腰をのっけた。サングラスをはずし、バーテンダーにほほえみかける。「どーも、バーテンさん。セクシーウーマンに飲みものをいただける？」

わたしは小さく身をすくめた。嘲りの言葉が返ってくるものと思ったが、どうやらバーテンダーからするとよくいる客らしい。

「もちろんだぜ、スウィートハート」バーテンダーは言った。「お望みの酒《ポイズン》はなんだい？言っとくが、シェイカーが必要なもんはやめてくれよ。ここはそういう種類のバーじゃないからな」

「勘弁してよ」とガーティ。「傘がついてくるようなお酒なんてもってのほか。オン・ザ・ロックをちょうだい」

バーテンダーがにやりと笑った。「了解。あんたはなんにする、ゴージャス？」彼はわたしを見た。

「どの銘柄が置いてあるかわからないけど、とにかくライトビール。カロリーに注意しないとね」

バーテンダーはわたしの体にさっと目を走らせた。「あんたがどう注意してるにしろ、うまくいってんじゃないか。じゃ、ライトだな」

彼が酒を用意するためにいなくなると、ガーティがため息をついた。

「あなたは〝ゴージャス〟。あたしは〝スウィートハート〟ってだけ」

「そうだったけど、あのバーテンダーはまだ四十歳前後でしょ。あなたを〝ゴージャス〟って呼ぶのは年長者に対する南部ルールに反するんじゃない？」

「言えてるわね。〝ゴージャス〟のほうが褒め言葉としては上だけど、〝スウィートハート〟のほうがたぶん礼儀正しいから」もう一度ため息。「ああ、男どもが褒め言葉を使うとき、礼儀正しさなんて気にしなかったころが恋しいわ」

わたしがにやりとしたとき、バーテンダーがわたしたちの前に飲みものを置いた。「いくら？」

「一杯目は店のおごりだ。パーティを楽しんでってくんな」彼はカウンターの反対の端で釣りの疑似餌《ルアー》をめぐって言い合いをしているグループに酒を出すため、いなくなった。

わたしはビールをひと口飲んでから、ガーティを見た。彼女はスコッチをごくごくと飲み、まるで薬を服《の》んだみたいに顔をしかめたところだった。「個人的なことをひとつ訊いてもいい？」

「もちろんいいに決まってるじゃない。あたしはしょっちゅうあなたのプライベートに立ち入ろうとしてるわ。自分も話すんじゃなかったら、それって相当ずるいわよね」

「ガーティはどうして結婚しなかったの？　その、男性のことは好きみたいだし、恋人さがしをしてた古きよき時代の話とかするじゃない。どういう理由で飛びこむのをやめたの？」

「いい質問だし、正直言って家庭を持とうかなと思ったことは一、二度あったのよ。でも、そういうジャンプはあたしにはできなかったの」

「どうして？」

ガーティは肩をすくめた。「理由はいくつもあるわ。当時は時代が違ったし。結婚すると、女は一定の役割を果たすよう期待されていたけど、あたしは魅力を感じなかったのよね。誤解しないでちょうだい、あたし、自分のために料理したり、編みものしたりするのは大好きなのよ。でも、ほかの誰かのために、時間どおりにやらなければならないとなると、それは仕事になっちゃって、楽しくないじゃない」

「もう少し進歩的な男性だっていたでしょ」

「シンフルにはいなかった。それに、たとえ家事を手伝ってくれて、あたしに何もかも押しつけたりはしなくても、独立心旺盛なあたしを好きになる男はいなかったでしょうね。アイダ・ベルとマージとあたしが出征したとき、たくさんの人が震えあがったわ。ほとんどは男。特に自分は徴兵されませんようにと祈ってた人。だって、あたしたちは志願して戦場へ行こうとしてたわけだもの」

当時の時代精神を考え、わたしはうなずいた。わたしの正体を知ったら、現代の男も震えあがるだろう。自ら志願してヴェトナムへ行った女性に、当時の男性が少々びくついたとしても責められない。「彼らにとっては家を取り仕切るのがむずかしくなったでしょうね、自分が出征しなかった場合は特に」

「そのとおり。でも一番大きな問題は子供だったの。あたし、子供を欲しいと思ったことがないのよ。教師生活を通じて、子育ては自分の使命じゃないとわかってたから。でも、子供を生まないっていう選択肢はなかったのよねえ。男は家族を増やしたい。同性からは、結婚したら子供を生んで当然と思われる」

「それじゃ、独身のままときどき誰かと熱い関係になるってほうが簡単だったってわけ」

ガーティはうなずいた。「アイダ・ベルとあたしが、同性から憐れみの目で見られてるのは知ってるわ。でもそれは、みんなが本当の話を知らないから。あたしたちがどんな人生を送ってきたかを知ったら、考えが変わるかもしれないと思うのよ」

「どうして話さないの？　戦争はとっくの昔に終わったのに」

「その事実は明かさないと誓ったし、あたしたちはその誓いを重く考えているから。それが国を愛するってことだと思うの。過去をあなたに打ちあけたのは、あなたが同類だからよ。あたしたちが知るほかの誰よりも秘密保持の重要性を理解しているでしょ」

わたしは誇らしさがこみあげてきた。並はずれた働きをした女性たちから、わたしのこれまでの貢献を同等と見なしてもらえるなんて、人生で最高の賞賛だ。

「あなたとアイダ・ベルは本当にすごい人たちだと思う。あなたたちが国に奉仕したのは、ほんの少しでも似たようなことを女性がやるとはまったく考えられていなかった時代。憐れみの目で見るなんて、わたしには絶対にできない。わたしが知る誰よりも中身の濃い人生を生きてきた人たちだもの」

「まったくそのとおり」ガーティはスコッチの入ったグラスを持ちあげ、わたしのビールとカチンと合わせた。「さて、そろそろ腰をあげるとしますか、犯罪者を見つけてもう少し長生きできるかどうか試すために」

わたしはスツールから飛びおりた。「外に戻りましょ。端のほうで目立たなくしてれば、到着した人間を見逃さずにすむ。それに料理ができあがったらわかるし。すごくいいにおいがしてる」

「ザリガニをほおばりたくて、いまから唾が湧いてるわ。少なくともあたしが最初の一杯を食べるまで、誰もばかなことをしないでいてくれるといいんだけど。でも、アイダ・ベルには内緒よ、料理を食べたこと」

「口はしっかり閉じておく」

「それは無理じゃないかしらね、あの大きなザリガニを口に入れたら。あなた、リップクリーム持ってる？」

「ううん。武器は拳銃とプッシュアップブラだけ」

「あたしはメースと四五口径をなんとか忍ばせてきたけど、それ以上は場所がなくて」

外へ出ながら、わたしは彼女の全身をさっと見た。いったいどこに四五口径を隠しているのか？　恐ろしくて訊けなかった。「あそこはどう？」バーのまわりにはひょろりとした日よけの木々が立っていて、その下の雑草が茂った場所には人がいなかった。

「いいわよ」ガーティが答えた。「ローンチェアを持ってくればよかったわね」

「木にもたれてればいいわ。長時間ここにいることにならないよう期待したい。カーターのMRIの予約は午前中だから。正午を過ぎたころに帰ってくるはず」

「つじつま合わせの話は考えてあるの？」

わたしは集まっている人々のほうを向いて木にもたれた。「返信にわたしたちはボート遊びに出かけるって書いておいた」

「真実ではあるわね」

「覚醒剤の密売人を見つけるために〈スワンプ・バー〉に立ち寄るってところが抜けてるけど」

「まあそう、そこがね。ともあれ、戻ってきたときにあなたが家にいなくても、カーターには理由がわかってるわけだし」

「そうなんだけど、わたしはシャワーを浴びて、このタトゥーを落とさなきゃならない。彼と会う前に。ボート遊びとタトゥーをつなげる納得の理由なんて思いつかないもの」

「しまった。そこを忘れてたわ」

　ボートのモーター音が背後から聞こえてきたので、わたしはバイユーのほうを振り返った。車について〝ローリング・トータル〟という表現を聞いたことがあるが、それは廃棄場に送られるべき車という意味だ。この場合は〝フローティング・トータル〟と言え、その小エビ漁船は間違いなく全盛期を過ぎていた。木製の船体は赤い塗装がすみずみまではがれかけており、まるで船が重症のはしかにかかったように見えた。船尾のベンチはビニールのカバーがなくなっている部分のほうが残っている部分よりも広く、なかからウレタンフォームが飛びだしているのが着岸するときに見えた。

　操縦していた男が降りてくると、わたしは背中がこわばった。「ベネディクトが来た」

　三十代半ば。身長百八十八センチ。体重八十五キロでいい筋肉がついている。大酒飲みだが、そのせいで危険度は増しこそすれ減らない可能性。武器なしなら脅威度は中。火器を携帯していれば高。間違いなく携帯しているはず。

　ガーティがさりげなく振り向き、片方の目の端から彼を見た。「正解よ。あたしの記憶よりも年とって、さらに荒っぽくなってるけど、あのたちの悪そうなしかめっ面は昔と変わってない」

「ベネディクトが誰かに話しかけておもしろいことが始まるかもしれない」わたしは携帯電話を取りだし、ベネディクトが立ち話をする相手を写真におさめようとした。彼はまっすぐバーに向かった。

「あたしがあとをつける」ガーティが言った。

「本気？」

「ええ。あなたは残ってここを守ってて。あたしはどのみちソーダが飲みたいから。この安物のスコッチときたら、ウィンデックスみたいな味」

「ウィンデックス（ガラス用洗剤）をよく飲むの？」

「一度、うっかり飲んじゃったことがあるのよ。繰り返したい経験じゃないわね」

　彼女はベネディクトを追って歩きだし、わたしは折りたたみ式テーブルや湯気とおいしそうなにおいを漂わせている鍋のまわりに集まっている人々を眺めた。見覚えのある顔もいるが、ぼんやりと覚えているだけだ。重要な場合、わたしは人の顔を絶対忘れないが、いま目の前にいる面々は、前に〈スワンプ・バー〉を訪れたときにわたしの前を通ったとか、バスボートにのってうちの裏庭を通りすぎたとか……偶然見かけただけの相手だ。シンフルで会った人々として、それ以上でも以下でもなく、記憶されているにすぎない。

　十分ほどすると、ガーティがトラブルに巻きこまれたのではないかと心配になってきた。バーへ入るため歩きだそうとしたちょうどそのとき、ベネディクトが出てきてザリガニの鍋のほうへと向かった。二、三秒して、彼の後ろからガーティが現れた。

「なんでこんなに時間がかかったの？」彼女からプラスチックカップに入ったソーダを受けとりながら、わたしは訊いた。

「ベネディクトはまっすぐ男子トイレに入っていったの。別のほうだったら船の上でできたかもしれないけど、向いてないほうだったんでしょうね」

引く。「わたしが必要とするよりも激しく情報過多なんだけど」

「誰が必要とするよりも激しく情報過多よ。でも訊いたのはあなただし、あたしにできる説明はいまのだったから」

「あの男、なかで誰かと話した？」

「バーテンダーが仕事について訊いてた。ベネディクトは、ニューオーリンズ郊外でとある仕事にかかわってたんだが、そいつが近いうちに立ちあがらないようなら、油田に戻るって言ってたわ」

「興味を惹かれる話」

ガーティがうなずいた。「それと材木はどこで買うのがいいか尋ねてた。自分の船に少し手を加えるつもりだって言ってたけど、あなたも見たでしょ。ベネディクトはあの浮かぶ難破船を手に入れて以来、五セントだって注ぎこんでないわ」

「新しい製造所のために材木を買おうとしてる、そう考えてるのよね、あなたは。あの男が密売の仲間のひとりなら、筋が通る」

わたしたちはソーダを飲みながら、湯気をあげている鍋のひとつをベネディクトがテーブルまで運ぶのを見つめた。人々がそのテーブルにわっと集まり、プラスチックの皿に赤いものをよそいはじめた。

「もたもたしてちゃ駄目。行かなきゃ」ガーティが言った。

わたしたちがテーブルへ向かうと、さらにふたりの男が湯気をあげるザリガニやトウモロコシ、ポテトの入った鍋をテーブルにドスンと置いた。

「ポテトを食べるの、忘れないでね」ガーティが言った。「そりゃあおいしいんだから」

わたしは皿を手に取ると、ポテト、ザリガニ、そしてトウモロコシを山のように盛り、ガーティについて、まわりに用意された折りたたみ式テーブルのひとつへと歩いていった。わたしたちが座ったのは、ランチを詰めこむ客がひとり残らずよく見える端のほうだった。わたしはザリガニをつかむとまず頭をはずし、続いて身から殻をはずしはじめた。少し手間取ったけれど、ようやく赤味がかった身を取りだすことができ、それを口に入れた。

「うわっ、からっ」ソーダに手を伸ばす。「でもおいしい」燃えるような辛さがおさまると、わたしは言った。

「正しかったでしょ、あたし」

「わたしたちのお友達はミスター・社交家じゃないみたいね」見ていると、ベネディクトは皿に料理を盛ったあとほかの客たちから離れ、四、五メートル先にある切り株に腰をおろした。

わたしは駐車場のほうに首を振った。「さらにお客が到着」

「よかった。これ以上はあんまり食べられそうにないもの。さもなきゃ、一日中口のなかがカッカしそう」

客の一団が固まって歩いてきてからいくつかのテーブルにばらけたところで、わたしは最後のふたりに目をとめた。

「まずい！」ガーティの腕をつかむと、彼女は短く悲鳴をあげた。「ネルソンとフッカーがいる」

第14章

ガーティが勢いよく振り向いてから、すぐに皿をテーブルに置いた。「いったいあいつ、ここで何してるの？」

「あなたたちの話だと、ここはあの男の好みのど真ん中じゃない？」

「まあ、そうだけど、法を遵守する立場になった場合はまずいもの」

「誰も本気で信じちゃいないでしょ、あの男が法律を遵守してるなんて。あいつがあたしたちに気づいたら、この計画はおしまいよ」

「どうしたらいい？」

ネルソンはザリガニの盛られた皿をつかむと、それをフッカーに乱暴に渡した。「わからない。しばらくじっとしていて。ネルソンたちはなかに入るかもしれないから」

ネルソンが店に向かって歩きだしたので、わたしの不安は少しおさまったものの、彼はこちらを振り向いたかと思うと口笛を吹いた。フッカーがよく訓練された犬みたいにネルソンを見やる。「おい、リン」彼が大声で言った。「ビール飲むか？」

フッカーがうなずくと、ネルソンはふたたび店へと歩きだした。わたしは眉を寄せた。何かが心に引っかかったのだが、はっきりと指摘できない。明白ではない何か。
二、三分して、ネルソンがビールを二本持って出てくると一本をフッカーに渡した。料理の皿をつかみ、周囲を見まわす。誰か知っている人間を見つけたにちがいなく、くるっと向きを変えると、ガーティとわたしがいるのとは反対方向へ歩きだした。わたしがほっと安堵のため息をつこうとしたとき、彼はベネディクトの隣に行き、腰をおろした。
「リン！」わたしは言った。「デューイの仲間として名前があがってたなかに、リンっていたわよね」

「あ」ガーティがいったん言ってから、目をみはった。「あっ！」

「先走るのはやめないと。単なる偶然かもしれないし」

「麻薬製造所が爆発したのとほぼ時を同じくして、ネルソンがリンって名前のフッカーを連れて町の保安官として登場したうえに、事件の捜査はしないと言った。それが偶然？」

「わかった。わたしが最初に考えたほどのこじつけじゃないかもしれない」

「で、どうする？」ガーティが訊いた。

わたしは携帯電話を取りだして三人を写真におさめた。「彼らの動きを見張る」

「もう少し近づいたほうがよくない?」

「それはやめておいたほうがいいかも。その、この仮装はよくできてるけど、わたしたち、ネルソンの視界に入ってるでしょ。あの男に本当に気づかれないと思う?」

ガーティが勢いよく息を吐いた。「あなたの言うとおりかもしれない。あなたの場合は特に。あいつ、昔からスケベだから。たぶんもうあなたの体つきをすみずみまで覚えてるわよ」

「気持ちワル」

「まったくね。加えて、あいつはあなたのことをよく知らないから、必ずしもここで会うわけないとは考えない。それで納得いく?」

わたしはうなずいた。

「でも、あたしのことはそもそも予想してないはず」

「え、駄目よ。ガーティはこれ以上近づいたら駄目。そんなの〝大惨事〟ってネオンがぴかぴか点滅してる」

「ねえ、あいつらが話してるのはリンの胸の大きさについてかもしれないし、麻薬の密売についてかもしれない。でもどっちにしても、あたしたちは知る必要がある」ガーティはわたしに言葉を継ぐ間も与えずに歩きだし、テーブルをまわって店の前の草地を反対側へとのんびりした足取りで歩いていった。

わたしはいらいらと足で地面を叩きながら、周囲を見まわした。ガーティを追いかけたら、人目を惹いてしまう。でも、このまま行かせたら、彼女が人目を惹く可能性が高い。この場合、どちらかに賭けるしかない。

ガーティにやらせてみよう。わたしたちが知るべきことすべてを、さぐりだしてくるかもしれない。

それなら、〈スワンプ・バー〉があすには五つ星レストランになっているかもしれない。ガーティは遠まわりをしていくつものテーブルをまわり、ネルソンたちのそばのクーラーボックスが置いてあるテーブルに少しずつ近づいていった。そこがいい場所であるのは認めざるをえなかった。向こうからはガーティが見えないいっぽうで、もし会話が聞こえれば、彼女は本当に何かつかめるかもしれない。ガーティがこちらを振り返って親指を立てた。わたしはほほえんだ。うまくいくかも。

ザリガニとポテトを食べつつ、ガーティから目を離さずにいた。彼女はクーラーボックスの近くに座り、ネルソンはベネディクトとしゃべっている。ふたりともしかめ面をしているので、楽しい話ではないようだ。フッカーは退屈そうな顔をしているが、男同士が話しているとき、わたしもよく同じような顔になるので、理由は特定できない。

五分ほどして、ネルソンが立ちあがり、リンに手振りで合図すると、彼女も立ちあがった。ベネディクトのしかめ面を見れば、話がどう終わったかは明らかだった。でなければ彼は胸焼けがしているかだ。

ネルソンたちが立ち去ろうとしたそのとき、状況が急転した。

ガーティがいる近くのテーブルで、ふたりの女が立ちあがってどなり合いを始めたのだ。どうやらひとりが、自分の夫に対するもうひとりの関心が強すぎると考えたようだった。問題の夫はゼロから十億までの段階評価でマイナス四という程度だったから、どうしてそんなに怒るのか理解に苦しんだ。しかしおそらくアルコールを摂取していたことが原因のひとつだろう。あとIQも。

どなり合いがエスカレートし、いっぽうが自分のビールを相手の顔にぶちまけた。ビールをかぶった女が思いきり突きとばしたため、相手の女はひっくり返ってテーブルをのりこえ、ガーティの膝を直撃した。ガーティは横に飛ばされて折りたたみ式テーブルに突っこみ、クーラーボックスをつかもうとしたが投げとばしてしまい、クーラーボックスは後ろに座っていた男ふたりの膝に着地した。ふたりは慌てて立ちあがったためローンチェアの片方が後ろにひっくり返って、ちょうど山盛りの皿を手に歩いてきた男の前に倒れた。男は急いで止まろうとしたが間に合わなかった。椅子の脚のあいだに自分の足を突っこんで横に倒れ、そこには一台のハーレーダビッドソンがとまっていたので、バイクもろとも地面に激突した。

クーラーボックスのせいでびしょ濡れになった男ふたりはバイクを振り返ってから、すぐに向きを変えてガーティをにらみつけた。「おれのバイクだぞ！」ひとりがわめいた。「弁償しろ！」

ガーティはすばやく背中を向け、ボート目指して走りだした。最初わたしは十メートル近く後ろにいたがぐんぐん差を縮め、怒り狂う男たちの横を走り抜けてガーティと並ぶと、

「急いで！」と叫んで前へ出た。

ガーティが速度をあげ、わたしたちはバーの建物の角を曲がって、ボートがとまっている場所を目指して走った。アイダ・ベルは先ほどの言葉どおり注意を怠らなかったにちがいなく、すでに舫《もや》いを解いて操舵席に座り、発進する準備を整えていた。わたしが速度を落としてガーティを先に行かせると、彼女はボートに飛びのり、床に倒れこんだ。わたしはボートを足でぐいと押しだしてからなかに飛びこんだ。

ちょっとだけ立ちどまって、倒れていたガーティを床に座らせ、すぐさま助手席に座った。アイダ・ベルはほんのわずかも迷うことなくアクセルを踏みこんだ。ボートは弾丸のように岸を離れた。わたしの髪からバンダナが飛ばされ、振り返ると、怒り狂う男ふたりがスキーボートに飛びのるところが見えた。

「向こうはどれくらいスピードが出せる？」わたしは訊いた。

「こっちにはかなわないよ」アイダ・ベルが答えたが、額には不安から小さなしわが寄っていた。

ドラッグレースではエアボートのほうが速いのは間違いないが、バイユーは直線部分が少なく、幅もないのが問題だった。もう一度振り向くと男たちのボートが岸を離れるのが見えた。水の上を跳ねながら驚異的スピードで追ってくる。ガーティが舷側から顔を出し、後ろを見た。

「どんどん差が縮まってる！」彼女はボートの中央に戻ったが、それまで握っていた自分のバンダナを放してしまった。バンダナはガーティとわたしのあいだを飛んで巨大プロペラに吸いこまれたかと思うと、次の瞬間細かく裂けて反対側から飛び去っていった。

「しっかりつかまってな」アイダ・ベルがそう言って左に急カーブを切り、狭い水路に入った。わたしは手すりを握りしめ、かろうじて座席から飛ばされずにいた。ガーティは座ったままの姿勢を保とうとすらしなかった。ただ床にころがると、ボートの傾きが戻るまで待ってからそろそろと上半身を起こした。

いまの作戦できっと振りきれたはずと信じて後ろを見たが、スキーボートはまだしっかりついてきていた。アイダ・ベルが振り返って眉をひそめた。「振りきれない。もうすぐ町だ。あいつらが後ろにいるのに、あんたの家の裏にとめるわけにはいかない」

「あたしに考えがある」ガーティが大きな声で言った。彼女はベンチのシートを持ちあげたので、その後ろに隠れて見えなくなった。二、三秒してシートが閉じられると、ふたたび姿を現した。

消火器を手に。

アイダ・ベルが目をみはった。「やめな！」彼女はどなり、両手で目を覆った。

しかし遅かった。

ガーティがわたしたちに向かって消火器を噴射した。白い泡が飛んできたので、わたしは顔が直撃されないよう両手をあげた。サングラスが泡にすっかり覆われてしまい、何も見えなくなった。しかし、後ろからわめき声が聞こえてきた。すばやく振り向き、サングラスをはずすと、ちょうど泡のブリザードが男たちに襲いかかったところだった。

アイダ・ベルは右へと急カーブを曲がり、ボートはわが家の裏を流れるバイユーに入った。スキーボートの助手席にいた男はコンソールより身を低くして、泡をもろにかぶるのはなんとか避けたが、操縦している男は不格好な雪だるまのようになった。彼は目から泡のかたまりを払うと目を開けた。

しかし、時すでに遅し。

急カーブを曲がりそびれたため、スキーボートは猛スピードで岸へと直進していた。彼らが女みたいな悲鳴をあげるのが聞こえたかと思うと、ボートは民家の裏庭の物干しロープに突っこんでいった。アニメの〈スクービー・ドゥー〉（臆病な大型犬とその飼い主たちが怪奇事件を解決していくコメディ）の一場面さながらだった——幽霊がボートを操縦して陸へとまっしぐら。

アイダ・ベルがヒャッホーと叫んだが、速度は落とさなかった。数分後、エアボートがうちの裏の岸に半分のりあげると、わたしたちは大急ぎで飛びおりた。勝手口のドアが勢いよく開き、アリーが目を丸くして走りでてきた。

「びっくりした！」彼女は叫んだ。「いったい何があったの？」

「話せば長くなる」わたしは答えた。

「それじゃ、いまは時間がない」とアリー。「カーターがずっとあなたと連絡を取ろうとしてたけどできなかったみたい。あたしはたったいま彼からの電話を切ったとこ。こっちへ向かってるわよ」

「いま?」

「いつ着いてもおかしくない。何があったか知らないけど、カーターが知ったら喜ばないことよね」

わたしは焦りまくった。シャワーを浴びて着がえる時間なんてない。

「座りな」アイダ・ベルが言った。

「ええっ?」いまは座っているときではない。ワシントンDCまで走って逃げるときだ。

「あたしに考えがある」アイダ・ベルはそう言ってローンチェアを指差した。「あんたとガーティはそこに座んな」

彼女はエアボートに飛びのると消火器をつかみ、また岸に戻ってそれをアリーの手に押しつけてからわたしたちの隣に腰をおろした。「それをあたしたちに噴きつけな」

アリーが口をあんぐり開けた。「なんですって?」

「冗談でしょ!」わたしは言った。いまでさえ、口に入った消火剤の味を消すには歯磨き粉丸一本と、もしかしたら電動研磨機も必要になるかもしれないのに。

「いいから!」アイダ・ベルが言った。「あたしを信じな」

アリーは〝この人たち頭がおかしくなってる〟という顔になったが、こちらにホースを向けて噴射した。わたしは目と口をぎゅっと閉じ、顔と上半身が泡に直撃されるあいだ、がんばって座ったままでいた。

「いったいそこで何をしてるんだ」背後からカーターの声が聞こえた。

アイダ・ベルがどんな言い訳をするつもりにしろ、それがわずかでも筋の通ったものであるよう祈ったが、あまり期待はしなかった。泡をぬぐって目をすがめると、カーターがわたしたちの前に立ったところだった。驚きと恐れの入り交じった顔をしている。彼はアリーを見た。

アリーは一瞬固まったが、すぐに首を横に振った。「あたしに訊かないで。言われたとおりにしただけなんだから」

アイダ・ベルが口から泡をぬぐった。「お肌のトリートメントだよ」と彼女は言った。

「なんだって?」カーターが信じられないという声で言ったが、わたしもまったく同じ気持ちだった。

「インターネットで読んだんだ」とアイダ・ベル。「こうすると十歳若く見えるようになるんだってさ」

「消火器の泡で?」カーターが訊いた。「冗談もいい加減にしてくれ」

「まったく理にかなってるわよ」ガーティが言った。しゃべると泡が飛ぶ。「火を消せるだけしっとりしてるんですもの」

「全員服を着たままじゃないか」

「わたしたちが裸でいたほうがよかった?」わたしは訊いた。

「いや……そんなことは……もちろんない」

わたしはにやつくのをこらえるのに苦労した。たぶん彼はわたしたちのうちのひとりなら裸で座っていてもかまわないと思っただろう。法的なことは抜きにして。「それに、してたのは顔のお手入れだけだから」

「体も泡だらけじゃないか」カーターが反論した。

「消火剤の泡を狭いところにかけようとしたことある？」アリーも一枚加わった。「最初はキッチンでやったんだけど、掃除に一時間もかかったから」

わたしはうなずいた。「猫を死ぬほど驚かせたのは言うまでもなく。こうしてるあいだも、あの子は出ていくために荷物をまとめてると思う」

カーターはしばらくただこちらを見つめていた。「おれは……そうだな。ビールが必要だ」彼は家に向かって歩きだした。わたしたちは全員振り返って、彼が勝手口を入り、ドアが閉まるまで見届けてから声を出して笑った。

「もう、信じらんない」アリーが言った。「最高に笑える」

「最高に笑えるのはカーターが信じたってことよ」とガーティ。

「信じたとは思えないけど」わたしは言った。「でも、理にかなった説明を思いつけなかったのは確か。わたしたちが何をやらかしてこんな格好になったのか」

アイダ・ベルがうなずいた。「運がよけりゃ、最後まで思いつけないよ」

「誰もそこまでの想像力、持ってないでしょ。ガーティの現実主義的作戦が想像できるほど」わたしは言った。「あの間抜けふたりがさっきの一件を通報するとも思えないし」

「通報したところで、どんな証拠がある？」とアイダ・ベル。

「シンフルでエアボートを持ってる人って多くないわ」ガーティが言った。「そのいっぽう、あのふたりの証言だけじゃね」

「そこまで」アリーが言った。「頼むから誰か何があったのか教えて。あたしは理にかなった説明を思いつけるほど、想像をふくらませられないから」

「ホースを引っぱってきて、あたしたちに水をかけてちょうだい」ガーティが言った。「服が乾くのを待つあいだに話してあげる」

「水をかけてもらってるあいだに話しな」アイダ・ベルが言った。「エアボートでバイユーを軽く流してくりゃ、すぐに乾くよ」

わたしは腕から少し泡を払い、胃がきゅっと縮むのを感じた。「わたしはどっちもできない」

「なんでさ」アイダ・ベルが訊いた。

「タトゥーよ。シャワーを浴びてこのタトゥーを落とさないと。カーターがここに出てきたときは泡で隠れてたけど、泡を水で流したあと、袖彫《スリーブ》りのタトゥーが入ったまま、家のなかに入るなんて無理。カーターが大騒ぎする。ボート遊びはぜんぜん言い訳にならないし」

「それ、タトゥーなの？」アリーが身をのりだしてわたしの腕をじっくり見た。「模様の入った長袖シャツを着てるのかと思った。いよいよ知りたくてたまらないわ、あなたたちが何をしてたのか」

「落とせるから大丈夫よ」ガーティが言った。「とにかくなかに入って、シャワーを浴びに二階へあがって」

大きな泡の塊がわたしの腕からはがれ、芝生にポトッと落ちた。「もう遅い。カーターは居間に座ってテレビを観てるはず。彼に見られずに横を通るなんてできない」

「それを消すのに何が必要なの?」アリーが訊いた。

「石鹸」ガーティが答えた。

「わかった」とアリー。「あたしがキッチンから石鹸とスポンジを持ってくるから、ここでこすり落としましょ」

「それでもし、落としおえる前にカーターが戻ってきたら?」わたしは訊いた。

「そのときは運の尽きだね」とアイダ・ベル。

「わたしたちの運は二十分くらい前に尽きた気がする」わたしは言った。

「すぐ戻る」アリーはそう言って、足早に去った。

アイダ・ベルは腰に両手を置いて、ガーティとわたしを見た。「なんで大脱走しなきゃいけなくなったのか、その話はアリーが戻ってくるまで待つけどさ、何か探りだせたかどうかは教えてもらいたいね」

「あっ、探りだせた」わたしはベネディクトがバーテンダーに木材について尋ねていたことと、ネルソンの友達のフッカーがリンという名前であることを話した。

「リンは同一人物だと思うかい?」アイダ・ベルが訊いた。

「違ったら、ものすごい偶然よね」わたしは答えた。

「確かに。それじゃ、ネルソンとあいつのフッカーがあたしたちのさがしてる麻薬の密売人《ニューオーリンズ・コネクション》かもしれないね」とアイダ・ベル。

「ネルソンがベネディクトと話しはじめたのを見て、ガーティがふたりの会話を盗み聞きできないかと近づいたの」

「で?」アイダ・ベルが訊いた。

「そこから先はわたしも知らない。状況がアブナい感じになって、ガーティから話を聞くより先に逃げださなきゃならなかったから」

アイダ・ベルはガーティを見た。「さっさと話しな。言っとくけど、役に立つ情報じゃないとやばいよ。あんたが始めた危険な盗み聞きがすなわち脱出劇の原因だって、あたしは当たりをつけてるんでね」

「どうしてみんな、必ずあたしのしたことが原因だって決めつけるわけ?」ガーティが訊いた。

「違ったのかい?」アイダ・ベルが尋ねた。

「違わない」ガーティが答えた。「でも、大事なのはそこじゃないわ」

「そんなことどうでもいいじゃない」本格的な言い合いになる前にとめようとして、わたしは言った。「役に立つことだけ話して」

「わかった。ベネディクトは操業開始の遅れについて文句を言っていて、ネルソンは、どうしようもない場合もあるが、おれが来たからには面倒になりそうなことはまかせろって言ってた」

「遅れは爆発のせいってことよね」

「そう聞こえるね」とアイダ・ベル。「ほかには？」

「ネルソンが、シーリアのために片づけなきゃならないことがあるって言ってたわ」ガーティが答えた。「で、それができたら、自分はシンフルの町の全権をまかされて、シーリアから祝福されるって」

「ネルソンが言ってるのって、わたしたちのことだと思う？」

「かもしれない」アイダ・ベルが答えた。「でも、カーターとブロー保安官助手って可能性もある。あのふたりがいる限り、ネルソンは監視されることになるからね」

「確かに」わたしは言った。「ほかにも何か聞こえた？」

ガーティがうなずいた。「ベネディクトが必要なものを買うのに現金が要るって言うと、ネルソンが〝今夜九時に来い〟って。資金を渡すから、計画についても話し合おうって言ってたわ」

「来いって、どこへ？　ネルソンはシーリアのところに泊まってたりしないでしょ」

「そんなことはシーリアが許さないだろうね」とアイダ・ベル。「自分の利益のためにネルソンを利用する気は満々でも、あいつがどういう類の人間かについちゃ幻想を抱いたりしないだろうから」

「自分はあいつをコントロールできるって、勘違いしてるだけ」ガーティが言った。「ネルソンがどれだけ犯罪行為にどっぷりつかってるか知らないのよ」

「ネルソンにはシンフルに親しい人間っている？」

「親しい人間なんてどこにもいないんじゃないかね」アイダ・ベルが答えた。「いたとしても、他人の家で犯罪の打ち合わせをしたりしないだろう。ネルソンだってそこまでばかじゃない。あいつはラブホテルに泊まってると、あたしは思うね」

「そんなもの、この辺にあるの？」

「正確には〈バイユー・イン〉って言うんだけど」ガーティが説明した。「まともな人間は疫病みたいに避ける場所よ。シンフルから二十分ほどハイウェイを走った場所にあるとはいえ、たいていの人は、泊まるならニューオーリンズまで行くわ。保安官事務所は月に二、三回、あそこに電話で呼びだされるんだけど、それはたぶんモーテルの従業員じゃ手に負えなくなったときだけ。毎日あそこで何が行われているかは神のみぞ知るよ」

「ネルソンが好みそうな場所ね」

「それじゃ、どうする？」ガーティが訊いた。「あたしたち彼らにとって不利な情報は手に入れたけど、証拠はなしよ。ネルソンとベネディクトは〝ハッピーなファッカーの通信係、リン〟を主役にオンラインポルノの商売を始めるつもりって可能性も否定できない」

「確かに」わたしは言った。「ネルソンの名前をリトル・ヒバートに知らせたら一石二鳥になるとしても、ネルソンが本当に二鳥かどうかを確認する必要がある。言いたいこと、わかるでしょ」

アイダ・ベルがうなずいた。「わかりたくないけどわかるよ。ふたりがザリガニパーティで、金は新しい製造所を建てるためだってはっきり言ってくれてたらねえ」

「絶対そうよ、賭けてもいい」ガーティが言った。

「でも、人の命も賭けられるかい？」アイダ・ベルが訊いた。「この件でリトル・ヒバートに名前を知らせたら、そいつは無事じゃいられないよ」

「充分な証拠を得られたところで」わたしは言った。「すべて州警察に引き渡すって手もある。主要な関係者が拘置所にいたら、ヒバート親子だって行動は起こさないでしょ」

「それはそうだ」とアイダ・ベル。「問題がなくなったら、余計な首を突っこむことはない。しかし、州警察はヒバート親子よりもちゃんとした証拠を必要とするだろう」

「有罪判決を得るにはね。でも捜査を始めるに足るだけの情報を与えれば、向こうで断片をつなぎ合わせることができる。ネルソンが犯罪の天才であるわけはない。これまでに点々と証拠を残してきてるはず」

ガーティもうなずいた。「そしていったん逮捕までいったら、芋づる式につぎつぎ明らかになる」

「となると、やってみる価値がありそうだね」アイダ・ベルが言った。

アリーが片手にキッチンソープ、片手にスポンジを持って走ってきた。「遅くなってごめん。なかにいるあいだにフランシーンから電話がかかってきたんだけど、出たのが間違いだった。彼女、最高にいらついてて。責めはしないけど」

「ミサの終了時間をめぐってひどく腹を立ててたんでしょ、違う？」ガーティが訊いた。

「そうなんだけど、最悪なのはそこじゃないの」アリーはわたしの腕を濡らしてからキッチンソープを塗りはじめた。「きょうあたしがあがったあと、シーリアがカフェに現れて、バナナプディングを出すのをやめたら、営業許可を取り消すってフランシーンに言ったんですって」

「ええっ？」

「冗談でしょ？」

「正気じゃないね！」

わたしたちは三人とも同時に大声で言った。

「シーリアがまったく理解できない」とアリー。「何もかも見当違いよ。フランシーンのカフェはこの町で唯一おいしい食事ができる場所だし、彼女が追いだされたあと、誰かがお店を開こうとしても、住民からは一セントも儲けられっこない」

「彼女、きっとこう思ってたのよ」ガーティが言った。「町長になれば、すべてをコントロールできるって。でもいまになって、人にはそれぞれ意思があるってことに気づかされてるってわけ」

「早くシーリアを町長の座から引きずりおろさないと」アイダ・ベルが言った。「本当にまずいことになるよ。最初は家の窓に石が投げこまれるぐらいかもしれないけど、シーリアが住民の気持ちを完全に無視しつづけたら、その程度じゃおしまいにならないからね」

「わたしたちにはもっと急ぎの問題があるかもしれない」わたしは言った。

「なんだって?」アイダ・ベルが訊いた。

「落ちないんですけど」わたしはきれいにこすり洗いされた腕を指した。濃い色のタトゥーはしっかり残ったままである。

第15章

「なんですって?」ガーティが身をのりだし、わたしの腕を親指でこすった。「そんなことありえないわ。見て、あたしのはもうにじみはじめてるわよ、消火剤のせいで」

「わたしのはご覧のとおり。だからありうるのは間違いなし」

「もしかしたら肌質が違うと、染料に対する反応が違うのかも」アリーが言った。

「どっちも同じところで買ったのかい?」アイダ・ベルが訊いた。

ガーティが目をみはった。「ああーあ」

「何?」わたしは大声になった。「やめて。〝ああーあ〟は返事として受けいれられない」

「それを注文したのは何カ月も前なんだけど」ガーティが言った。「あたしが気に入ったセットを扱ってる会社は一社だけだっていうのを忘れてたわ」

「それじゃ、わたしの腕のタトゥーはほかの会社のなの?」わたしは両手を上にあげた。

「最高。わたしの運のよさからすると、夏中このままってことになりそう」

「そこまで長くはもたないと思うわよ」とガーティ。「いっぱいシャワーを浴びれば、数日ってところかしら」

「カーターになんて説明すればいいの？」わたしは訊いた。「消えるまでずっと長袖を着てるわけにもいかないし」

三人は顔を見合わせてから、地面に目を落とした。

「三人とも、ものすごく助けになる」わたしはぼやいた。

「あたし、腰が痛くなってきちゃった」ガーティが言った。「自分のを落としきるのは家でやることにするわ」

アイダ・ベルがうなずいた。「あたしはここまでガーティと車で一緒に来たからね。さっきの用件についてはあとで連絡するよ」

ふたりは急いで姿を消したので、わたしはアリーを見た。「あなたもわたしを見捨てる気？」

彼女は唇を噛んだ。「そんなことはしないけど、どうしたらあなたを助けられるかわからなくて。あたしがいても、カーターが癇癪《かんしゃく》を起こすのは変わらないだろうし」

ため息。「わかってる。お願い、何か甘くておいしいものがキッチンにあると言って。あとでダメージをやわらげてくれる何かが」

「きょうの午前中、カフェでレモンパイを焼いたの。あなたのためにひとつ持って帰ってきた」

「わかった。それは助けになる。行って。散歩でもしてきて。銀行強盗でもいい。とにかく、わたしがこれからすることより楽しいはずの何かを」

「ごめんね。危険が去ったら、携帯にメッセージを送って。あたし、自分の家まで歩いて、工事の進み具合を見てくる」

アリーはちらっと振り返ることすらなく、急いで立ち去った。おそらくわたしの気が変わらないうちに視界から消えたかったのだろう。わたしはホースの水をとめると、潔く結果を受けとめるためになかに入った。タトゥーについてどう説明したらいいか、なんのアイディアも浮かばなかったので、出たとこ勝負で行くしかなかった。冷蔵庫からビールを一本出すために立ちどまったが、すぐに居間へと向かった。

カーターにビールを差しだすと、彼は受けとるときにほんのちらっとこちらを見ただけだった。「ありがとう」

「もう一本飲みたいかもしれないと思って。わたしは二階でさっとシャワーを浴びてくる」

わたしを見あげた彼は、目を丸くした。「いったいなんだ？　その腕だけど？　まさか……タ……」

「これは消えるやつなの。残念ながら、ガーティが考えていたほどすぐには消えないみたいなんだけど」

「タトゥーなんか入れるのにガーティを信じたのか？」いかれたのかと言わんばかりの表情

でわたしをまじまじと見る。次の瞬間、彼の唇が震えだした。

わたしはカーターの腕をパンチした。「笑えると思ってるのね」

「ああ、まあな。ガーティは歩く災難の元じゃないか。なんで彼女を信じて肌に染料を刷りこんだりしたんだ？　説明書も読まずに？」

「アイダ・ベルに言われて消火剤を浴びることにしたのと同じ理由かな？」

「なるほど。お肌のお手入れってやつは、おれにはまったくわからないけど、しかしアイダ・ベルがいいと考えたことなら、やってみるのは理解できる。しかし、いったいなんでまたタトゥーなんてものを試そうと思ったんだ？」

「さあ。ガーティがタトゥーを入れれば、ふたりとも荒っぽく見えるって言いだして」

カーターが目を見開いた。「ガーティもタトゥーを入れたのか？」

「そう。でも彼女のほうは洗い流せるタイプで、だからいまごろはシンフルの下水管を流れていってるはず。どうやらガーティはわたしが使ったほうの説明書をよく読んでなかったみたい」

「で、ふたりとも荒っぽく見える必要があったのは、いったいどうしてなのかな」

「必要はなかったと思うんだけど、入れるときはなんかかっこよさそうに聞こえて」

カーターはわたしの腕を少しのあいだ見つめた。「まあ、かっこいいとも言えるかな。〈スワンプ・バー〉の常連みたいに見えるってところを除けば」

わたしは背中が緊張した。「それは考えなかった。一週間かそこら、人から変に思われるかも」

カーターがあきれた様子で首を振った。「どっちが手に負えないかわからないな――きみたちが法執行機関の仕事に首を突っこんでいるときにやることか、そうじゃないときにやることか」

わたしはただうなずくだけにしておいた。この会話はいくつもの問題をはらんでいる。それに、カーターがおもしろがっている様子なのでほっとしていた。わたしが間抜けと思われてもまったく気にしないことを不審に思うのではなく。二階へ向かいつつ、自分でもあきれてしまった。いったいいつから、わたしは間抜けと思われてもいいと考えるほどおかしくなってしまったのだろう。

答えは、シンフルへ来てから、という気がした。

火傷《やけど》するほど熱いシャワーを三十分浴び、石鹸で三回、シャンプーで二回洗っても、タトゥーはほんの少しも薄くならなかった。そのあとはカーターと一緒にテレビを観たが、わたしはゆっくりと気が変になっていった。やるべきことが山ほどあるときに、テレビの前にただ座っていられる人がいるのはなぜ？

カーターはテレビの前に座っているように医者から指示されているし、具体的に禁止されている活動がいくつもある。それをわたしは何度も自分に思いださせなければならなかった。わたし自身、昨夜は彼におとなしくしているようがみがみ言った。彼がいらついたり、退屈したりしているのではないかと何度か横を見たけれど、カーターはリクライニングチェアに座って〈ガンスモーク〉（一九五五年から一九七五年まで放送された西部劇ドラマ）の再放送を観ながら満足しきっているように見えた。

彼を非難する権利がわたしにあるだろうか。愚か者たちのせいで自分のふだんの生活がまるで送れなくなってしまったら、わたしもビール片手にリクライニングチェアに座ってじっとしているかもしれない。レンガの塀に頭を打ちつけるよりもずっとましだし、いまのシーリアはまさにレンガの塀だ。

一千万回目の銃撃戦の途中で、アイダ・ベルからSMSでメッセージが届いた。ネルソンの滞在場所は例のモーテルだと確認できたそうだ。次の計画を立てるために今夜、再度三人で集まりたいという。わたしが土曜日の夜にカーターと一緒にいられない理由を簡単に見つけられると決めつけて。ところがふたを開けてみたら、運がふたたび味方をしてくれて、カーターはその夜、月に一度のポーカーゲームに参加することになっていた。さらに、アリーは高校時代の友人のベビーシャワー（出産を控えた女性にベビー用品を贈るパーティ）に出席する予定で、わたしは本来してはいけないことをなんの障害もなしになんでもできることになった。

アイダ・ベルとガーティは七時ごろ到着し、わたしたちはすぐに作戦本部、またの名をキッチンへと向かった。

「タトゥーについて、カーターはなんて言ってた？」ガーティが訊いた。

「笑えると思ったみたい」

ふたりは明らかに困惑した様子で顔を見合わせた。

「どうしてタトゥーを笑えるなんて思ったのかね」アイダ・ベルが不思議がった。

「タトゥーそのものじゃなくて、わたしがガーティを信じた結果、洗い落とせなくなったってことのほう」

「どうしていつもあたしが笑いの種になるわけ?」ガーティが訊いた。

「さあねえ」アイダ・ベルが言った。「あんたがいろいろやらかすからなんてことはありえないしねえ」

「あたしがあなたにタトゥーを入れたって、どうして話したのよ」

「だって、ひとりじゃ入れられるわけないし、ここまでばかげたことをわたしにやらせるのはあなたしかいないから」

「それはそうね」とガーティも同意した。

「とにかく、よかったのは、タトゥーを見ても、カーターがわたしの判断力以外は疑わなかったってこと。だから、この件はうまくのりきれた」

「カーターが傷病休暇中でラッキーだったよ」アイダ・ベルが言った。「逃走したボートについてあいつが通報を受けたら、あたしたちだって勘づいたはずだからね」

「あの件は遅かれ早かれ、彼の耳に入ると思う」わたしは言った。「まだおしまいじゃないって気がする」

「少なくとも今夜は邪魔が入る心配なしよ」ガーティが言った。「あたしたちが麻薬製造人を追ってるって気づいてたら、カーターはポーカーをキャンセルして見張ってたはずだから。アリーにはなんて話したの？」

「何も。彼女がここへ戻ってきたのはすぐにベビーシャワーに出かける準備をしなきゃいけない時間だったの。あとで話すって言っておいた」

「結構」とアイダ・ベル。「この件は知ってる人間が少ないほどいい。いつまでもアリーを蚊帳《かや》の外に置いとくのは無理だろうけど、もしかしたら、あすには問題が解決してるかもしれないしね」

わたしはアイダ・ベルの顔を見た。「計画があるの？」

彼女はうなずいた。「モーテルの部屋は全部駐車場に面していて、裏側にある窓は、浴槽の上によくある小さいやつだけだ。犯罪活動が頻繁に行われているから、駐車場には監視カメラが複数あって、各部屋に出入りする人間は全員映しだされる」

「どうしてそんなことまで知ってるわけ？」わたしは訊いた。

「聖歌隊メンバーのひとりが夫の浮気を暴くために、弁護士を使って録画テープを証拠として提出させたことがあったんだよ」

「すばらしい」

「だから、監視カメラのことを考えると、ネルソンの部屋に侵入して盗聴器を仕掛けるってのはリスクが高すぎだ」

「ハ！　新保安官が使ってるモーテルの部屋に侵入してつかまったら、間違いなく留置場にぶちこまれる。でもって、わたしたちに弁明の余地はなし」

アイダ・ベルがうなずいた。「だけど、あたしたちが隣の部屋を借りるのは誰もとめられないよ」

「壁がそこまで薄いと思う？」わたしは尋ねた。

「モーテルが安普請なのは間違いないし、壁越しに盗み聞きもできるかもしれないが、天井から聞けるのは絶対だよ」

「あ！」アイダ・ベルの考えていることがつかめた。「保安官事務所と同じようなパネルの天井ってわけね。それじゃ、こっちの天井のパネルをはずして、ネルソン側のパネルをほんの少しずらせば、部屋全体が見おろせて話も聞ける」

「そう願ってるんだけどね、あたしは」とアイダ・ベル。

「待って。天井がパネル式っていうのは確かじゃないの？」

「当たり前だろう。あのモーテルの部屋になんて入ったことあるわけないじゃないか。ただし、あれが建てられた年代を考えると、その可能性が高いんだよ」

「起こりうる最悪の事態は何？」ガーティが訊いた。「なんにも手に入らずに終わること？」

「たぶんね」わたしは言った。「でも、ネルソンに見られないよう、特別に注意する必要がある」

「言わずもがなだね」とアイダ・ベル。

「それじゃ、どうする？」わたしは訊いた。

「これからモーテルに向かう」アイダ・ベルが答えた。「ガーティの車で行くよ。あんだけオンボロならあそこの駐車場でも目立たない」

ガーティが顔をしかめたが、反論はしなかった。

「フォーチュンとあたしがなかに入って、録画を担当する」アイダ・ベルは持ってきたバックパックから、細いプラスチックチューブにしか見えない小さなカメラを引っぱりだした。「これは映像を携帯電話に保存できるんだ。あたしたちはこれを仕掛けてベネディクトが現れるのを待つだけでいい」

「あたしはどうしたらいいの？　あなたたちがハイテク機器を使っておもしろいとこ取りをしてるあいだ」ガーティが訊いた。

「あんたは駐車場に残って、あたしたちの不意を突くやつがいないように見張っておくれ。部屋から出る前に、誰もそばにいないことを確認する必要があるからね」

「まあ、それが公平ってものなんでしょうね、前回のミッションではあなたが脱出用ボートの担当だったから」とガーティ。

「それじゃ決まりだ」アイダ・ベルが言った。「録画して、モーテルを出て、撮ったもんを丸ごと州警察に送る。麻薬捜査班の主任刑事についてはすでに調べてある」

「すぐに動いてくれるといいけど」わたしは言った。「いつまでもヒバート親子を寄せつけずにいるのは無理だから」

「動くと思うよ」アイダ・ベルが言った。「あたしたちが送るビデオは法廷で使えないってわかってるけど、ネルソンが過去にヘマを重ねてるのは何を賭けてもいい」

「それについては全員意見一致だと思う」わたしは言った。「さて、これで決まりなら、すぐに行動開始といきましょ」

ガーティがこぶしを突きだした。「一気にけりをつけるわよ」

三人でこぶしを合わせた。

スワンプ・チーム・スリーふたたび。

第16章

モーテルに着いたときはまだあたりが明るく、アイダ・ベルの描写に誇張がなかったことがわかった。モーテルははるか昔に使用不可能と判定されていてもおかしくないありさまだったし、それでもまだ控えめな表現と言える。駐車場には数台の車がとまっているが、どれもポンコツぶりを競い合っているように見えた。ネルソンのメルセデス・ベンツは見えない。

アイダ・ベルが現金を持って足早に事務室へ入っていき、ほんの二、三分でルームキー片手に出てきた。

「書きこむ書類がないと時間がかからないってわけね」助手席にすばやくのりこんだ彼女に、わたしは言った。

イ。

「モーテル側としては、何も知らなければ証人として呼ばれることもないものね」とガーテ

「ネルソンの部屋は一〇六だ」アイダ・ベルが指差した。「屋根つき通路の横の部屋。あたしたちのは反対側の隣」

「いいじゃない。ガーティ、あたしたちを部屋の前でおろして、車は駐車場の奥の電灯から離れたところにとめて。どの部屋もよく見える場所を選んでね」

アイダ・ベルがうなずいた。「それと、暗くなるまで体を低くしておくのを忘れないように。あんたが車内に座ってるのが見えたら、注意を惹く」

ガーティがさっと手を振った。「わかってます。間抜けじゃないんだから」

わたしはバックパックをつかみ、アイダ・ベルに続いて車から降りると早足で部屋に向かった。なかに入ってドアに鍵をかけ、くるっと体の向きを変えたわたしは固まった。「何これ！」

ホラー映画から抜けでてきたような部屋だった。金色と赤色のベッドカバーは何度も洗濯したために縮んでしまい、もはやマットレスを完全には覆い隠せていなかった。そのマットレスは真ん中がへこみすぎて毛足の長い緑のカーペットに接している。壁紙は金色で、フェルトっぽい素材。浴室はいたるところから水が漏れており、金具は錆だらけ。もし蛇口が少しでもまわったら驚きだ。

「高級ホテルとは違うよね」アイダ・ベルが言った。

わたしはかぶりを振った。「怖くて何もさわりたくない。最後にイラクに派遣されたときのほうがましな居住環境だった」

「イラクにはいいホテルがいくつかあるだろう」

「ある。でもわたしが寝てたのは地下壕」

アイダ・ベルは周囲を見まわした。「あんた、破傷風のワクチンは打ってるよね」

「仕事上必須だから。あなたは？」

「ガーティと友達だと必須だから」

この部屋で衛生的に一番ましなのは机に思えたので、わたしはそこにバックパックを置き、カメラを取りだした。

「あんた、手が届く？」アイダ・ベルが訊いた。

「うん、まかせて」わたしはドレッサーの上に登り、天井パネルを一枚横にずらしながら、天井裏が部屋と部屋のあいだの壁によって隔てられていないように祈った。パネルが先まで連なっているのが見えたとき、思わずにやりとした。「天井裏はつながってる」

「そいつはよかった」

わたしは手を伸ばし、ネルソンの部屋の隅の天井パネルを押して一センチほどずらすとチューブカメラをその隙間に滑りこませた。「ダクトテープちょうだい」

アイダ・ベルがダクトテープをバックパックから取りだし、投げてよこした。わたしはテープを短く切ってチューブを固定し、ドレッサーから飛びおりた。「強く引っぱればカメラがはずれるようにした。万が一急いで立ち去らなければならなくなったときのために」

「一度でいいから、こういう状況からのんびり歩いて立ち去りたいもんだね」

「わたしもだけど、期待はしてない」

チューブカメラの反対の端を携帯電話に差しこみ、アプリを起動する。ネルソンの部屋の光景がぱっと画面に映しだされた。「画像は来てる。あとは音声が聞こえるかどうか。これ、持ってて」

アイダ・ベルに携帯電話を渡し、もう一度ドレッサーの上にあがる。「画面の下のほうにあるインジケーターを見て、それが跳ねあがるかどうか確認して」わたしはカメラの近くの天井を指で叩いた。

「大丈夫だ」アイダ・ベルが言った。

ふたたびドレッサーから飛びおり、デスクチェアを引っぱりだした。「それじゃ、あとは待つだけね」

アイダ・ベルは隅にあった椅子を引っぱってきて腰をおろした。「八時半だよ」

「待ち時間は三十分だけど、それはベネディクトが時間を守った場合」わたしは指で椅子を叩いた。この三十分は永遠にも思えるだろう。本を持ってくればよかった。オンボロのテレビがついたとしても、こちら側で音を立てるわけにはいかない。

「バックパックを取ってくれないかい」アイダ・ベルが言った。

バックパックを渡すと、彼女はなかからソーダ缶二本、ポテトチップスのミニパック二袋、そしてトランプひと組を出した。

「わたしと結婚してくれる？」

アイダ・ベルが笑った。「あんたはもうアリーにプロポーズしたんじゃなかったかね」

「モルモン教徒になって複数の妻を持つ（現在は禁止されているが堅持している分派もある）」

「いい友達を持つほうがずっと簡単で安あがりじゃないかね」

わたしはソーダ缶を高く持ちあげた。「賛成！」

ふたりともあっという間にポテトチップスを食べおえ、わたしがアイダ・ベルに四十二ドル借りができたところで、ガーティからメッセージが届いた。


ネルソンの車が駐車場に入ってきた。


「ネルソンが着いた」わたしはささやき声で言った。

「十五分前だね。あいつとフッカーがベネディクトの来る前にってお楽しみを始めないよう祈るよ」

「げっ。頭に映像が浮かんじゃったでしょ。ありがとう」

「友達だからね」

わたしは携帯を持ちあげてガーティに返信した。

フッカーと一緒？　それともひとり？

ひとり。

「ついてる。フッカーは仕事中か何かみたい」

携帯電話をビデオアプリに切りかえたところ、ネルソンがカメラの撮影範囲に入ってきた。アイダ・ベルが椅子をさらに近づけ、ふたりで見つめていると、彼はテレビをつけてドサッとベッドの上に座った。わたしは身をすくめて目を閉じた。「レンタルポルノを観はじめたんじゃないって言って」

「違うよ。自動車レースみたいだ」

「助かった」わたしは目を開け、携帯電話にイヤホンをつないだ。片方をアイダ・ベルに渡し、もういっぽうを自分の耳に入れる。すぐさま頭のなかでレースカーがうなりをあげた。アイダ・ベルを見ると、彼女は親指を立てた。赤い録画アイコンが点滅しているのを確認してから時刻を見る。あと十分。ボタンを押して、録画を一時停止にした。

「メモリを温存するため」わたしは言った。「ベネディクトが到着したら、録画をスタートさせる」

「それが賢いね」

わたしは指でデスクを叩きながら、アイダ・ベルは緑色のカーペットを足で叩きながら座っていることさらに十分。緊張しはじめたときに携帯が振動したので、もう少しで落としそうになった。画面を見る。

ベネディクトが着いた。


「ショーの始まり」わたしは言って録画を開始した。

ふたりともイヤホンを耳に戻すと、わたしはアイダ・ベルにも映像が見える高さに携帯電話を持ちあげた。ネルソンはベッドからおり、戸口へと歩いた。二、三秒後に画面内に戻ってきた彼はベネディクトを連れていた。ネルソンは部屋の隅に置かれていた椅子に座り、ベネディクトはデスクチェアに座った。

「午後に材木の値段を訊いてきた」ベネディクトが言った。「建てなおしに必要な金はだいたい二千ドルだ」

「問題ない」ネルソンが答えた。デスクの抽斗を開けて封筒を取りだすと現金を数え、ベネディクトに渡した。

「製造人はどうすんだ?」ベネディクトが訊いた。

「もう確保した」とネルソン。「来週にはこっちに来られる」

「デューイよりましなやつだといいんだがな」

「デューイの腕は悪くなかった。ちょいと短気を起こしたってだけで。おれがもっと目を光らしときゃよかった」

「あの爆発事故を調べてるやつがいないってのは確かか？」

「おれが保安官なんだぞ。助手のブローはアホだし、カーターは傷病休暇中だ。ほかに誰がいるってんだ？」

「まあな。けど、おれは不意打ちが嫌いなんだよ。製造所を建てて警備するって仕事を引き受けたのはよ、メキシコへ行って贅沢に暮らす金が稼げるからだ。だからって、ムショに寄り道する気はないぜ」

「心配すんなって。いいか、誰も調べちゃいない。みんなあれは密造酒の製造所だったと思ってる。でもってシンフルじゃ、誰も密造酒の製造所の話はしないってのが暗黙の了解になってるからな、ほんのちっとだって話してるのは聞いたことないぜ」

「リンはどうなんだ？　ぴりぴりしてるみたいじゃねえか」

「リンなら問題ない」

「あいつの亭主のほうが、おれは心配なんだよ」

いまなんて言った？　アイダ・ベルの顔を見ると、彼女は肩をすくめた。亭主がいるって、いったいどういうフッカー？

「あの男はもうどっぷりはまりすぎてるから手を引けない。あいつが問題になりそうなら、おれが片づける」

「製造人が来週から取りかかれるんなら、輸送はどうすんだ」ベネディクトが尋ねた。

「トレイラーの手配は済んでるんだが、少々時間がかかる」とネルソンは答えた。「当面は間に合わせでなんとかする。必要とあれば、ニューオーリンズまでおれが自分で運ぶさ」にやりと笑った。「保安官事務所のSUVにのっけてってもいいかもしんないな。最高じゃねえか？」

ベネディクトが笑った。「車をとめられたら、いつだって押収したもんだって言えるからな。だろ？」

ネルソンが何か言いかけたがやめて、携帯電話を引っぱりだした。顔をしかめ、ベネディクトに手振りで合図する。「問題だ」

ふたりとも急いで立ちあがると、カメラ映像の外に出た。ドアが開いて閉まる音が聞こえた。わたしは携帯電話をSMSに切りかえ、ガーティにメッセージを送った。

どうなってる？

ネルソンが外でベネディクトに何か言ってる。腕をぶんぶん振りながら。

「撤収」わたしは言った。「問題が起きた。勘でわかる」

ワイヤを引っぱってカメラを天井からはずす。アイダ・ベルがそれをバックパックにしまい、わたしは9ミリ口径のマガジンを確かめた。携帯電話がブーンと音を立てた。

あいつその部屋を指差してる。逃げて！

逃げろってどうやって？　ドアはひとつしかないし、あとは浴槽の上に小さな窓があるだけだ。「やつらが来る。裏の窓から逃げて」

「あんたはどうするんだい？」アイダ・ベルが訊いた。

「あなたが出たらすぐ、わたしも続く」

アイダ・ベルは浴室へと急ぎ、窓を開けた。わたしは浴室の入口に立ち、9ミリ口径で部屋の戸口を狙った。アイダ・ベルはバックパックを窓からほうり投げ、浴槽の端にのぼると、窓に頭から体を入れた。ドサッという音がしたので、彼女が地面にぶつかった音かと思ったが、振り返ると、アイダ・ベルの足が窓の桟から消えるところが見えた。ドサッというのはネルソンとベネディクトが戸口のドアを突き破ろうとしている音だった。

わたしはすばやく背を向け、浴槽の端に飛びのると、窓に体を入れた。前転するようにして桟をのりこえるとき、拳銃が横へ落ちたが、落下する速度を抑えるために両手を伸ばし、それから体を縮めてころがった。割れたガラスが手と体に刺さり、雑草が顔にこすれる。すばやく立ちあがり、拳銃を拾おうとしたが、手を伸ばすよりも先に女の声が聞こえた。

「やってごらん。ばあさんの頭にこれをお見舞いするよ」

わたしの知っている声だった。

第17章

目をあげるとケイラがわたしの前に立っていた。アイダ・ベルの頭に四五口径を突きつけて。

合点がいった瞬間、血流が頭に集中した――なんと大きな読み違いをしていたことか。大幅な体重減に大がかりな歯の治療……ケイラは覚醒剤中毒だ。さらに、何を賭けてもいいが、さっきネルソンが手配中と言っていたのは、燃えてしまったトレイラーの代わりにちがいない。ドラッグの輸送手段として完璧な偽装だ。毎週異なる都市へ移動するし、大きな冷蔵庫が備えつけられているから、品質を落とさずに大量の覚醒剤を運べる。

「ほかにも方法はあるはず」とわたしは言った。

ケイラがばかにしたように笑った。「どんな？　それってあたしが優位に立てる方法？」

「あなたは誰にも危害を加える必要なんてない」

「そこがあんたたちの間違ってるところなんだよね。あたしはネルソンに脅迫されてこの仕事を始めたけど、刑務所に行くなんて絶対に嫌だ。そっちが余計な首を突っこまずにいれば、殺さずに済んだのに」

「あんたがリン・フォンテノーだね」アイダ・ベルが言った。

「そっ。デューイ・パーネルの仲間として名前を知られてた」ケイラは言った。「あのころはミドルネームを使ってたんだ」

「それにあんたはフォンテノーの双子と結婚した」アイダ・ベルが言った。

「ダグはあたしが大学一年のときに始めた課外活動が気に入らなかったから、別れるしかなくなったんだ」

「どうしてネルソンなんかと？」アイダ・ベルが訊いた。「あいつがどんな男か知ってるだろうに」

「まあね。ただ、ネルソンはニューオーリンズの売人の下で働いてて、あたしを有罪にする証拠を握ってたんだ。あたしはもう逮捕回数の上限に達してたし、刑務所に行くのは嫌だった。ひと仕事したら、その上がりでコルビーとあたしはよそへ行ってやりなおせるはずだったんだよ」

アイダ・ベルがケイラに話しつづけさせていることに感心した。頭に拳銃を突きつけられているとき、時間稼ぎをして損することはない。しかし、わたしが彼女を救出する方法はゼロと言ってよかった。すばやく自分の拳銃を拾い、完璧な一発を撃てたとしても、一連の動作に二秒はかかる。最終的にケイラを倒せたところで、アイダ・ベルにとっては手遅れになる。

「ケイラ！」横からネルソンの声が聞こえた。屋根つき通路を通り、モーテルと湿地を隔てている草地に入ってきたところだった。

「あんたの言ったとおりだった」とケイラ。「こいつら、あんたを見張ってたんだ」

ネルソンがにやにやしながら近づいてきた。「そのタトゥー。〈スワンプ・バー〉で見た覚えがある。おまえら、なんかくさいと思ったんだよ」

「ふざけんな」屋根つき通路から出てきたベネディクトが目をむいた。「こんなこと、おれはやるって言ってねえぞ」

「いいや」ネルソンが言った。「これこそ、おまえがやると言ったことだ。警備担当だからな。忘れたのか？」

「おれはばあさんなんか殺さねえ」

「それなら、おれがやろう」とネルソン。「もうひとりはどこだ？　こいつら三人組だぞ」

「オンボロキャデラックのなかにいるよ。駐車場の奥にとまってるやつ」ケイラが答えた。

「ガツンと殴っといた。しばらく気を失ったままのはず」

ネルソンがにやりと笑った。「しばらくイコール永遠に」

「ここで殺《や》って、死体を湿地に捨てればいい」ケイラが言った。「正面には監視カメラがある」

「それがよさそうだな」ネルソンがウェストバンドから拳銃を抜き、構えてわたしを狙おうとした。

どこからともなく銃弾が飛んできたので、わたしは地面に突っ伏した。アイダ・ベルはケイラに撃たれてしまったにちがいないと思ったが、強いて顔をあげると、ケイラがこちらを見つめているのが見えた。目と口を大きく開け、額の真ん中に射出口がひとつ開いている。彼女はドサッと前へ倒れ、わたしはすばやく9ミリ口径をつかむとアイダ・ベルに走れと叫んだ。

ネルソンがわたしを狙って一発撃ち、わたしは地面にころがった瞬間、すぐ横を弾が飛んでいく音を聞いた。跳ね起きると、撃ち返してからアイダ・ベルのあとを追って湿地に駆けこむ。

「こっちへ曲がって、ガーティと合流しないと」わたしは右を指した。

アイダ・ベルと共に方向を変え、藪のなかを走った。後ろからネルソンとベネディクトが追ってくる音が聞こえたので、向こうが発砲しないよう祈った。間抜けでも運よく命中させられることはある。木々の向こうに駐車場の電灯が見えはじめ、最後の一本が見えたところで、わたしはさらに右へと進路を変えた。

「ケイラを撃ったのは誰だい?」アイダ・ベルが息を切らしながらも訊いた。

「わからないけど、確かめてる暇はない」

湿地から飛びだすとそこは駐車場の端だったが、ガーティの車はとまっているはずの場所になかった。パニックに襲われ、アイダ・ベルの顔を見る。次の瞬間、オンボロキャデラックがタイヤを軋らせてモーテルの角を曲がってきたかと思うと、わたしたちの横でとまった。助手席のドアがぱっと開き、マニーが叫んだ。「のれ!」

人生でこれほど混乱したことはなかったが、わたしは助手席に飛びこみ、アイダ・ベルもすぐあとに続いた。彼女がドアを閉めもしないうちにマニーがアクセルを踏みこみ、車はあっという間に駐車場から飛びだした。後部座席を振り返るとガーティがぐったり横たわっている。

「ガーティ！」わたしは叫んだ。

「気を失ってるだけだ」マニーが言った。

見ると、ネルソンとベネディクトが湿地から飛びだしてきた。ふたりとも発砲しはじめたが、一発もかすりもしない。車が角を曲がったため、彼らからこちらは見えなくなった。

「間違いなく追ってくる」わたしは言った。

「いや、それはない」マニーはそう言ってから、左に急ハンドルを切り、車を湿地に入れてエンジンを切った。

「なんでこんなことするの？」わたしは訊いた。

マニーが道路を指したのを見て、湿地にサイレンが鳴り響いているのに気がついた。数秒後、ダッシュボードに赤い警光灯をのせ、ドアに〝ルイジアナ州警察〟と書かれた車が二台飛ぶように走りすぎていった。

「出入口はこの道だけだ」マニーはそう言ってウィンクした。エンジンをスタートさせ、バックで茂みから出ると、ふたたびアクセルを踏みこんだ。まったく速度を落とさないままハイウェイにのる。舗装路を走りはじめてからはさらに速度をあげ、車はシンフルへとぐんぐん進みはじめた。

訊きたいことがいくつも頭のなかを駆けめぐり、どこから始めたらいいかわからない。

「わたしたちの居場所をどうやって知ったの？」

「あんたらは危ない橋を渡ろうとするかもしれない、とリトルは考えた」マニーが答えた。

「そうしたら、加勢が必要になるってな」

「あたしたちをつけてたのかい？」アイダ・ベルが訊いた。

「実はな、あんたらの乗りものに発信器をつけといたんだよ、倉庫に侵入されたあと。あんたらがどんな種類のことに首を突っこみがちかを考えると、動きを把握しといたほうがいいとリトルは考えたのさ」

わたしは怒りを爆発させたかったが、リトルの強すぎる警戒心のおかげで命拾いをした直後とあってはむずかしかった。「ケイラを撃ったのは誰？」マニーのはずはない。なぜなら銃弾は湿地から飛んできたし、あの弾を撃ってから、彼がすばやく車までたどり着けたはずがない。ネルソンとベネディクトがあの場にいたことを考えると。

「知る必要のないことだ」マニーが答えた。「あんたが知っておくのは、あのモーテルで麻薬取引が行われると匿名のタレコミが州警察に入った、それだけでいい。そして密売人のひとりがもうひとりを撃った」

「でも拳銃は……」いったいどうやったら、リトルはそんな話を通せるのか？

「あの拳銃はネルソンの私物から盗んだものだ。あの男が保安官になったとき……いつまでも辞めようとしなかった場合の保険として、リトルが使えるようにな」

「どうやらリトルは今回、半額セール並みの得をしたみたいね」

マニーはにやりと笑った。「ご満悦だぜ」

わたしは体がこわばった。「バックパック！　モーテルの裏に投げ落としたまま忘れてきた」

「慌てんな。おれの仲間が回収する」

「あたしたち録画したんだよ、ベネディクトとネルソンが爆発事故と覚醒剤取引の話をしてるとこを」アイダ・ベルが言った。

「ほんとか？」マニーがわたしたちをちらっと見た。

「本当。法廷では証拠として認められないとわかってるけど、州警察を立件へと動かす力になると思って」

「ビデオはどこにある？」

わたしは携帯電話を持ちあげた。

「そいつをリトルから渡された番号に送んな。あとはおれたちがやる」

証拠を州警察に届けるに当たたって、リトルはどんなやり方をするのか気になったが、尋ねようとは思わなかった。知らないほうがいいことばかりにちがいない。

「それじゃ、この件は解決ね」百パーセント信じているとは言えなかったが。

「そのようだな」マニーが答えた。携帯電話が鳴って、彼は電話に出た。「はい、三人ともここにいます。ひとり倒して、ふたりは現場に残してきました」マニーはしばらく黙り、リトルの声が聞こえてきたが、なんと言ってるかはわからなかった。

ややあって、マニーは電話を切った。「リトルが、みごとな仕事ぶりだったとのことだ。それと、エアボートは感謝のしるしとして取っといてくれってよ」

「え、それは本当に嬉しいけど」わたしは言った。「あれをもらうわけにはいかない」

アイダ・ベルに脇腹を小突かれた。

「リトルは引かないと思うぜ」

「まあ、彼がどうしてもって言うなら」横を見ると、アイダ・ベルが口が裂けそうなほどにんまり笑っていた。

マフィアに反論はできない。


マニーがガーティの家までわたしたちを送り届けてくれてから十分ほどして、ガーティは意識を取りもどした。いや、〝意識を取りもどした〟というのは適切な表現ではないかもしれない。マニーは彼女を家のなかに運びこむと、アイダ・ベルの指示に従ってソファの上に寝かせ、急いで外に戻ると黒いセダンに飛びのり、セダンは現れたのと同じくらいあっという間に姿を消した。

息を吹き返すやいなやガーティがしたのはソファから飛び起き、ランプをつかんでアイダ・ベルを殴ろうとすることだった。しかし寸前で自分がどこにいるか気がついた。

「何が起きたの?」彼女は訊いた。「バッグから拳銃を取りだそうとしたら、誰かに頭を殴られたのよ」後頭部に触れ、ふらついた。

わたしはランプをつかみ、アイダ・ベルはキッチンへと急いだ。「座って」わたしは言った。「倒れないうちに」

アイダ・ベルがアスピリンとジンジャーエールの入ったグラスを手に戻ってきた。「これを服《の》みな。一緒に緊急治療室へ行ったほうがよさそうだね」

「やめてよ」ガーティが言った。「こぶができただけなんだから」

「しばらく意識を失ってたのよ」わたしは言った。

「あしたになっても頭痛がしたら、その場合は行くわ」とガーティ。「それより何があったか話してくれない？　知りたくて爆発しそう」

アイダ・ベルとわたしは交互にモーテルで起きたことの一部始終を話し、ビデオを見せた。ケイラが一味に加わっていて、ガーティを失神させたのは彼女だと話すと、衝撃を受けたようだった。

「信じられないわ。ケイラは荒っぽいタイプじゃぜんぜんなかったし。いつもおとなしい感じで、そうねえ、忘れられやすいっていうか。あたしの知っているあの娘《こ》と覚醒剤取引なんて結びつかないわ」

「彼女、覚醒剤中毒だったんだと思う」わたしは彼女がやせたり歯の治療をしたりしていたことからの推論を話した。

アイダ・ベルがうなずいた。「それで筋が通る。ケイラは麻薬使用でつかまったことがあって、ネルソンにそれを知られたんだ。そこでネルソンは彼女を脅迫し、シンフルを経由しての輸送を手伝わせた」

「ケイラはこれ以上ない適任だった。母親がまだこの町に住んでいるから、頻繁に訪れても誰も疑問を抱かないし、彼女たちはすぐ次のイベント会場へ移動する」

「次の配達先ってわけだ」アイダ・ベルが言った。

「コルビーは不満を抱いていたはず。火事のあと、彼がなんて言ったか覚えてる？　ここへ来たのはケイラのせいだって。あのときは、ケイラがシンフル出身だからこの町での仕事を引き受けたって意味だと思ったけど、きっと違った」

アイダ・ベルがうなずいた。「それにコルビーは自分がヘマをして一味の足がつくんじゃないかと不安だった」

「彼は司法取引して洗いざらいしゃべるかもしれないわね」ガーティが言った。「そうしたら、州警察の仕事は間違いなく簡単になる」

「ケイラが死んだいま、彼にとって失うものはないしね」わたしは言った。

ガーティがやれやれと首を振った。「何もかも現実とは思えないわ。そのうえあたしはいろんなことが起きてるあいだ、ずっと眠ってたなんて。お笑いぐさ」

「とにかく喜びな。あたしたちはつかまらずに済んだんだから」とアイダ・ベル。「どうしてモーテルでネルソンの部屋に隠しカメラを仕掛けてたのかなんて、州警察に説明できやしないよ。死人も出た銃撃戦に巻きこまれた理由とくればなおのこと。来週まで留置場行きになってたよ。すべてが明らかになるまでね」

「そのとおり。で、留置場っていうのはあたしにとって間違いなくまずい選択肢」

三人ともしばし黙りこんだが、すぐに誰かが玄関をドンドン叩きはじめたので、飛びあがった。

「あたしたちがここにいることは誰も知らない」アイダ・ベルが言った。

「アリーが知ってる」わたしはそう言って玄関へ向かって歩きだした。「さっきリトルにビデオを送ったあと、SMSで知らせたから」

のぞき穴から確認すると、アリーが待ちきれない様子でポーチに立っていた。ドアを開けたとたん、彼女はわたしの横を走って通りすぎ、テレビをつけた。

「もうびっくりするから」生中継の特報を指差した。

わたしたちがそろって画面を見ると、手錠をかけられたネルソンとベネディクトが警察車両の後部座席に押しこまれるところだった。女性レポーターがマイクを握って向きなおり、カメラを見た。

「こちら〈バイユー・イン〉です。密告を受けた州警察の麻薬捜査班がネルソン・コモーとベネディクト・グレンジャーを逮捕しました。両者とも、メタンフェタミンの製造および密売の容疑がかかっています。このニュースでさらに大きな衝撃を受けるのは、コモーが最近、ルイジアナ州シンフルの保安官に任命されていた点でしょう。任命者は親類のシーリア・アルセノーで、彼女は町長に選ばれたばかりですが、選挙には対立候補から無効申し立てが出ています。現時点で発表されているのはここまでです。詳細がわかりましたらまたお知らせします」

アリーが顔を紅潮させてこちらを見た。「信じられる?」

「ワオ!」

「信じられないね」

「想像もしなかったわ」

わたしたちはいっせいにしゃべったが、正直言って、三人ともものすごく説得力のある驚き方だった。

「シーリアったら、肝をつぶしてるんじゃないかしら」ガーティが大喜びして言った。

「この目で見てきたわ」とアリー。「あたしが行ったベビーシャワーに彼女も来てたの。いまのニュースの一報が入ったとき、出席してた夫たちのひとりが、みんな書斎へ来いって叫んだのよ。シーリアはその場で気絶したわ、テレビの前で。でもってあたしは大急ぎでここへ来たってわけ。あなたたちが中継を見逃さないように」

アリーはソファのガーティが座っているのとは反対側の端に勢いよく腰をおろし、フーッと息を吐いた。「あたし、ここまで運転してくるのに四十個ぐらい法律違反をしたと思う。たった三ブロックしか離れてなかったのに。いまだに信じられない。そりゃ、ネルソンが人間のクズだってことはみんな知ってたけど、覚醒剤取引に手を出してたとはさすがに想像もしなかった」

突然しゃべるのをやめたかと思うと、彼女は目をすがめてわたしたちを見た。「この件に、あなたたちはいっさいかかわってないわよね？　なんでタトゥーを入れたり、消火剤の泡がくっついたりしてたのか、あたしちゃんと聞いてないいんですけど」

「ネルソンが〈スワンプ・バー〉のザリガニパーティに行くって話してるのをたまたま聞いてね」アイダ・ベルが言った。「それでガーティとフォーチュンが変装して行ったんだよ、保安官事務所から追いだす理由になるようなことを、あいつがあそこでやってないかと思って」

「なるほど」アリーは少し落胆して見えた。「で、消火剤のほうは？」

「ガーティが倒れてハーレーダビッドソンにぶつかるって事件が起きちゃって」わたしは言った。「彼女が消火剤をまいて、そのとき少しかかったのかも」

アリーが笑顔になった。「あなたたちって、一瞬も退屈する暇がなさそう。でも、〈スワンプ・バー〉にいるあいだに何も見つからなくてよかった。ネルソンが麻薬取引をしてるって突きとめてたら、どうなってたと思う？　きっとあいつに殺されてたわよ」

「あいつはあたしたちを殺そうとしたでしょうね」とガーティ。

全員が声をあげて笑った。

携帯電話が振動したので画面を見た。カーターからだ。

ニュース観たか？

観た。アリーがガーティの家に飛びこんできてテレビをつけたから。

問題がひとつ解決だな。

わたしはリクライニングチェアに腰をおろすとゆったりと背中をもたせた。首からこわばりが抜けていく。このままうまく片づきそうだ。ネルソンら一味はつかまり、シンフルは通常へと戻り、そしてスワンプ・チーム・スリーはいささかも疑われることがない。

わたしたちはますます腕をあげつつある。

第18章

玄関ドアをノックする音が聞こえたとき、わたしはほとんど目を開けられなかった。どうにかベッドから出てショートパンツをはき、重い足取りで階段をおりた。コーヒーが死ぬほど飲みたくて、ポーチにいるのが誰だか知らないけれど話をしたい気分ではまったくなかった。ドアを勢いよく開けると、明るい日差しに目をしばたたいた。ようやく片方だけ薄目を開けたとき、こちらを見つめているカーターが見えた。

「目、覚めてるか？」

「とは言えない」わたしは後ろにさがり、キッチンへと歩きだした。コーヒーを飲む必要があった。十分前ぐらいに。

「もうすぐ昼の十二時だぞ」カーターはキッチンテーブルの前に腰をおろした。

「日曜日の？　それとも月曜日？」わたしはコーヒーメーカーに水を入れ、あくびをした。

「日曜だよ。丸一日寝通したなんて、本気で思ったのか？」

「それぐらい寝たいって感じ」わたしは椅子にドスンと座り、ぐったりともたれた。「バナナプディングなしイコール駆けっこなしイコール礼拝なしイコール眠りたいだけ眠れる」

カーターが眉を寄せた。「大丈夫か？」

「わからない。わかる状態まで戻ったら教える」

カーターはおかしそうに笑った。「ワインの飲みすぎか？」

「シャンパン。アイダ・ベルとガーティとアリーと一緒にちょっとお祝いをしたの、きのうの夜。日付が変わってからもずっと」

「ベッドに行ったのは何時？」

「四時ごろだったと思うけど、携帯の時刻がはっきり見えなかった」

「動きたくなくて当然だな。そこに座ってろ」彼は立ちあがるとコーヒーをブラックで二杯注ぎ、カップをテーブルに置いた。

わたしはひと口飲み、コーヒーが体を目覚めさせてくれるのを待った。長くはかからなかった。一杯飲みおえてお代わりを注いだときには、ふたたび人間らしく感じはじめていた。

「お」カーターが言った。「両目が開いたぞ。進歩じゃないか」

「なんて一日だったんだろう。ボート遊びとネルソン絡みのもろもろ。わたし、バケーションが必要」

カーターは椅子の背にもたれてわたしを見た。「そうそう、ボート遊びと言えば。ブロー保安官助手が言ってたな、〈スワンプ・バー〉でタトゥーを入れた女ふたりが乱闘を引き起こしたって話を聞いたって」

「で？」わたしは体に力が入らないようにして軽い口調で訊いた。「ブロー保安官助手はもう少し細かいところを押さえるべきじゃない？　つまり、タトゥーのスペルは正しかった？そういうことがわかれば、身元を絞りこめるかも」

「タトゥーはスリーブで、言葉が彫ってあったわけじゃなかった。それに女ふたりの人相を聞くと不思議なほどきみとガーティにそっくりなんだよな」

「ビデオでもなければ、証明は無理ね」

カーターが片眉をあげた。

「わかった」アイダ・ベルが昨夜アリーについた嘘を使うことにした。「ネルソンが〈スワンプ・バー〉のザリガニパーティに行くって話してるのをたまたまガーティが聞いて、それで出かけていったの。保安官事務所から追いだす理由になるようなことを、あいつがあそこでやってないかと思って」

「なるほどなあ。それじゃ、乱闘は？」

「あれは事故。女ふたりが醜い夫をめぐって喧嘩を始めたんだけど、その結果、ハーレーダビッドソンが倒れて、ガーティのせいにされたの」

カーターがやれやれと首を振った。「いまとなっては訊いても仕方がないが、決定打になるようなことを何か見たか？」

「ネルソンがフッカーを連れてきただけだった。あっ、あときのうの夜、ネルソンと一緒につかまったベネディクトっていう男と話してるところは見た」

「この件にはかかわらないと、おれに約束しなかったか？」

「しなかった。約束したのは、覚醒剤の製造所が爆発した事件についてはかかわらないってこと。知るわけなかったでしょ？　ネルソンが覚醒剤取引にどっぷりつかってるなんて」

カーターはため息をついた。「確かに。まったく、おれだって驚いたからな。あの男がクズ野郎なのは知ってたが、ここまでとは予想しなかった」座ったまま身をのりだす。「ブローー保安官助手からはもうひとつ話を聞いたんだが、シーツをかぶった男ふたりがミセス・ピケンズの裏庭にボートで突っこんだそうだ。ふたりとも運がよかったな、ミセス・ピケンズの射撃の腕が悪くて」

「それ、見ものだったでしょうね。そのふたり、どうなったの？」

「いまは留置場にいるが、ミセス・ピケンズはふたりが憎悪犯罪《ヘイトクライム》で起訴されることを望んでる」

「人の家の裏庭にボートで突っこんでもヘイトクライムにはならないでしょ」

「ミセス・ピケンズは黒人なんだ」

「ああ」わたしは背筋を伸ばした。「ああ！」

「それから、ボートは消火剤の泡だらけだったとか」

「もしかしたらそのふたり、エンジンが出火して、それを消そうとしているあいだにコントロールを失ったのかも」

カーターがにやりと笑った。「どんなこともありうるだろうな」

「それで、ネルソンが逮捕された件については詳しい話を聞いた？」彼の機嫌がいいうちに話題を変えようとして言った。

カーターはうなずいた。「おれは州警察に友人がいるんだ。けさ電話して内部情報を教えてもらった。ネルソンが覚醒剤の密売にかかわっていると、きのう、ある情報提供者からタレコミがあったそうだ」

わたしは体に力が入った。ある情報提供者ってヒバート親子じゃないわよね。彼ら自身が州警察の情報提供者なんてことは。とはいえ、考えれば考えるほど筋が通るし、いくつか説明のつくことが間違いなくある――たとえば、リトルがデューイの指紋照合をできたこと。ビデオを州警察に届ける方法について心配していなかったこと。そして〝タレコミ〟に基づいて州警察がモーテルに現れたこと。

「ネルソンのやつはこれまでの動きを消すことにあまり注意を払っていなかった。そこで警察はきのうの夜、手入れを行ったんだ。裁判までに充分な証拠が入手できると考えて」

「手に入ると思う？」

「必要ないだろうな。ケイラ殺しに使われたのはネルソンの拳銃だと鑑定の結果明らかになったし、拳銃にはあいつの指紋しかついてなかった。それにコルビーが司法取引してしゃべった。ネルソンがケイラを脅迫して、運び屋にしたそうだ。コルビーは自分たちがふたりとも覚醒剤中毒だったことを認めたが、自分はネルソンとかかわるのに反対だったと述べた。洗いざらいしゃべってるよ」

「単純明快な事件みたいね」

カーターがうなずいた。「ネルソンもベネディクトも無罪になるとは考えられない」

「そのようね。あなたとシンフルにとってはよかった」

「言うまでもないが、これでシーリアの弱みが増えた。覚醒剤取引をこの町に呼びこむところだったんだから、イメージが悪くなった」

「まったくね。選挙の監査の結果、マリーが町長に決まらなくても、シーリアを解任するのに充分なだけマイナス材料が集まった。片脚を失った男については何かわかった？」

「ああ。コルビーが、あれは麻薬製造人のデューイ・パーネルだと言ったそうだ。元地元住人で、高校卒業後ニューオーリンズへ出た男だ。町を出ていってから、おれは見かけた覚えがないが、〝今年の住民賞〟で表彰されるようなやつじゃないのは噂で聞いてた」

わたしは口を開いたけれど、言葉を発するより先に、玄関ドアが開いてバタンと閉じる音が聞こえた。まもなく廊下を走ってきたアイダ・ベルとガーティがわれ先にとキッチンへ飛びこんできた。カーターとわたしの前で滑りながらとまったとき、ふたりはそろって息を切らしていた。

「いったいどうしたの？」わたしは椅子のほうに手を振った。「野生動物に追いかけられてるとか？」

「ガーティの車が壊れたから、あたしたちは教会まで歩いていったんだ」アイダ・ベルが答えた。「そうしたら、帰りにフランシーンの店の前で信じられないものを見たんだよ。ここまでカフェから走りっぱなしで来たんだ」

「あたしが話したい」ガーティが口をとがらせた。

「それなら話しな。でも急がないとあたしは待ってらんないよ」アイダ・ベルが言った。

ふたりの興奮がこちらにもうつった。「どっちでもいいから話して。お願い」

「信じられない人間がカフェに入っていったんだ」アイダ・ベルが言った。

「誰？」

アイダ・ベルとガーティが顔を見合わせてにんまりした。

「シーリアの旦那！」ガーティが言った。

カーターが勢いよく立ちあがった。「なんだって？　嘘だろ」

「ガーティは日曜日に嘘はつかない。忘れたのかい？」とアイダ・ベル。

「でも彼、ずっと昔に姿を消したんでしょ」わたしはすっかり混乱していた。

アイダ・ベルがうなずいた。「パンジーの葬式にも現れなかったとき、あの男は死んだものとみんな考えた」

「だって、そう考えるしか筋が通らないでしょ」わたしは言った。

「そうとも言いきれないわね」とガーティ。「彼は北極点か、刑務所にいたのかもしれないし、電気の通じてないチベットの山のなかで暮らしていたのかもしれない」

「チベットにせよどこにせよ、どうしていまになって戻ってきたわけ？」わたしは訊いた。

「シンフルの町長《ファースト・マン》夫になりたいのかもね」ガーティが答えた。

アイダ・ベルが天井を見あげてぶつぶつ言った。おそらく祈っているのだろう。

「理解できない」

「誰にも理解できやしないよ」とアイダ・ベル。

「とりわけシーリアにはね」ガーティが言った。「彼女、まさにフランシーンのカフェの真ん中で気絶したのよ。トレーをひっくり返して、のってたものを全部ドン牧師に浴びせかけて」

カーターはアイダ・ベルとガーティに目を行ったり来たりさせながら、すっかり言葉を失っていたが、彼が求める落ちはいつまで待っても訪れなかった。

「しかし」ようやくカーターは口を開いた。「娘にも二度と会いにこなかったし、葬式にさえ出なかったんだぞ。それにクルーザーも残していった。あれを取りに帰ってくるんじゃないかと、おれはずっと思ってたんだが。いままでずっと、どこにいたんだろう」

アイダ・ベルがかぶりを振った。「わからないね。けど、本当におもしろいことになりそうな予感がするよ」

「よかった」わたしは言った。「退屈してきたところだったの、わたし」

解説

池澤春菜

ついに、ついに来た、〈ワニ町〉が我が手に！

今一番楽しみにしているシリーズ、ジャナ・デリオン〈ワニの町へ来たスパイ〉のシリーズ最新作『幸運には逆らうな』を手にしたわたしの喜びたるや。

きっとこれを読んでいるあなたも、このシリーズのファンですよね？（もしかして今作から手に取った人もいるかもしれないけれど……）

興奮を抑えきれず、解説から読んでいる人もいるかもしれない。

ＯＫＯＫ、一息つきましょう。一気に本編に進む前に、まずは〈ワニ町〉の背景をざっくりおさらい。

凄腕のＣＩＡエージェント、フォーチュン。だけど任務でちょっぴり派手に立ち回りすぎ、武器商人に命を狙われることに。そこで、元ミスコン女王にして大人しい図書館司書、という彼女自身から最もかけ離れた人物になりすまして、ほとぼりが冷めるまで田舎町シンフルに潜んでいるはずだった。なのに、到着早々、家の裏庭から人骨が掘り出された?!

ここはもしかしたら世界で一番危険な町かもしれない……

このシリーズの魅力その1：まずはなんといっても最高にして最強、アイダ・ベルとガーティ！　フォーチュンの頼もしい、そして厄介な相棒のおばあちゃんズ。いつも冷静でかっこいいアイダ・ベル（スピード狂だけど）。反対にトラブル・メーカーで素っ頓狂なガーティ。二人とフォーチュンが行くところ、ペンペン草すら生えない焼け野原に……。

実は二人とフォーチュンの大おば（ということになっている）マージにはとんでもない過去があり、荒事はフォーチュン以上に経験しています。肝の据わり方と、いざというときの行動力はさもありなん。

今回のわたし的最盛り上がりポイントは、アイダ・ベルがガーティを、
「いつまでたっても大人にならないねえ。ああいうところがあたしは大好きなんだけどさ」
と評したシーン。しかもガーティが聞いていないときに。なんというシスターフッド！　いつも憎まれ口をたたき合っている二人の、根底にある揺るぎない信頼感が垣間見える素晴らしい一言でした。

年をとったらこんな風になりたい（できればアイダ・ベルになりたい。けどガーティになる可能性もけっこうある）、そう思わせてくれる、人生のロールモデル的最強おばあちゃんたちです。

魅力その2：この町で一番罪深い《シンフル》のは、なんといってもアメリカ南部ならではのこってこてでもっりもりな食べ物。

例えばチキンフライドステーキ。チキンといいつつ中身は牛肉、フライドチキン風ステーキ、って意味らしい。ややこしい。ステーキ肉に衣をつけて揚げて、肉汁たっぷり油たっぷりのグレイビーをかけていただく、カロリー爆弾。

今作も冒頭からずらりと並ぶ、天国みたいに美味しそうな食べ物たち。名前が出るだけでみんなが色めき立っちゃうフランシーンのカフェのバナナプディング、アメリカ式かき氷スノーコーン、漏斗《じょうご》状の器具から油の中に生地を紐状に垂らして揚げ、粉砂糖やジャム、チョコレートをかけて食べる炭水化物と油の悪魔合体ファンネルケーキ、などなどなど。

ちなみに、「南部出身者でなければ理解できない十四のこと」という海外のサイトに「フライドチキン、フライドポークチョップ、フライドグリーントマトなど、何でも揚げるのが大好き。コレステロールよ、R.I.P.《安らかに眠れ》」って書いてありました。イモの甘露煮《キャンディード・ヤム》、これもまたシンフルな一品。ヤムイモと呼ばれるサツマイモの品種をバターやシナモン、生クリーム、そして砂糖やメープルシロップで煮込んだ、パワーアップ（そしてカロリーアップ）したスイートポテトのようなスイーツです。

アリーのチョコレートチップ・クッキーはフォーチュンたちの大事なＨＰ回復源。でも、皆様、アメリカ式のチューイーでグーイー《しっとりねっとりにちにち》なチョコチップ・クッキー、作ったことあります？　お砂糖とバターの量に卒倒するから！　あれを毎日のように（しかもビールと）食べていてたった二キロしか太らないフォーチュンの代謝、どうなってるの？

そして今回のキーフード、ザリガニ。実はアメリカ南部ではポピュラーな食べ物。まずはザリガニを生きたまま、スパイスの利いたシーズニングで茹で上げます。このとき、コーンやジャガイモも一緒に調理するのが定番。テーブルに新聞紙を広げ、その上にどさっと茹で上がったザリガニを山盛りにしたら、ビールやマルガリータ、レモネードを片手に後は食べるだけ！　手も口元も汚しながら、殻を剝《む》いては口に放り込んでいくザリガニは、海老の身のホロリプリプリ感と蟹味噌の美味しさを併せ持っていて、それはもう美味しいのです。

日本で食べるのはちょっと難易度が高いけれど、他の南部の食べ物に比べると、まぁまぁヘルシーなザリガニ、機会があればぜひチャレンジしてみて下さい。

魅力その3：ロマンスだって抜かりなし。保安官助手のカーターとフォーチュン、第一印象はお互い最悪。でもだんだん惹かれあって、ようやく第四作『ハートに火をつけないで』で距離の近づいた二人。

カーターは見た目は最高、だけど中身はなかなか厄介。

というのも、アメリカ南部には複雑な歴史と独得の文化があるのです。カーターも、その古き良き昭和的ナイスガイ感というか、マッチョな磯野波平というか、南部男気質を引き継いでおりまして。レディー・ファーストだけど、裏返すとそれは「俺が守ってやる、だから俺についてこい」ってことでもあったり。ハーレクイン・ロマンスに出てくる南部男は、だいたい強引で俺様で保守的（で、筋骨たくましく、かっこいい）。

でもって、その南部男と対をなす、南部美女《サザン・ベル》といういわゆるステレオタイプな女性像もあるのです。従順で清楚、常に身だしなみは完璧、家庭を守る良き母&良き妻。つまりフォーチュンとは正反対（シンフルにいるどの女性も、実は南部美女《サザン・ベル》タイプじゃないけどね）。マッチョで俺様、保安官助手という権威ある立場にいるカーター。だけど本当はカーターより遙かに強くてかっこいいフォーチュン。それを知ってしまったとき、果たしてカーターのプライドはどうなっちゃうのか。

それに引き換え、アイダ・ベルと雑貨店主のウォルターとのある意味純愛な関係は癒やしですねぇ。

魅力その4：意外とハードな犯罪。初っぱなの掘り起こされた人骨から、殺されたミスコン女王に町長候補、放火に、カーター殺害未遂。そして今回は覚醒剤の製造工場の爆発（ぶっ飛んできた脚付き）。ほぼ毎回誰かが死んでいます。フォーチュンがシンフルに来てまだ二ヶ月足らずなことを考えると、恐ろしい打率。週に一回は殺人事件が起きていることに気づいたら、あのやっかいなシーリアでなくとも「この女のせいよ」って言いたくなっちゃいますよね。

でもフォーチュンのせいって言うよりは、元々シンフルにあったあれやこれやが、フォーチュンの存在を機に吹き出してきた感じ。名前の通り、たくさんの罪を抱え込んでいた町もまた、このシリーズの重要な主役です。

さてさて本国アメリカでも大人気のこのシリーズ、なんと二十五作まで出ています。次々に大きくなるトラブルに、加速するドタバタ、シンフルの町は大丈夫なのかしら……?

翻訳が決まっているらしい第七作の原題は*Hurricane Force*。ハリケーンが到来する中、シンフルに降りかかった偽札トラブル。それはフォーチュンの命を狙う武器商人、アーマドに関係していた。アーマドの手下と湿地三人組が対峙する中、ついにカーターがフォーチュンの正体を知ってしまい……?!

迫り来る宿敵、殺人に偽札に恋の行方、問題山積みだけど、きっとアイダ・ベル、ガーティ、フォーチュンの三人ならなんとかしちゃうはず。

ますますパワフルで、ますます過激になる三人の活躍を、今後もお楽しみに。

とりあえずわたしは、いつかアイダ・ベルになれるよう、南部の食べ物をおうちで再現してみようかと思います。食べた後、フォーチュンみたいにランニングすれば大丈夫だよね?

検印
廃止

訳者紹介　津田塾大学学芸学部卒業。翻訳家。訳書にアンドリューズ「庭に孔雀、裏には死体」、ジーノ「ジョージと秘密のメリッサ」、スローン「ペナンブラ氏の24時間書店」、デリオン「ワニの町へ来たスパイ」、ナゴルスキ「隠れナチを探し出せ」など多数。

幸運には逆らうな

2023年8月31日　初版

著　者　ジャナ・デリオン

訳　者　島《しま》　村《むら》　浩《ひろ》　子《こ》

発行所　（株）東京創元社
代表者　渋谷健太郎

162-0814/東京都新宿区新小川町1-5
電　話　03・3268・8231-営業部
　　　　03・3268・8204-編集部
URL　http://www.tsogen.co.jp
DTP　キャップス
暁印刷・本間製本

ISBN978-4-488-19609-7　C0197